शिवानी

प्रख्यात कथाकार शिवानी का जन्म 17 अक्तूबर, 1923 को विजयादशमी के दिन राजकोट, गुजरात में हुआ।

शिवानी की पहली रचना अल्मोड़ा से निकलनेवाली 'नटखट' नामक एक बाल-पत्रिका में छपी थी। तब वे मात्र बारह वर्ष की थीं। इसके बाद वे मालवीय जी की सलाह पर पढ़ने के लिए अपनी बड़ी बहन जयंती तथा भाई त्रिभुवन के साथ शान्तिनिकेतन भेजी गईं, जहाँ स्कूल तथा कॉलेज की पत्रिकाओं में बांग्ला में उनकी रचनाएँ नियमित रूप से छपती रहीं। गुरुदेव रवीन्द्रनाथ टैगोर उन्हें 'गोरा' पुकारते थे। उनकी ही सलाह कि हर लेखक को मातृभाषा में ही लेखन करना चाहिए, शिरोधार्य कर उन्होंने हिन्दी में लिखना प्रारम्भ किया। शिवानी की पहली लघु रचना 'मैं मुर्गा हूँ' 1951 में 'धर्मयुग' में छपी थी। इसके बाद आई उनकी कहानी 'लाल हवेली' और तब से जो लेखन-क्रम शुरू हुआ, उनके जीवन के अन्तिम दिनों तक अनवरत चलता रहा। उनकी अन्तिम दो रचनाएँ 'सुनहुँ तात यह अकथ कहानी' तथा 'सोने दे' उनके विलक्षण जीवन पर आधारित आत्मवृत्तात्मक आख्यान हैं।

1979 में शिवानी को 'पद्मश्री' से अलंकृत किया गया। उपन्यास, कहानी, व्यक्ति-चित्र, बाल उपन्यास और संस्मरणों के अतिरिक्त, लखनऊ से निकलनेवाले पत्र 'स्वतंत्र भारत' के लिए शिवानी ने वर्षों तक एक चर्चित स्तम्भ 'वातायन' भी लिखा। उनके लखनऊ स्थित आवास-66, गुलिस्ताँ कालोनी के द्वार लेखकों, कलाकारों, साहित्य-प्रेमियों के साथ समाज के हर वर्ग से जुड़े उनके पाठकों के लिए सदैव खुले रहे।

21 मार्च, 2003 को दिल्ली में उनका निधन हुआ।

विप्रलब्धा

शिवानी

राधाकृष्ण पेपरबैक्स

राधाकृष्ण पेपरबैक्स में
पहला संस्करण : 2007
सातवाँ संस्करण : 2023

राधाकृष्ण पेपरबैक्स : उत्कृष्ट साहित्य के जनसुलभ संस्करण

राधाकृष्ण प्रकाशन प्राइवेट लिमिटेड
जी-17, जगतपुरी, दिल्ली-110 051
द्वारा प्रकाशित

शाखाएँ : अशोक राजपथ, साइंस कॉलेज के सामने, पटना-800 006
पहली मंजिल, दरबारी बिल्डिंग, महात्मा गांधी मार्ग, प्रयागराज-211 001
वेबसाइट : www.radhakrishnaprakashan.com
ई-मेल : info@radhakrishnaprakashan.com

बी.के. ऑफसेट
नवीन शाहदरा, दिल्ली-110 032
द्वारा मुद्रित

मूल्य : ₹ 199

VIPRALABDHA
Short Stories by Shivani

ISBN : 978-81-8361-113-8

क्रम

दो स्मृति-चिह्न

बिन्दु की आँखों में नींद नहीं थी। उसने बड़ी ललक से, गहरी नींद में डूबे अपने पति को निहारा। नींद में उसका चेहरा किसी निर्दोष भोले बालक का-सा लग रहा था। बालों का एक फुग्गा हवा में उड़-उड़कर चेहरे पर झुका आ रहा था। धीरे-से बिन्दु ने गुच्छे को सहलाकर पीछे किया तो देवेश जग गया।

"अमाँ, सोने दो, यार!" कह वह फिर करवट लेकर सो गया। बिन्दु को हँसी आ गई। कैसी नींद है, बाप रे बाप! उसकी तो आँख ही नहीं लगी थी। लगती भी कैसे?

एक लम्बी साँस खींचकर उसने दीवार की ओर मुँह फेर लिया। कितनी बदल गई थी इन्दु! बात-बात पर रोनेवाली दुबली-पतली इन्दु को वह आज कहीं भीड़-भाड़ में देखती तो शायद पहचान भी न पाती। कल ही तो उसकी चिट्ठी आई थी। वह तो अच्छा था कि दिन-रात बाहर घूमनेवाले फक्कड़ युगल दम्पति उस दिन घर पर ही थे। कहीं इधर-उधर गए होते तो शायद इन्दु की ट्रेन निकल भी जाती। आठ वर्षों से बिछुड़ी बहन को क्या वह फिर देख पाती? उसकी आँखें बार-बार भर आ रही थीं। बाबूजी, सगी माँ और पाँचों बहनों ने तो उसे दूध की मक्खी-सी समझ दूर फेंक दिया था। वह मरी है या ज़िन्दा, क्या कभी किसी ने खोज-खबर भी ली थी? बड़ी दी के लड़के का विवाह हुआ, दूर-दूर के आत्मीय स्वजनों को भी साड़ियाँ बाँटी गईं, पर सगी छोटी बहन को दो अक्षर कोरे निमन्त्रण के भी नहीं भेज सकीं! मँझली दीदी तो उसे बुला सकती थीं। उनकी तो दोनों देवरानियाँ विजातीय थीं—एक पंजाबी, दूसरी बंगाली। पर उन्होंने भी पुत्र के जनेऊ का निमन्त्रण नहीं भेजा। तीसरी बहन तो पति के साथ विलायत भी घूम आई, पर आठ वर्ष पहले अपनी सहेली के भाई से अन्तर्जातीय प्रेम-विवाह करनेवाली बिन्दु को क्षमा

नहीं कर सकी। मायके ने उस दक्ष-कन्या की स्मृति पर कोलतार की झाड़ ही फेरकर रख दी! बरेलीवाली मामी ही उसे सारी खबरें देती रहतीं। मायके-रिश्ते में एक स्नेही मामी का ही क्षीण सूत उसके आँचल से बँधा रह गया था। मामी को भी जीभ का कैन्सर हो गया था और वह तागा कभी भी टूट सकता था। फिर अचानक इन्दु की वह प्यारी-सी चिट्ठी आ गई थी। उसकी सबसे छोटी और सबसे प्यारी बहन। उसका विवाह हो गया है, यह सूचना मामी ने दी तो वह पति से छिपकर एकान्त में खूब रोई थी। कितनी सुन्दर थी इन्दु और एक सड़े-से क्लर्क को ब्याह दी गई! 'इन्दु के विवाह में तुझे बुलाने को मैंने तेरी माँ को पटा लिया था, पर तेरे दुर्वासा-से बाबूजी ने तो मुझे चीरकर रख दिया!' मामी ने लिखा था—'बोले, ख़बरदार, जो उस कुलबोरनी को बुलाया! हमारे लिए तो वह मर-खप गई! ब्राह्मण की बेटी बनिए की बहू बनने गई तो कहो, वहीं बनी रहे।'

यह ठीक था कि उसने पारम्परिक शृंखला को चूर कर देवेश जालान से विवाह किया था, पर क्या वह सुखी नहीं थी? श्वसुर का वैभव, पति की ऊँची नौकरी, नौकर-चाकर, मोटर, फ्रिज़, सब उसके करतल पर धरे थे। ऐसा सुख क्या उसे अपने समाज में मिलता? पर फिर भी एक अदृश्य काँटे की चुभन रह-रहकर क्यों सालती रहती थी? क्यों वह उस काँटे का सिरा खींचकर नहीं निकाल फेंकती? उस काँटे को अब विधाता भी नहीं निकाल सकता। वह काँटा है विषैला गोखरू कंटक। अपने समाज, अपनी संस्कृति की स्मृति का काँटा। इन्दु की शादी में तीनों मामियाँ आई होंगी। छुहारे, किशमिश डली पहाड़ी सोंठ काठ के कठौते में भरी उसी आले पर धरी छलकती होगी, जहाँ मँझली दी के विवाह की सोंठ धरी गई थी और जहाँ से उसने इन्दुली को चार हाथ-पैर टेक, घोड़ा बना, सवारी कर, काँसे का कटोरा भर सोंठ चुराई थी। फिर दोनों बहनें पिछवाड़े के दालान में छिप गई थीं। और कटोरा दो चटोरी जिह्वाओं ने मलकर पल-भर में चमका दिया था। कभी-कभी पड़ोस की हिरुली इसाइन अम्मा की आँखें बचा दोनों बहनों को अपनी लेगहार्न मुर्गी का बड़ा-सा अंडा दे, तसला भर आटा माँग ले जाती। दोनों फिर हिरुली के यहाँ एक जंग लगे सार्डिन के टीन में अंडा उबाल तिमिल के वृक्ष की घनी छाया में दुबक जातीं। उसी वृक्ष की उदार छाया में ऐसे अनेक अखाद्य म्लेच्छ सामग्रियों के बँटवारे होते रहते थे। बहन की निगरानी में, सार्डिन टीन की तीखी धार में उबले अण्डे को समान भाग में विभक्त कर, उसके नमक लेकर आने तक न

खाने की विद्या-कसम दिला बिन्दु लौटती तो दोनों कटे भागों की पिलौंदी सन्दिग्ध अवस्था में नुची मिलती। स्पष्ट रहता कि उसकी अनुपस्थिति में छोटी बहन की लोलुप जिह्वा धैर्य की लक्ष्मण-रेखा लाँघ चुकी है।

"पिलौंदी खाकर तूने फिर हाथ से बैठाई! इन्दुली, खा विद्या-कसम!" बिन्दु कहती।

"विद्या-कसम!" इन्दुली कसम खाने को अपने रसीले अधर-द्वय फैलाती और नन्हीं जीभ की नोक में लगी ज़र्दी में बिन्दु को त्रैलोक्यदर्शन हो जाते। फिर तो खूब झोंटा पकड़ा-पकड़ी होती।

ऐसी ही झपट जलेबी आने पर भी होती रहती। बाबूजी कभी-कभी कचहरी से जलेबी का दोना ले आते, आले पर धरकर हाथ-मुँह धोने जाते तो इन्दुली चुपचाप आकर, किसी वैम्पायर की भाँति, जलेबियों का रस-समुद्र पलभर में सोख बड़ी बहन के लिए जलेबियों का अस्थिपंजर-मात्र छोड़ जाती। पर बिन्दु बहन की भाँति नासमझ और लालची नहीं थी। वह अंग्रेज़ीभक्त स्कूल में पढ़ी थी, इसी से उसकी चाल-ढाल, आचार-व्यवहार में एक सुघड़ सलीका था। उसके मामा अंग्रेज़ी स्कूल में क्लर्क थे और उन्हीं की कृपा से उसने बिना फीस दिए ही सीनियर कैम्ब्रिज पास कर लिया था। वह छुट्टियों में घर आती तो फर्राटे से अंग्रेज़ी बोलनेवाली अपनी बिटिया को देखकर बाबूजी खिल उठते—"आ गई हमारी अंग्रेज़ बिटिया! अब अपनी इस गँवार बहन को भी अंग्रेज़ी बोलना सिखा दे। इसे तो पास-पड़ोस के कच्चे सेब-खुबानी चुराने से ही फुरसत नहीं मिलती!"

इन्दुली बिदक जाती—"हमें नहीं सीखनी अंग्रेज़ी! ज़रा सप्तमी में 'लता' और 'राम' के रूप बता दे नान दी तो हम भी जानें!" वह बड़े गर्व से हिल-हिलकर लता के रूप याद करने लगती।

संक्रान्ति को अम्मा गुड़ डालकर आटे के गुलगुले, ढाल-तलवार और फुलौ बनाकर घी में तलती। घी में पकते मीठे पकवानों की खुशबू पूरे चौके में फैल जाती। फिर दोनों बहनें बड़े यत्न से उन पकवानों को गूँथ माला बनातीं अनुपस्थित बहनों के नाम की—एक बड़ी दी की, दो उनके बच्चों की, फिर मँझली दी की, उनके बच्चों की, मँझली दी की और उनकी पुत्री की, अन्त में स्वयं अपनी। इन्दुली फिर बड़ी बेईमानी से सबसे बड़ी तलवार, गुजिया और संतरा, सब अपनी माला में गूँथ लेती। सुबह उठकर दोनों छत पर चढ़कर एक-एक पकवान का टुकड़ा कौवे को दिखा-दिखा बुलातीं :

ले कौआ फुलौ,
मेंकें दियै भल-भल धुलो।

(अरे कौवे, ले फुलौ और उसके बदले मुझे बढ़िया-सा दूल्हा ला दे।)

कैसा अजीब पहाड़ी त्योहार था वह, जब झुंड की झुंड लाल-लाल गालोंवाली, स्वस्थ सुन्दर, पहाड़ी लड़कियाँ फुलौ के पकवान शून्य आकाश में बिखेरतीं, भविष्य के सजीले दूल्हे की कामना करतीं! युग-युगान्तर से कुमाऊँ का आकाश प्रत्येक उत्तरायण को ऐसे ही मधुर कलकंठ के काक-आह्वान से मधुमय होता रहा है और आज भी होता होगा। पर कहाँ है अब वह आकाश! उस निर्मल आकाश में उड़ती हंस-बलाका की पंक्ति से वह उड़कर दूर छिटक गई है। अब तो वह सोने के पिंजरे में बंद राजा की मैना है। उसके श्वसुर कैनेडा में टिम्बर के व्यापारी हैं। दोनों देवरों ने विदेशी युवतियों से विवाह कर लिया था। वह पति के साथ विदेश जाती और समुद्र-तट पर इन्द्रधनुषी छाते की छाया में दो-दो गिरह की कंचुकी और बित्ते-भर की रंगीन बिकिनी में आलू के पापड़-सी सूखती औंधी लेटी सास और देवरानियों को देखती तो सिहर उठती। पास ही में कैनवेस की कुरसी पर मुँह में चुरुट लगाए श्वसुर बैठे रहते। उनका बचकाना सूप-सा टोप, लाल-पीली धारीदार कौपीन और लाल नंगी पीठ देखकर कोई नहीं कह सकता कि वह भारतीय हैं। वर्षों से विदेश के प्रवास ने उनका रंग-रूप भी विदेशी साँचे में ढाल दिया था। देवेश तो समुद्र को देखते ही कपड़े समुद्र-तट पर पटक, बच्चे-सा किलकता कूद पड़ता, पर लाख समझाने पर भी, सास-श्वसुर की उपस्थिति में बिन्दु श्वसुर-कुल की सूर्य-स्नान की परम्परा नहीं निभा पाती। मूर्खा-सी खड़ी ही रहती। उसकी सास की उस पर विशेष कृपा थी। उन्हें विदेश में रहते-रहते बीस वर्ष हो गए थे, इसी से भारत से ब्याह कर लाई गई इस सकुचाती सुन्दरी पुत्र-वधू के सलज्ज आचरण पर वह पहली ही बार मुग्ध हो गईं। स्वयं उनकी पुत्री, जो भारत में शिक्षिता होने पर भी भारतीयता नहीं ग्रहण कर सकी, उनके लिए अब बहुत बड़ा सिरदर्द बन गई थी। वह भारत ही के किसी प्रसिद्ध होटल में रिसेप्शनिस्ट थी, उसी की मैत्री बिन्दु को इस घर में लाई थी। सास की लाड़ली बहू थी बिन्दु, पर वह बेचारी तो अब एक दूसरे ही प्रकार के लाड़ के लिए तरसने लगी थी। मँझली दी की सास का-सा लाड़—क्षणे रुष्टा, क्षणे तुष्टा। एक दिन मायके आई तीनों बच्चों की माँ मँझली दी को नैनीताल के फ्लैट में बहनों के साथ आलू की टिकिया खाते देख लिया, तो वहीं पर चीरकर रख दिया था—

दो स्मृति-चिह्न

"बेहया कैसी सिर उघाड़े रंडियों-सी घूम रही है! क्यों, इसी चटोरेपन के लिए मायके आती है तू, बहू!" मँझली दी की हाथ की टिकिया नीचे गिर पड़ी थी और थर-थर काँपने लगी थी बेचारी। पर उसी सास ने सात तोले की पचलड़ भी तो गढ़वा दी थी मँझली दी को। स्कूल के जलसे में उसी हार से सजी इन्दुली को चाँदी का बड़ा-सा कप मिला था। बड़ी दी की सफेद रेशमी साड़ी पहन इन्दु सरस्वती बनी थी। आज वही इन्दु आ रही थी। टोकरी भरकर उसने स्टेशन के लिए तीन ही बजे तैयार कर ली थी। एक दर्जन उबले अंडे थे। जी भरकर ज़र्दी खाएगी, इन्दुली। गर्म-गर्म जलेबियों का अम्बार था। बस, एक ही चीज़ नहीं मिल पाई थी और उसी चीज़ पर तो इन्दुली ही नहीं, भारत के प्रत्येक प्रान्त की इन्दुली मर मिटती हैं--हरी-हरी अमिया। एक तो पहाड़ पर अमिया सदा ही मोती के मोल बिकती थी। कभी छठे-छमाहे छठी-नामकर्म में दोनों बहनों को दुअन्नी-चवन्नी का आर्थिक लाभ होता तो भागतीं सब्जी मार्केट। कभी-कभी तो दोनों की सम्मिलित धनराशि एक ही अमिया जुटा पाती, फिर उसे छीलकर नमक चुपड़, बारी-बारी से चाटा जाता। चाटने की क्रिया में भी दुष्टा इन्दुली की जिह्वा में न जाने कैसे बत्तीसी उग आती। इन्दुली बड़ी कुशलता से बत्तीसी अंकित अमिया का अंश छिपाकर बहन को थमाती पर बिन्दु दन्तक्षत देखकर हँस देती। आज अमिया मिलती, तो वह टोकरी भरकर ले आती। कोई बात नहीं, साथ में इन्दुली का नन्हा पुत्र भी आ रहा था, उसके लिए कई मिल्क-बार चॉकलेट रखना भी नहीं भूली थी बिन्दु। स्वयं उसके कोई सन्तान नहीं थी, इसी से अनुभवहीना बिन्दु यह नहीं जानती थी कि दस माह का भगिनी-पुत्र एकसाथ उतनी चॉकलेट नहीं पचा सकता।

पति को लेकर वह स्टेशन पहुँची, तो गाड़ी आ चुकी थी। वातानुकूलित डिब्बों में सफर करने का अभ्यस्त उसका अनाड़ी पति, उसकी बहन को उन्हीं डिब्बों में ढूँढ़ रहा था, पर वह तेजी से आगे बढ़ गई। वह जानती थी कि एक क्लर्क को ब्याही गई उसकी बहन उसे किस डिब्बे में मिलेगी। हाथ में भारी टोकरी लटकाए वह इधर-उधर देखती जा रही थी। कभी बक्सों का अम्बार बनाए किसी कुली से टकरा जाती, तो वह झुँझला उठती। इस प्रकार के रेलम-पेलम में घुसपैठ का उसे अभ्यास नहीं था। जब कभी पति-पत्नी किसी यात्रा पर जाते, दो-तीन नौकर, स्टेनो उनका रिजर्वेशन कर आते थे। वह बढ़ती जा रही थी।

"ओ नान दी...नान दी री, यहाँ हूँ मैं!"

एक खिड़की से कुहनी तक रेशमी लाल-भरी चूड़ियों भरी गोरी कलाई ने सिग्नल-सा चमकाया। ठीक वैसी ही उत्तेजित पुकार, जैसी उसे छत से मुर्दा या बारात दिख जाने पर खींच लेती थी—"नान दी...नान दी री, यहाँ हूँ मैं!"

उसकी आँखें भर आईं, खिड़की से वही प्यारा चेहरा बाहर निकल आया था। कितनी प्यारी हो गई थी छोकरी! लाल गाल और खड्ग की धार-सी तीखी नाक। "एकदम शाहनी लग रही है तू तो, इन्दुली! बड़ी दी का लटका आ गया है तुझमें!"

डिब्बे के यात्री आँखें फाड़े दोनों बहनों के मिलन को देख रहे थे। एक थी दुबली-पतली, सलीके से पहनी गई साड़ी, विदेश का सिला कोट, हाथ में चौकोर बटुआ, कानों में हीरे के कर्णफूल, सिने-जगत की जगमगाती तारिका-सी द्युतिमान; दूसरी गोल-मटोल, गोरी, लतर-पतर, इधर-उधर से खुली जा रही साड़ी, कमर से टिकाया गया गदबदा शिशु, चालढाल, बोलचाल सबमें नगद पहाड़ी लटका।

"ये मेरी नान दी हैं!" एक सलज्ज मुस्कान से इन्दुली ने बिन्दु का परिचय करा अपने गोल-मटोल पति को आगे ढकेल दिया। अपनी एक वर्ष की सर्वथा नई तोंद पर नीचे ढलकती पैन्ट को खींचकर उसने हाथ जोड़े।

पत्नी को थर्ड क्लास के डिब्बे के पास खड़ी देख आश्चर्य से देवेश भी न जाने कब आकर खड़ा हो गया था।

"और ये तेरे जीजाजी हैं"—बिन्दु ने हँसकर बड़े स्वाभाविक ढंग से पति का परिचय कराया।

"आप लोग आज यहीं रुक जाइए ना!" देवेश ने कहा।

"नहीं जी, इसी कासी एक्सप्रेस से हमें पहुँचना होगा"—बड़ी ही गँवारू मुद्रा में कंठ में अटके कफ के गोले को नथुने भींचकर इन्दुली के पति ने कंठनली से स्वरसहित बाहर खींचकर पच से थूक दिया और खँखारकर कहा, "वैसे तो हमारे सेक्सन आफीसर पहाड़ी हैं, बड़ा खयाल रखते हैं, पर ड्यूटी इज़ ड्यूटी।"

भगिनी-पति के दन्तस्थ 'स' की मार बिन्दु के लिए असह्य हो उठी। क्या देखा होगा बाबूजी ने इस भुस्स में।

पैन्ट सँभालता हुआ वह फिर बोलने लगा, "इन्दु की बड़ी इच्छा थी आपंसे मिलने की! इसी से चिट्ठी डाल दी। बड़ा कष्ट हुआ आप लोगों को।"

आठ वर्ष बाद मिली दोनों बहनों के मुंड रेलगाड़ी की खिड़की का सेतु

बनाकर आस-पास सटे फुसफुसाने लगे थे और किसी बकवास को सुनने के लिए उनके पास समय नहीं था।

"क्या बड़े जीजाजी को सचमुच लकवा मार गया?"

"हाँ, बेचारे पहिया लगी कुर्सी पर बैठे दिन-रात गों-गों करते रहते हैं और बड़ी दी तो कभी-कभी बड़ी ज़्यादती कर देती हैं—हाथ भी छोड़ देती हैं!"

"सच?"

"हाँ, नान दी!" इन्दुली ने आँखें पोंछ लीं, "एक दिन पहिया लगी कुर्सी पर बिठा बड़ी दी अम्मा के चौके में ले आईं। कितना ही कष्ट क्यों न हो, अम्मा को देखकर बड़े जीजा अभी भी ठीक वैसे ही मगन हो उठते हैं।"

बिन्दु ने आँसू घुटक लिए। बड़े जीजा अम्मा के सबसे लाड़ले दामाद थे।

"बस, उन्होंने वहीं बैठे-बैठे सब गीला कर दिया। असल में निचला धड़ सुन्न हो गया है। कुछ गों-गों तो कर रहे थे बेचारे, पर अम्मा समझ नहीं पाईं। बड़ी दी आईं, तो आव देखा न ताव, दो झापड़ धर दिए! बेचारे रोने लगे।"

दोनों बहनों की आँखें एकसाथ भर आईं। बड़ी दी के शासनप्रिय स्वभाव ने उन्हें विवाह के दिन से ही पक्षाघात के असंख्य झटके दे दिए थे, पर गऊ-से सरल जीजा दिन-रात हँसते ही रहते।

कितने उदार थे बड़े जीजा! होली आती, तो उनकी गत बना देती थीं चुलबुली सालियाँ। वे एक गाल पर कीचड़, गोबर, कोलतार पोततीं, तो वह बड़े उत्साह से दूसरा गाल बढ़ा देते। बड़ी दी बुरी तरह झुंझला उठतीं—"रेल के इंजन का-सा चेहरा बना दिया है मरियों ने और इनके लड्डू फूट रहे हैं! अब कैसे छूटेगा ये रंग! लाओ कहीं से पेट्रोल, तब तरासूँगी यह लंगूरी चेहरा।"

फिर तो बीसियों फटकार, तीखे पत्थर के झामे और शीशी-भर पेट्रोल के साथ जीजाजी का चेहरा छीलकर रख देतीं बड़ी दी। सन्ध्या को बन-सँवर, मलमल का कुरता और चिट्टा पाज़ामा पहन बड़े जीजा चेहरा रगड़े जाने की व्यथा को भुलाकर हँसते-मुस्कराते फिर ससुराल पहुँच जाते, पर यत्न से लगाया गया सेन्ट भी पेट्रोल की बदबू को नहीं छिपा पाता—"ऊँह...ऊँह!"

मँझली दी भी हींग की-सी छौंक देने में एक ही थीं—"देख री इन्दुली-बिन्दुली, बड़े जीजा आज कुमाऊँ मोटर यूनियन की बस का-सा पेट्रोल छोड़ रहे हैं। बड़ी दी ने एक गैलन पेट्रोल से नहलाया है इन्हें!"

"ही-ही-ही!" हँसकर बड़े जीजा मँझली साली से एक ऐसा अश्लील मज़ाक कर बैठते कि बेचारी भाग जाती। इन्दु-बिन्दु जीजा के हाथ से पहाड़ी

गुझिया से भरा ढोंगा छीन लेतीं। कैसी-कैसी डबल गुझिया रहती थीं! सौंफ, काली मिर्च और गुलाबी खोये-मेवे से ठसाठस भरी खस्ता गुझिया। मुँह में धरो तो गलकर बताशा! हाय, कहाँ गए वे गुझिया बनानेवाले और खिलानेवाले!

"पूरी गुझिया को मुँह में भरकर 'फूफाजी' कहो तो पाँच रुपया दूँगा!" जीजा बड़े गर्व से घोषणा करते।

फिर तो एक-एक गुझिया मुँह में ठूँस फूफाजी कहने के प्रयास में सुन्दरी सालियाँ जीजा को थूक से भर देतीं। हँसी की फुहारों से घर भर जाता।

बिन्दु से कहते थे दिल की प्यारी और इन्दु थी उनकी लाल बेगम।

सहसा प्लेटफार्म पर खड़ी दिल की प्यारी और रेलगाड़ी की खिड़की से झाँकती लाल बेगम, गहरी उदासी में डूब गईं। पर अचानक दोनों की उदासी का बादल स्वयं ही छँट गया। इन्दुली का नन्हा पुत्र मौसी की लाई चॉकलेट को हाथ से मसल पूरे चेहरे पर पोत रहा था।

"देखो नान दी, इस बन्दर को!"

न जाने क्या सोचकर नन्हे बन्दर ने एकदम अपरिचित सुदर्शन नये मौसा की ओर हाथ फैला दिए।

"आ...आ"—कह बिन्दु ने उसे गोद में उठा लिया, पर वह बार-बार देवेश की गोद में जाने को मचल रहा था।

"मत देना, नान दी, उनके कपड़े सान देगा!" इन्दु ने कहा, पर तब तक दो नन्ही हथेलियों की दस अँगुलियों की मोहर का ठप्पा देवेश के विदेशी कोट पर लग चुका था।

"लाओ इधर, दीदी!" इन्दु ने खिसियाकर अपने दस्यु-पुत्र को खिड़की से भीतर खींच लिया। माँ की गोद में आते ही वह ऊधमी बछड़े की भाँति साड़ी खींच-खींचकर ऐसी निर्लज्ज याचना करने लगा कि तरुणी माँ सकुचा गई—"रुक जा, अभागे, पिलाती हूँ अभी!"

वह आँचल खींचकर शैतान बच्चे को इधर ढाँपती, तो वह दोनों पैरों की साइकिल चलाकर उधर का आवरण गिरा देता। अनाड़ी माँ को बार-बार परेशान करता वह आनन्द से अमृत की घूँट घुटक रहा था।

"ए ईटियट, सब दिख रहा है! ठीक से ढाँक!" बिन्दु ने छोटी बहन को फुसफुसाकर डपटा।

इन्दु के पति ने सुन लिया। हँसकर वह बोला, "क्यों रे नौटी बॉय, ममी को क्यों परेशान कर रहा है, बदमास!"

भगिनी-पति की ओछी हरकतों से बिन्दु का खून खौल रहा था। जब से गाड़ी रुकी, वह निरन्तर अपने नथुनों की दुनाली से न जाने कैसा बारूद निकाल-निकाल गोलियाँ बनाता हवा में छिटका रहा था।

"फ़िल्दी पिग!" मन-ही-मन बिन्दु भुनभुनाई।

"बड़ा प्यारा बच्चा है!" देवेश ने कहा।

सचमुच ही मोम का पुतला था इन्दुली का पुत्र। उस पर चॉकलेट-चर्चित चन्द्रमुख और भी प्यारा लग रहा था।

"क्या नाम रखा है इसका?" बिन्दु ने जान-बूझकर अपना प्रश्न बहन से पूछा।

पर उत्तर देने फिर बातूनी भगिनी-पति बढ़ आया—"सुरेस बाबू...बड़े सैतान हैं...सुरेशचन्द्र जोसी...बहूत बदमास हैं...बहूत!" होनहार पुत्र की शैतानी की महत्ता व्यक्त करने उसने जान-बूझकर 'बहूत' की मींड-सी खींच दी।

"क्या देख रही है तू, इन्दुली?" बिन्दु ने हँसकर पूछा। उसकी बहन उसे एकटक निहार रही थी।

"तुम्हारा कोट नान दी गजब का है! कहाँ सिलवाया? इन्होंने मुझे भी सिलवा दिया है एक, पर नैनीताल के दर्जी तो सीजन में कपड़े का सत्यानाश करके रख देते हैं...बिगाड़कर धर दिया!"

"अरे, तुझे पसन्द है? यह तो मैं पिछली बार अमेरिका से लाई थी। ले, तू रख ले। मैं तो इसी जून में फिर अमेरिका जा रही हूँ, बनवा लूँगी।" बिन्दु ने सचमुच कोट खोल दिया।

"नहीं...नहीं!" इन्दुली सकुचाकर कोट लौटाने लगी।

"ले लो ना! इतने प्यार से दे रही हैं!" इन्दुली के बोदे पति ने हँसकर फिर बाएँ नथुने में पूरी अँगुली घुसेड़ दी—"आफ्टर औल सी इज़ युअर सिस्टर!" उसने फिर एक 'स' की कटार मारी और कोट थाम लिया।

गाड़ी ने सीटी दे दी थी। कोट की सिल्क लाइनिंग में डूबी इन्दुली खिड़की के साथ-साथ चल रही बहन और गतिमान ट्रेन को भी भूल गई।

"टाटा करो, सुरेस बाबू, टाटा!" उसका पति ज़बरदस्ती पुत्र का हाथ हिला रहा था। "चिट्ठी लिखना—अच्छा!" एक साधारण-सा कोट पाकर ही प्रसन्न छोटी बहन को देखकर बिन्दु का जी भर आया।

ब्लाउज से झाँकती इन्दुली की मैल से पीली सस्ते ब्रेसियर की डोर को उसने देख लिया था। उसकी एक-एक ब्रेसियर छः-छः डालर की थी। कैसी

सुन्दरी बहन थी उसकी और बाबूजी ने क़ैसे जंगली को ब्याह दी।

पर अपने सुखी संसार और पति-पुत्र में डूबी इन्दुली की आँखों में कैसी तृप्ति थी! गाड़ी की तेज़ गति से बिन्दु पिछड़ गई। बार-बार यात्रियों के सामने उसे नंगी करने के अपराध में सुरेस बाबू को एक चाँटा जड़ उसके पिता की गोद में पटके जाते बिन्दु ने देख लिया। अभागी, ऐसे हीरे को भला कोई फूल की छड़ी से भी छूता है! काश, ऐसा गोल-बदबदा बालक उसकी गोद में होता! कैसी गत बना रखी थी फूहड़ इन्दुली ने! नन्ही-नन्ही प्लेटें उभारकर स्मोक किए बपतिस्मा के एड़ी तक ढकनेवाले सफेद फ्रॉक सिलती उसके लिए, सफेद कुकुरमुत्ता के छत्ते-सी झालरदार बोनेट।

"क्यों जी, दूसरी गाड़ी से कोई दूसरी बहन आ रही हैं क्या?" पति ने कहा, तो वह खिसियाकर मुड़ गई।

"तुम्हारे भगिनी-पति तो एकदम जांगलूस हैं, यार, पर योर सिस्टर इज़ क्वाइट ए माउथफुल!" देवेश ने अपने आनन्दी लटके में कहा।

"छिः, न जाने क्या बकते हैं आप तो!"

दोनों घर पहुँचे और रात के खाने का समय आया, तो बिन्दु के गले के नीचे एक गस्सा भी नहीं उतर पाया।

वह स्वयं अपनी मूर्खता खूब समझ रही थी। जो छोटी बहन अपनी गृहस्थी के आनन्द-उत्सव में रँगरलियाँ मना रही थी, उसके लिए वह भला क्यों मातम मनाए?

पत्नी के गुमसुम व्यवहार को देख देवेश समझ गया कि आज वह कतई मैत्री के मूड में नहीं थी। एक बार उसने बड़े लाड़ से पार्श्व में लेटी बिन्दु के उदास चेहरे से अपना चेहरा सटाया, फिर करवट बदलकर लेट गया। थोड़ी ही देर में वह खर्राटे लेने लगा।

बिन्दु की आँखों से नींद उड़ गई थी। कभी देखती अम्मा का उदास चेहरा—क्या सुख देखा बेचारी ने! कृपण बाबूजी ने कभी एक धेला भी तो नहीं धरा उसके हाथ में! बड़ी दी, मँझली दी और सँझली दी अपनी ससुरालों से आतीं, तो अम्मा बेचारी न जाने कहाँ-कहाँ से माँग-तूँगकर उनकी विदा का सामान जुटाती। हर त्योहार में बहनें अपनी ससुराल के लिए लूट-खसोट की सामग्री जुटाने आ धमकतीं। कभी हरेला, कभी दशहरा, कभी रक्षाबन्धन। कुँआरी दो छोटी बहनें—इन्दु और बिन्दु—भुनभुनाती रहतीं।

"क्या जानती नहीं ये कि अम्मा के पास कुछ भी नहीं धरा है?"

बिन्दु की अंग्रेजी नम्रता की शिक्षा उसकी जीभ पर ताला डाल देती, पर मुखरा इन्दु चटपट चाँटे-से धर देती—"ए दीदी, तुम लोग अम्मा के तन की धोती भी खुलवा लोगी?"

इधर-उधर ब्याह में मिली अपनी साल-भर की सहेजी धोतियों की सम्पत्ति को अम्मा अमानुषिक औदार्य से लुटा देती।

"चुप कर, मुँहजली!" अम्मा उसे डाँट देती थी, "उन सुन्दरी रण्डियों का साया पड़ा है इस पर, तभी जबान लड़ाती है!" अम्मा जब इन्दु के जन्म की प्रतीक्षा कर रही थी, सामने के मकान में लखनऊ से सात वेश्याओं की मण्डली अपनी परम सुन्दरी सखी लक्खी जान को लेकर हवा-बदल के लिए आई थी। लक्खी को असाध्य क्षय रोग हो गया था और उन दिनों क्षय रोग की एकमात्र औषधि भवाली के देवदारु वृक्षों की ठण्डी बयार थी। लक्खी उन मधुमक्खियों के छत्ते की रानी थी। निरन्तर सात माह तक अम्मा उठते-बैठते उन्हें ही देखती। क्या रंग था उन अंगूरी बेगमों का! और गन्धर्व किन्नरियों का-सा रूप! इसी से उनकी ही छाया इन्दुली पर भी उतर आई। "कहते हैं, गर्भावस्था में जैसा रूप देखो, वैसा ही बालक में भी उतर आता है। भगवान उनका स्वभाव मत देना इसे!" भोली अम्मा आकाश के अदृश्य देवता की ओर हाथ जोड़ मनाती।

"वाह...वाह, सासू ज्यू, तभी तो हमारी लाल बेगम को उठाकर मुँह में धरने को मन करता है!" बड़े जीजाजी एक आँख मींचकर बालिका इन्दुली की ओर दोनों बाहें फैला देते। फिर तो वह भुतनी उन्हें नोच-खसोटकर ही रख देती...

एक-एक घटना बिन्दु को घुटनियाँ खिला रही थी। जैसे बचपन में खूब गोल-गोल घूम धप्प से बैठने पर दिमाग भन्नाने लगता था, ठीक वैसे ही माथा घूम रहा था। "ट्यूमर हो गया है अम्मा हो!" इन्दुली कह रही थी—"कभी-कभी तो रक्तकुण्ड में पड़ी रहती हैं।"

बड़े जीजा की असाध्य बीमारी भी बेचारी के लिए एक बहुत बड़ी मानसिक चोट रही होगी। सबको हँसाने और दिन-रात हँसनेवाले आनन्दी, स्नेही, बड़े जीजा अम्मा के लाड़ले दामाद थे। हाय, उसके सुन्दर काठी के ऊँचे-अगले सुदर्शन जीजा क्या सचमुच ही अपंग होकर कुर्सी पर गों-गों करते होंगे?

रामलीला में दस-दस सजे-धजे मुण्डों का मुखौटा लगाकर रावण बनते थे

जीजा और कभी-कभी आधी रात को रामलीला समाप्त होने पर स्त्रियों की भीड़ में अपनी दोनों सुन्दरी सालियों को पहचान जोगी वेश में रावण सजे जीजा, भिक्षा का खप्पर तान सुरीले स्वर में चौपाइयाँ गाते दोनों को गोदी में उठाकर नाचने लगते। जनता उनके स्वाभाविक अभिनय के इस रसीले लटके को देख हँसते-हँसते लोटपोट हो जाती।

आज बार-बार लक्ष्मण-रेखा के बाहर आने का अनुरोध करते उस रावण का सुरीला कण्ठ-स्वर उसे स्मृतियों के घेरे से बाहर खींच रहा था। दिल की प्यारी बेचैन करवटें ले रही थी कि कहीं किसी का बच्चा कुनमुनाया।

पर बच्चा? बच्चा भला किसका होगा? दूसरे फ्लैट में रहते थे विधुर रिटायर्ड मेजर नेगी, तीसरे में थीं डाक्टर झाबूवाला। बुढ़िया डाक्टरनी भी अकेली ही रहती थी। बच्चा फिर रोया। वह उठी। ड्रेसिंग गाउन डाला। द्वार खोला, तो ठिठककर रह गई। एक ऊँचे-ऊँचे पहियेवाली, चमकीली बाबागाड़ी में अपने गुलाबी कम्बल को पद-प्रहार से दूर ढकेलता एक नन्हा-सा सुकुमार शिशु कुनमुना रहा था। उसे वैसा ही सफेद लेस लगा एड़ी तक का बपतस्मी लबादा पहनाया गया था, जो बिन्दु अपने काल्पनिक शिशु को दिन-रात पहनाती रहती थी। उसने लपककर बच्चे को गोद में उठा लिया—हाय, कितना प्यारा बच्चा है! इतनी सुबह-सुबह कौन रख गया इसे यहाँ!

उसे गोद में लिए ही वह लॉन में उतर गई। पूरी सड़क सूनी थी। हे भगवान, क्या उसका सपना सचमुच फलीभूत होने जा रहा है? कुछ दिन पहले उसने ठीक ऐसा ही सपना देखा था—ऐसे ही गुलाबी कम्बल में लिपटा एक सुन्दर शिशु सूप में लिटाकर कोई उसके द्वार पर धर गया है। वह झुककर गोदी में उठाने लगी कि नींद टूट गई थी।

कहीं किसी की आया तो गाड़ी यहाँ रखकर इधर-उधर नहीं चली गई? पर सड़क तो दूर तक खाली नजर आ रही थी। तो कोई जान-बूझकर ही छोड़ गया है क्या? पर ऐसे सुन्दर कपड़े, गाड़ी...और फिर छोड़ना ही होता, तो पाला-पोसा तीन-चार माह का शिशु भला कौन छोड़ता?

वह उसे गालों से लगाए ही भीतर गई तो देवेश बेखबर सो रहा था। उसकी नींद ऐसी थी कि बच्चा तो क्या, बंगाल टाइगर भी उसके सिरहाने गरजता, तब भी वह शायद सोता ही रहता। उसने धीरे से गोद की अनमोल पोटली को पति की देह से सटाकर सुला दिया और झँझोड़कर बोली, "आँख खोलिए, देखिए, कौन आया है!"

देवेश हड़बड़ाकर उठ बैठा—"अरे, फिर तुम्हारी कोई बहन आ गई है क्या?...ये हजरत कौन हैं?"

"तुम्हें अपना सूपवाला सपना सुनाया था ना मैंने? बस, वही सपना सच होने जा रहा है!"

"क्या?" देवेश झुँझला उठा—"तुम साली औरतों की यही आदत हमें नापसंद है! खोलकर साफ बात कभी नहीं कहोगी, किसका बच्चा है यह?"

"आदमी का!" बिन्दु ने बड़े चुलबुलेपन से पहले पति के पार्श्व में लेटे नन्हें आकर्षक नवागन्तुक को चूमा, फिर पति के कन्धे पर सिर रख दिया—"ईश्वर ने मेरी गोद भर दी!... बड़ा होगा तो तुझे दून स्कूल में पढ़ने भेजेंगे...दून, हाँ, बेटे!"

"दून क्या, मून भेजो ससुर को, पर छोड़ कौन गया इसे? चलो, थाने को फोन कर दें।" वह उठ गया।

"अजीब मूर्ख हैं आप! कोई चोरी की है बेचारी नन्ही जान ने जो आप उसकी रपट थाने में लिखायेंगे? क्यों है रे ना मेरे बजरबट्टू? देख, तेरे डैडी तुझे थाने में भिजवा रहे हैं...!"

"क्या पागलपन कर रही हो! न जाने किसका बच्चा है!"

"किसी का क्यों न हो, अब हमारा है... सौ फीसदी हमारा!"

"मुझे तो यह कोई ऐंग्लो-इंडियन बच्चा लग रहा है..."

"क्या मैं अन्दर आ सकती हूँ?" प्रश्न के साथ एक अत्यन्त प्रभावशाली व्यक्तित्व की लम्बी, गोरी पारसी महिला ने इस तीव्रता से कमरे में प्रवेश किया कि नाइट-सूट का पाजामा पहने अर्धनग्न देवेश ड्रेसिंग गाउन भी नहीं डाल सका। बिन्दु हकबका-सी गई।

"इस दुष्ट ने आपको परेशान तो नहीं किया? क्षमा कीजिएगा।" कह उसने सधे हाथों से बच्चे को गोद में उठा लिया।

माँ का स्पर्श पाते ही बच्चा किलकने लगा। वह माँ की छाती से लगा टुकुर-टुकुर लाल परदे को देख रहा था।

"मैं डाक्टर झाबूवाला की बहन हूँ। कल ही हम बम्बई से आए। मेरे पति सो रहे थे, इसी से मैं इसे ले सुबह ही सुबह टहलाने निकली। आपके बँगले के पास पहुँची तो अचानक याद आया, हीरे की अँगूठी गुसलखाने में छोड़-आई हूँ। यह बाबागाड़ी में सो रहा था। आपका सुन्दर एकांत बँगला देखा तो बाबागाड़ी यहाँ टिका दी और भागी अँगूठी लेने। वह तीसरा बँगला मेरी बहन

का है। सोचा, यह सोता रहेगा और चुपचाप गाड़ी खिसका ले जाऊँगी, पर आई एम सो सारी, इस डाकू ने आपकी नींद को डिस्टर्ब किया। क्यों रे सुरेश, अंकल-आण्टी को जगा दिया?''

ओह, तो यह भी सुरेश था।

''धन्यवाद बहन, क्षमा करना!'' वह बच्चे को लेकर जाने लगी।

''अँगूठी तो मिल गई ना?'' देवेश ने ही पूछा।

''ओह, थैंक्स! अँगूठी तो मिल गई। आण्टी से टाटा कहो, बाबा!''

और दूसरा बाबा भी आण्टी को छोड़ गया।

उन्हें पहुँचाकर बिन्दु लौटी, तो देवेश भुनभुना रहा था—''मारो गोली तुम्हारे इन सुरेश बाबुओं को! एक हजरत चॉकलेट का ठप्पा लगाकर हमारा नया कोट चौपट कर गए और दूसरे सुरेश बाबू...यह देखो...कह उसने अपना कीमती विदेशी रग उठाकर दिखाया। थोड़ी देर के लिए आया नन्हा पाहुना अपनी क्षणिक उपस्थिति का एक बड़ा-सा, गीला स्मृति-चिह्न छोड़ गया था, जो देवेश के रग में दक्षिणी अफ्रीका के नक्शे के आकार में उभर आया था।

''अब हम इसे नहीं ओढ़ेंगे!'' देवेश ने भुनभुनाकर रग दूर पटक दिया और करवट बदलकर सो गया।

बिन्दु ने बड़ी ममता से रग को उठा लिया। हैंगर पर दो नन्हीं हथेलियों का चॉकलेट का ठप्पा लगा दूसरा स्मृति-चिह्न झूल रहा था। बिन्दु नहीं भुनभुना सकी। उसके तो जी में आ रहा था, वह उन दोनों स्मृति-चिह्नों को सुनहरे चौखट में मढ़, अपने जीवन के रिक्त कक्ष में टाँग दे और दिन-रात निहारती रहे।

विप्रलब्धा

बरेली का स्टेशन मध्यरात्रि के धुँधलके में डूबा था। रेलवे कर्मचारियों की सफेद वर्दी यदाकदा चमकती और फिर शान्ति छा जाती।

"शटल यहीं लगा है, डिब्बे में अँधेरा तो है मेम सा'ब, पर सामान लगा देता हूँ। आप आराम से सो जाइए।" कुली ने, मेरी स्वीकृति की प्रतीक्षा करने की भी कोई आवश्यकता नहीं समझी और सामान चुनकर लगा दिया। बिना बत्ती का वह अँधेरा कमरा मुझे किसी अर्वाचीन गुहाद्वार-सा लगा। एक-दो घंटे ही की समस्या नहीं थी, रात-भर अकेली उस अँधेरे कमरे में कैसे रहूँगी! फिर शटल में फर्स्ट का केवल एक ही डिब्बा रहता था, प्रायः ही दिल्ली की गाड़ी से आनेवाले यात्री, अपने रिजर्वेशन की संगीन घुसेड़ रात-भर तपस्यारत योगियों के अमानवीय धैर्य से, अँधेरे डिब्बे में बैठे निरीह यात्रियों को बड़ी निर्ममता से बाहर निकाल देते थे, मुझे इसका भी पूर्व अनुभव था। यही नहीं, इसी इकलौते डिब्बे के लिए, मैं कई सम्भ्रान्त यात्रियों को, दीन याचक की भाँति गिड़गिड़ाते भी देख चुकी हूँ।

पर मुझे इसी गाड़ी से जाना था, इसी से पैसे देकर वाचाल कुली को विदा किया और नीचे की बर्थ पर लेट गई। मन-ही-मन मनाती जा रही थी कि कोई मुझ-सा ही सहयात्री जुट जाता तो निश्चिन्त हो जाती। शायद विधाता को भी तरस आ गया और कोई बीस मिनट भी नहीं गुजरे थे कि एक कुली हल्का-सा सूटकेस लटकाए, भीतर घुस आया। उसके पीछे-पीछे, रेशमी साड़ी की खसखस से मैं समझ गई कि प्रवेश करनेवाली कोई महिला ही है। विदेशी सुगन्ध की तीव्र गन्ध से मेरे नथुने भर गए। और फिर शैनेल की सुगन्ध भी क्या छिपाए छिपती है! स्टेशन के उस पार लगे बिजली के खम्भे की रोशनी भी एक घने पेड़ ही छाया से एकदम ही ढक गई थी। अँधेरे में मैं कुछ भी

नहीं देख पाई, पर फिर भी सहयात्रिणी की उपस्थिति से मन अचानक हल्का हो गया।

"आप भी काठगोदाम जा रही हैं क्या?" उसने पूछा।

"जी हाँ," मैंने संक्षिप्त उत्तर देकर करवट बदल ली। कुली के साथ उस महिला के क्षणिक वार्तालाप ने ही मुझे चौकन्ना कर दिया था। ज़रा-सा ही बढ़ावा देने पर वह मार्ग-भर दिमाग चाटकर रख देगी, यह मैं समझ गई थी।

"क्यों भाई कुली, बरेली में पानी कब से नहीं बरसा?"

"क्या दूसरी गाड़ी से आनेवालों की कोई रिजर्वेशन स्लिप बाहर लटकी है?"

"यहाँ कुछ खाने-पीने को भी मिलेगा? कहते क्या हो, बारह बजे सब रिफ्रेशमेन्ट रूम बन्द हो जाते हैं, तब तो मैं भूखी मर जाऊँगी।"

उसकी अनवरत बकर-बकर से मेरा सिर दुखने लगा था। इस दुकेली से तो अकेली ही भली थी।

कुली के जाते ही वह चप्पल उतारकर, बर्थ पर पालथी मारकर बैठ गई और पंखा झलने लगी। "गजब की गर्मी है, ये मुई बरसात की उमस तो मई-जून से भी ज़्यादा अखरती है, फिर आदत भी तो छूट गई है!"

उसने शायद जान-बूझकर ही अन्तिम वाक्य जोड़ा था, जिससे मेरी नारी-सुलभ स्वाभाविक उत्सुकता पूछ बैठे—

—क्यों, भारत के किस उत्तुंग शैल-शिखर पर वास है तुम्हारा!

पर मैं चुप रही। किसे पड़ी थी जो कहती—"आ बैल, मुझे मार!"

अचानक टार्च की रोशनी पूरे कमरे में बिजली-सी चमकी। मैं हड़बड़ाकर उठ बैठी। तीन-चार सफेद वर्दीधारी टिकट-चेकर, खिड़की के काँच पर दस्तक दे रहे थे। मैंने काँच ऊपर सरका दिया।

"देखिए, आपने क्या रिजर्वेशन किया है?" उनमें से एक ने पूछा।

"नहीं," मैंने डरते-डरते कहा। जिस बात का भय था वही हुआ, अब निश्चय ही ये यमदूत हमसे उतर जाने को कहेंगे।

"तब आपको यह डिब्बा ख़ाली करना होगा। अभी दिल्ली की गाड़ी से वे यात्री आते होंगे जिन्होंने रिजर्वेशन किया है।" वह धृष्ट कर्मचारी, खिड़की का सहारा ले त्रिभंगी भंगिमा में खड़ा हो गया।

"आप लोग जा सकते हैं," मेरी सहयात्रिणी का रोबदार आदेश अँधेरे में

गूँज उठा। कैसा आश्चर्य है कि स्वतन्त्र भारत के अधिकांश नागरिक आज भी रोब डालने के लिए विदेशी भाषा का ही प्रयोग करते हैं। मेरी हिन्दी जो काम नहीं कर पाई थी वह उसकी ठसकेदार अंग्रेज़ी कर गई।

"जब आपके यात्री आएँगे, हम देख लेंगे!" और उसने लपककर खिड़की का काँच चढ़ा दिया। कुछ क्षण शान्ति रही, पर फिर वही धृष्टता। धृष्ट कर्मचारी द्वार भड़भड़ाने लगा, "आप लोग समझती क्यों नहीं, आपका क्या बिगड़ेगा, नौकरी तो हमारी जाएगी।" अब मेरी साथिन, क्रुद्ध शेरनी की भाँति छलाँग लगा द्वार खोलकर खड़ी हो गई।

उस रणचंडी का रौद्र रूप देख चारों सकपका गए। "बड़े शर्म की बात है," वह ऐसे शुद्ध उच्चारण का विदेशी बारूद उगलने लगी जैसे आकाशवाणी से मँजे उच्चारण में अंग्रेज़ी के समाचार पढ़ रही हो, "आप लोग रेलवे के कर्मचारी हैं, पर इतना भी नहीं जानते कि फर्स्ट के यात्रियों की नींद में व्याघात डालने का आप लोगों को कोई अधिकार नहीं है। आप लोग नहीं गए तो शायद आपकी नौकरी आनेवाले यात्री नहीं, यहाँ बैठनेवाले यात्री ही ले लेंगे। जब आपसे कह दिया है कि किसी यात्री का रिजर्वेशन हुआ तो हम पल-भर में डिब्बा खाली कर देंगे—समझे?"

और चारों दुम दबाकर हवा हो गए। वह अंग्रेज़ी की चुनी गालियाँ देती मेरे पार्श्व के बर्थ पर लम्बी हो गई।

"सोच रहे थे, कुछ पान-सिगरेट की सामग्री जुट जाएगी, पर यहाँ घास नहीं छिली है!" वह कहती जा रही थी, "क्या पहाड़ घूमने जा रही हैं?" उसने एक सिगरेट सुलगाकर मुझसे पूछा। लाइटर के क्षणिक प्रकाश में मुझे कटे झबरे बालों से ढँका एक गोरा गाल ही दिख पाया। अब तक उसका मुझ पर यथेष्ट रोब पड़ चुका था।

"जी नहीं," मैंने कहा, "मैं वहीं रहती हूँ।"

"वाह, बड़ी भाग्यशालिनी हो। हमें तो अब उस स्वर्गादपि गरीयसी जन्मभूमि के दर्शन भी दुर्लभ हो गए हैं, आज चौबीस साल बाद पहाड़ जा रही हूँ।"

"अरे! तो क्या आप पहाड़ी हैं?" मेरी उत्सुकता अब कुछ-कुछ बढ़ गई थी।

दूसरी बर्थ से कोई उत्तर नहीं आया। अँधेरे में नन्हे हीरे जड़ी घड़ी की क्षणिक झलक-सी लगी। मुझे लगा पार्श्व-शायिनी महिला ने घड़ीवाले हाथ को

माथे पर धर लिया है और जन्मभूमि की स्मृतियों के सागर में डूबने-उतराने लगी है।

सहसा एक दीर्घश्वास मेरे गालों को छू गया। "हाँ, हूँ तो पहाड़ी, पर सूरत से नहीं लगती। वैसे इस मुएँ अँधेरे में तुम्हें मेरी सूरत दिखी ही कहाँ होगी! बत्ती आने पर देखना, सब कहते हैं एंग्लो-इंडियन लगती हूँ। मेरी नानी नहान की थीं और तुम भी पहाड़ की हो तो इतना तो जानती ही होगी कि नहान की अधिकांश महिलाएँ एंग्लो-इंडियन ही लगती हैं, गोरा दूधिया रंग और नीली आँखें।"

मेरा माथा ठनका। कोई कितने ही अन्धकार में डूबा क्यों न हो, बिना देखे भी, एक सामान्य-से सूत्र का सिरा पकड़ते ही वर्षों का विस्मृत चेहरा पकड़ में आ जाता है। चीन्ही-पहचानी सुगन्ध, हँसी की खनक या कोई परिचित-सा वाक्य! मेरे हाथ में परिचय का सूत्र आ गया था। 'मेरी ननिहाल नहान में है—देखती नहीं, इसी से एंग्लो लगती हूँ—गोरा दूधिया रंग और नीली आँखें'—जिसने चौबीस वर्ष पूर्व यह गर्वपूर्ण घोषणा की थी, वही उस अँधेरे को चीरकर मेरे सम्मुख खड़ी हो गई। क्या वर्षों पूर्व बिछुड़ी अपनी इस सखी को बाँहों में बाँध लूँ या बत्ती आने की प्रतीक्षा करूँ?

"तो क्या चौबीस वर्षों में आप एक बार भी पहाड़ नहीं गईं? मैंने धड़कते कलेजे को थामकर पूछा।

"नहीं, सच पूछिए तो इतनी दूर से जा भी नहीं सकती थी। वैसे चाहने पर तो मनुष्य सात समुद्र भी लाँघ लेता है। मैं एक लम्बे अर्से से विदेश में रही। पहले विमान परिचारिका थी, अब उम्र बढ़ गई है और परिमार्जित रुचि के आकाशविहारी यात्रियों के स्तर का, विमान अधिकारी बहुत ध्यान रखते हैं, इसी से अब रिसेप्शनिस्ट हूँ। सात मामाओं में से एक बचे हैं। इधर अल्मोड़ा में उन्हीं की छोटी पुत्री के विवाह में जा रही हूँ।"

अपने सन्देह की पुष्टि का, सबसे बड़ा सबूत पाकर मैं व्याकुल हो उठी। उसी विवाह में तो मैं भी जा रही थी, उसकी छोटी मामी मेरी मौसी थी। निम्मी ही है यह, सुन्दरी निर्मला।

"देखा ना आपने," वह शायद फिर बैठ गई, "गाड़ी छूटने में पाँच मिनट हैं, अब हमें कोई नहीं निकाल सकता। दिल्ली की गाड़ी के यात्री आए ना कद्दू! मुझे एकदम ही मूर्खा समझ लिया था। अब ठाठ से रात-भर पैर फैलाकर सोएँगे।" मैं अँधेरे में मुँह छिपाकर हँस ली। चौबीस वर्षों की अनकही

बातें क्या एक ही रात के सफर में पूरी हो पाएँगी? ठाठ से रात-भर पैर फैलाकर क्या सो सकोगी मेरी निम्मी? मैंने मन-ही-मन कहा।

गाड़ी में झटका लगा और उसी झटके के साथ डिब्बा, बिजली से जगमगा उठा। आकस्मिक प्रकाश से हम दोनों सकपकाकर उठ बैठीं।

वह आँखों को मलती उठ रही थी कि मैंने ही उसे पहले देख लिया और आश्चर्य से स्तब्ध रह गई। कटे बालों के अतिरिक्त उसमें कोई भी बदलाव नहीं हुआ था। शरीर की किसी भी लुभावनी रेखा पर तोला-भर मांस की परत नहीं पड़ी थी।

अब उसकी बारी थी। वह हँसकर मेरी ओर मुड़ी, "नहीं लगती हूँ ना पहाड़ी?" उसने अपना वाक्य पूरा भी नहीं किया था कि मुझे पहचान लिया। कूदकर वह मुझसे लिपट गई। गाड़ी स्टेशन छोड़ रही थी। जिन कर्मचारियों को उसने लताड़ा था वे खिसियाये-से प्लेटफार्म पर खड़े, चलती गाड़ी को देख रहे थे। निम्मी की बाँहों में मुझे देखकर उनमें से एक ने न जाने क्या कहा और एक अश्लील ठहाका, भागती गाड़ी का पीछा करने लगा। मैंने खिड़की का काँच चढ़ा दिया। बहुत पहले, उसे ऐसे ही एक अश्लील ठहाके से बचाने के लिए मैंने खिड़की के काँच का ज़िरहबख्तर चढ़ाया था। तब भी हम दोनों अकेली, बोर्डिंग से घर लौट रही थीं। लालमुँहे गोरों की रंगीन भीड़ ने, इस अपूर्व सुन्दरी को देखने, अगल-बगल के डिब्बों से अपनी पूरी फौजी टुकड़ी को न्यौत दिया था।

"हे क्लियोपेट्रा, हे मुगल क्वीन" आदि प्रशंसा के पुष्पगुच्छ हवा में उछलने लगे थे। बड़ी कठिनता से जनाने डिब्बे की किलेबन्दी में बन्दिनी बन, एक परिचित वयस्क गार्ड के संरक्षण में, एक प्रकार से लुक-छिपकर ही हम काठगोदाम पहुँचे। वहाँ भी सैनेटोरियम की एक रोबदार आयरिश डाक्टरनी का साथ जुट गया, नहीं तो साथ चल रही फौजी बस के यात्री शायद फिर कुछ उत्पात मचाते। बुढ़िया ने उतरकर उनके कमांडर से कुछ कहा और फिर मार्ग-भर किसी ने चूँ भी नहीं की थी। "आखिर क्या कहा आपने?" निम्मी ने ही पूछा था।

"मैंने कहा, यह उनका बड़ा अन-ब्रिटिश व्यवहार है।"

बस मर्कटमुखी वानरसेना के आत्म-गौरव को, गुढ़िया के एक ही वाक्य ने जाग्रत कर दिया।

आज क्या ऐसा ही एक वाक्य, भारत की अनुशासनप्रियता को भी बाँध सकता है?

"निम्मी, कौन-सी अमरबूटी खाती रही है तू? कुछ तो मोटी हुई होती।" मैंने कहा।

"कुछ नहीं, बस जबान को कड़ी लगाम से कसती रही हूँ। याद है ना, आलू छोड़ दिए थे? अब भी मजाल है जो कभी एक चिप्स भी होंठों से लगी हो!" वह बड़े गर्व से अपनी सुडौल टाँग हिलाने लगी।

वर्षों पूर्व निम्मी आलुओं के लिए, कहीं से एक विदेशी उक्ति सुन आई थी—"ऑन योअर लिप्स फॉर ए फ्यू सेकंड्स, ऑन योअर हिप्स फॉर एवर।" बस उसी दिन से आलू छोड़ दिए। मक्खन, घी, मिठाई, चावल—सबसे बैर मोल लेकर ही वह चिरन्तन यौवन का वरदान पा सकी थी। मेरी मौसी कभी-कभी अपनी मुँहलगी भानजी को छेड़ देती, "शादी होगी तो क्या करेगी, इस कमर से तो चूहे का बच्चा भी नहीं छिरकेगा!"

"तुम अपनी ही कमर में हाथी पालना, मामी!" वह मुँहजोर कहती। गजगामिनी मामी की कमर में सचमुच किसी हाथी का बच्चा समा भी सकता था। प्रौढ़ावस्था के साथ-साथ शायद ही कोई भारतीय नारी, अपने सौन्दर्य और स्वास्थ्य की पोटली सहेजकर रख पाती है, पर निम्मी तो अपने बयालीसवें वर्ष में, अभी भी छूने से मैली हो रही थी। इसी तन्वी मन्दोदरी को अपनी तूलिका के रंगों में सदा के लिए अमर करने की याचना करने, काणारदेवी की घाटी का विदेशी चित्रकार, निम्मी के पिता के सम्मुख प्रायः घुटने ही टेककर गिड़गिड़ाने लगा था, केवल उसकी अपूर्व लावण्यमयी देहवल्लरी का ही चित्र बनाएगा वह, चेहरे की प्रतिकृति आँकने का नाम भी नहीं लेगा। उस दिन उस कलामर्मज्ञ को अनुमति मिली होती तो निम्मी का वह चित्र, मध्ययुगीन अनुपम कलाकृति 'शालमंजिका' से होड़ ले सकता था, पर रायसाहब कुछ बातों में एकदम ही लकीर के फकीर थे। वैसे उनका कहना भी ठीक था। निम्मी की सगाई हो चुकी थी। उसके भावी श्वसुर अपने क्रोधी स्वभाव और सनातनी परम्परा के लिए प्रसिद्ध थे। सवा चार बालों के बीच, ध्वजा-सी शिखा फहराते, फूले नथुने और चौड़े कन्धेवाले निम्मी के भावी श्वसुर दुर्गादत्तजी मुझे सदा पूँछ उठाए, सींग घुसेड़ने को तत्पर क्रोधी साँड-से ही लगते थे। आज शायद दुर्गादत्तजी जीवित होते तो, कुमाऊँ की क्या स्वयं अपने परिवार की प्रगति देखकर ही आँखें फोड़ लेते। कुछ ही दिन पूर्व उनकी एक पोती ने किसी

वैश्य-पुत्र के गले में जयमाला डाली थी। मँझला पुत्र विदेश-यात्रा से एक साढ़े छह फीट की ललमुँही मेम का तोहफा ले आया था। जिस चौके को तीन बार लीप-पोतकर हँडिया चढ़ती थी, उसको तोड़-फोड़कर अब खड़ा सीमेंट का चूल्हा बन गया था। पर यह सब देखने के पूर्व ही विधाता ने दुर्गादत्तजी को उनकी निष्ठा से प्रसन्न होकर समय से पूर्व ही अवकाश ग्रहण करवा दिया था। उन्हीं के जीवनकाल में, उसके सबसे बड़े पुत्र से निम्मी की सगाई हुई थी। निम्मी के पिता का ओहदा भी ऊँचा था और खानदान भी। अंग्रेज़-नन्दनों को गोदी में खिला-खिलाकर उन्होंने रायसाहबी का खिताब पाया था, कई लाट कमिश्नरों से उनका सम्बन्ध था। अंग्रेज़ी अदब-कायदे को घुट्टी में पिलाकर उन्होंने अपनी मातृहीना पुत्री को बड़े लाड़-दुलार से पाला था। तब तक पहाड़ में सगाइयों का रिवाज़ नहीं चला था, विवाह ही के दिन प्रातःकाल टीका चढ़ाकर सन्ध्या फेरे पड़ जाते, पर रायसाहब ने बड़ी जिद से भावी समधी को विवश कर दिया था। विवाह का अभी एक वर्ष तक कोई प्रश्न ही नहीं उठता था क्योंकि मेधावी लड़का पढ़ रहा था। इसी से सगाई की सीलमुहर लगाना उनके लिए अनिवार्य हो गया था। स्वयं उन्हीं की तीन-चार भतीजियाँ विवाह-योग्य हो गई थीं। कब कौन उनके मुँह का ग्रास छीन ले, क्या पता! वैसे स्वयं वे लम्बी सगाई के पक्ष में नहीं थे। "जहाँ तक होगा अगले ही वर्ष हम तेरी शादी से छुट्टी पा लेंगे," वे हँसकर निम्मी से कहते।

निम्मी की सगाई के दिन ही हम दोनों ने पहली बार उसके भावी दूल्हे को देखा था। निम्मी के पिता ने अपने असंख्य विदेशी मित्रों को उस दिन न्यौत दिया, सुनहरे अक्षरों में छपे कार्ड में पूरा कार्यक्रम छपा था। रामपुर से एक सुन्दरी बाईजी को इसी जलसे के लिए मोटी रकम देकर बुलाया गया, कान पर हाथ धरकर टप्पे अलापती बाईजी, एक बार गावतकिया लगाए दुर्गादत्तजी की ओर भी घातक कटाक्ष का वार कर बैठी थी और उन्होंने नाक पर रूमाल रखकर आँखें बन्द कर ली थीं। अपने अरसिक श्वसुर के प्रति उसका काव्य-निवेदन व्यर्थ जाते देख, निम्मी ने मुँह में आँचल ठूँस लिया था। गोल कमरे की सज्जा ही उस दिन निराली थी। मेज़ पर सजा विराट केक, नाना प्रकार के मेवे-मिष्ठान्न, छत से लटकते झाड़फानूस की जगमगाती रोशनी में चमकते विदेशी जोड़े, होंठों का रंग, आलपा के गाउन की खसर-खसर, मीठी खुशबू, सभ्य ठहाके और शैम्पेन की चौड़ी कटि की बोतलों में डूबती-उतराती

सुनहली-रुपहली गोलियाँ। हम दोनों, निम्मी की सातों मामियाँ और नानी एक-दूसरे पर गिरती-पड़तीं बारी-बारी से छोटे से छिद्र-से देखतीं। "मुझे भी देखने दो री, छोकरियो" कह, निम्मी की शौकीन नानी अपनी एक कानी आँख को हाथ से ढाँप, दूसरी मोतियाबिन्द से धुँधली आँख को द्वार के उस छिद्र पर टिका देतीं, जिससे उन्होंने उस ब्रजभूमि में गोपियों की ऐसी कई रास-लीलाएँ देखी थीं।

निम्मी का भावी दूल्हा सुरेश कई मेमों से घिरा लाज से सिर झुकाए चुपचाप बैठा था। लड़का वास्तव में नम्र, सुशील और सुदर्शन था। उसी ने किसी विवाह में निम्मी को देखकर पसन्द कर लिया था और फिर उसकी चाची ही आकर रिश्ता माँग गई थी। दुर्गादत्तजी ने उस प्रस्ताव का कड़ा विरोध भी किया था, पर जिद्दी पुत्र को वे जानते थे। उन दिनों कैसा ही प्रगतिशील परिवार क्यों न हो, पहाड़ में दामाद का विवाह से पूर्व ससुराल आना अनहोनी घटना थी, पर रायसाहब हाईकोर्ट खुलते ही प्रयाग चले गए तो एक दिन उनका दामाद भी अपने बोर्डिंग से आ टपका। फिर तो धीरे-धीरे वह हर इतवार को आने लगा। रायसाहब को भी उसके आने में कोई आपत्ति नहीं रही। आठ महीने बाद तो वह उनका दामाद बन ही रहा था, फिर पहाड़ में होते तो शायद समाज का भय रहता। 'अच्छा है, मैं ननिहाल में नहीं हूँ'—निम्मी ने मुझे लिखा था—'वहाँ होती तो क्या सात मामियों की चौदह आँखों को छल पाती?'

वैसे तो उसकी नानी की पौनी आँख की अकेली सर्चलाइट ही उसकी कोर्टशिप को ठप्प कर देती। सुरेश को दूर से देखने पर अपनी भावी पत्नी जितनी सुन्दरी लगी थी, निकट आने पर उससे कहीं अधिक लुभावनी लगी। पर मुझे उसके लिए बड़ी चिन्ता थी। अपने नये भावी रिश्ते की उपस्थिति से वह कुछ नरम भले ही पड़ी हो, कुत्ते की पूँछ को क्या विधाता भी सीधी कर पाता है! मुझे वह प्रायः ही अपने तीखे स्वभाव की विस्फोटकारी दुर्घटनाएँ सुनाती रहती।

"आज हरामखोर बिशन को मैंने सुरेश के सामने ही ऐसी झाड़ पिलाई कि सुरेश भी सहम गया।"

"आज मैंने नत्थू की पूरी धुलाई काट ली। कहता था, डैडी की कमीज़ गदहा चर गया।"

मुझे निम्मी की अल्पबुद्धि पर तरस आता। विवाह के पूर्व ही, शान्त-भीरु स्वभाव के भावी सहचर को ऐसे सहमाना क्या उचित था? यह ठीक था कि

वह ऐसी ऊँची दुकान पर सजी मिष्ठान्न का थाल थी, जिसके बिक जाने पर लौटाने का प्रश्न ही नहीं उठ सकता था, पर फिर भी भला कोई दूकानदार, क्या स्वयं ही ग्राहक को उलट-पुलटकर अपने माल का दुर्बल पक्ष दिखाता है?

कहीं ग्राहक बिना खरीदे ही लौट गया तब? पर इस 'तब' की निम्मी को कोई चिन्ता नहीं थी। उसे तो शिकायत थी अपने भावी वर की चुप्पी और सगाई की लम्बी अवधि से। "पढ़ाई क्या शादी के बाद नहीं हो सकती?" वह प्रायः ही सुरेश से पूछ बैठती। उसके इसी अधीर प्रश्न के उत्तर में ही शायद सुरेश उसे एक नीलम की चौकोर अँगूठी लाकर पहना गया था। आज भी वही अँगूठी उसी अँगुली को अपने सूक्ष्म घेरे में बाँध हथकड़ी-सी बनी ज्यों-की-त्यों धरी है। न नीलम घिसा है, न पहननेवाली स्वामिनी। तब क्या अभी भी वह सुरेश को नहीं भूल पाई है?

अँगूठी पहनाने के बाद ही छुट्टियाँ आ गईं और सुरेश बड़े उत्साह से पहाड़ चला गया। विवाह का केवल एक महीना रह गया था। इधर न जाने क्या सोचकर रायसाहब ने दोनों के मिलने पर रोक लगा दी थी। अब वे स्वयं पहाड़ जा रहे थे और वहाँ दोनों का मिलना ठीक नहीं था।

पहाड़ पर पहुँचते ही विवाह की तैयारियाँ आरम्भ हो गईं। कहीं सुरेश की बीसियों ताई-चाचियों के कपड़ों के जोड़ों पर चिट चिपकाए जा रहे थे, कहीं गेहूँ और तिल के पर्वताकार स्तूपों को बीनने मुहल्ले-टोले की महिलाओं की चींटी की-सी कतार चली आ रही थी। चाय और फलाहारी नाश्ते के साथ कई जोड़ा हाथ क्रियाशीलता का नाटक रच रहे थे, जिसमें हाथ कम और जबानें ही अधिक चल रही थीं। अनाज के कंकड़ ज्यों-के-त्यों धरे रहते, पर समाज का कूड़ा-करकट खूब बीना-फटका जाता, 'सुना बहन, तुमने? अंधेर हो गया, आज तक मुसलियों की छोकरी तो पहाड़ी नहीं लाए थे'—'और फलाँ का लड़का तो बनिए की बेटी ब्याह लाया है—उससे तो मुसल्टी भली। आज तक सास चार धाम कर आई है, अब नई बहू मदीना घुमा लाएगी'—रसिकप्रिया रघुदा की बहू अपने इस बेजोड़ मज़ाक से सबको लोट-पोट कर देती।

"अरी, बड़ी हरामिन है तू रघुवा की दुल्हन, मरी के दिमाग में न जाने कहाँ से ऐसी बातें आती हैं!" इसी रसिकता की रसवन्ती फुहारों के बीच, गृहस्वामिनी 'कुंडे' का दानेदार दही मँगवाती और देखते-ही-देखते भूने भाँगे के नमक, शहद और दही के साथ, कांचनसन्निभ पहाड़ी नींबू मिला, अनोखे

रंग और अद्वितीय स्वाद के देवताओं के खाने योग्य, खाद्य पदार्थ की सृष्टि हो जाती। कूदकर हम दोनों भी पहुँच जातीं और तिमिल की चौड़ी पत्तियों में, एक-एक अमृतस्वरूपी फाँक का प्रसाद, पूरी महिला गोष्ठी में वितरित किया जाता। हँसी-खुशी के बीच, उत्तरायण का सूर्य, नित्य के अधैर्य से डूबने की चेतावनी दे बैठता तो हड़बड़ी में विवाह की तैयारी की हाट समेट ली जाती।

आज सोच रही हूँ, बहुत अच्छा किया निम्मी, जो तू पहाड़ नहीं आई। प्रांगण अब भी वही है, पर अब वह पत्ते पर फाँक धरकर बाँटनेवाली पीढ़ी बीत चुक गई है। सना नींबू खाने पास-पड़ोस तो दूर अब शायद घर ही के सदस्यों को कोई नहीं न्यौतता। सम्मिलित परिवारों के खोखले घरौंदे कब के ढह चुके हैं और जो एक-आध, नए युग के भूकम्प के गहरे धक्के को सहकर भी खड़े रह पाए हैं, उनमें न जाने कितने बन्दी शाहजहाँ, अश्रुपूरित नयनों से अपनी गृहस्थी के उजड़ते ताजमहल को विवशता से हाथ बाँधे देख रहे हैं। उन्हीं के सुखी परिवार में जहाँ तिल का एक-एक दाना भी बाँटकर खाया जाता था, वैमनस्य की चिनगारी ने भाई-भाई को खून का प्यासा बना दिया है। आज घर-घर में दारा, मुराद और औरंगजेब हैं निम्मी—उत्तरायण का सूर्य अब भी उसी अधैर्य से डूबने की चेतावनी देता है, पर उसकी चुनौती को स्वीकारने बिजली की जगमगाती बत्तियाँ हैं, लड़कियाँ स्वच्छन्द होकर बाज़ार में सिर उघाड़े घूम सकती हैं। आज उन्हें हमारी भाँति टोकनेवाला कोई नहीं है। युग-पुरुष ने करवट ले ली है। जिस अल्मोड़ा के बचपन के चेहरे की दूधिया चिकनाहट देख चुकी थी, उसके प्रौढ़ चेहरे पर अनुभव की झुर्रियाँ देखना क्या निम्मी को अच्छा लगता? चौबीस वर्ष पूर्व का सरल, धोती का कछौटा कसा भोला कृषक-पुत्र अल्मोड़ा आज कोट-पैन्टधारी सुशिक्षित संसारी प्रौढ़ हो चला है। आज उसी भोले शिशु की स्मृति मुझे विह्वल कर रही है।

निम्मी के विवाह के आठ दिन पूर्व ही मौसी ने मुझे बड़े आग्रह से रहने को बुला लिया था। पर ठीक चार दिन पहले, जब चौड़ी पापड़-सी पहाड़ी पूड़ियों को, रोली के स्वस्तिक से सँवार, धूप में सुखाया जा रहा था और नाना मंगल-गीतों के बीच, पीछे फुलवर के लेस लगे पिछौड़ों पर, रुपया कपड़े में लपेट, गुलेनारी रंग के ठप्पे धरे जा रहे थे, रायसाहब भागते-भागते आ गए, "फौरन काम रोक दो, वर के ताऊ को दिल का दौरा पड़ गया और चल बसे हैं। अब समधियाने के सूतक में विवाह की बात कैसे उठ सकती है।"

निम्मी अपने कमरे में बड़ी देर तक रोती रही थी। दुर्गादत्तजी का सम्मिलित परिवार अपने आदर्श प्रेम के लिए प्रसिद्ध था, फिर सबसे बड़े भाई की मृत्यु होने पर पुत्र का मौर किस दुःसाहस से सँवारते! उन्होंने कहलवा भेजा कि वे पूरे एक वर्ष तक सहोदर की मृत्यु का मातम मनाएँगे।

राम-राम कर एक वर्ष भी कटा, इस बीच न जाने क्या सोचकर रायसाहब पुत्री को ननिहाल ही छोड़ गए। लुक-छिपकर, मेरे ही पते पर चिट्ठियाँ चलती थीं और उसी अटके पत्र-व्यवहार को देखकर मेरा माथ ठनका। पहले नित्य चौथे दिन सुरेश का मोटा लिफाफा आता, फिर कलेवर क्षीण पड़ने लगा और कभी-कभी तो दो-दो सप्ताह बीतने पर भी पत्र नहीं आता, और निम्मी का सूखा चेहरा देखकर मुझे बड़ा तरस आता। मैं उसे दिलासा देने की भरसक चेष्टा करती, "सबर का फल मीठा होता है, निम्मी!" मैंने एक दिन हँसकर उसे समझाया तो वह मुझ ही पर फैल गई, "जी हाँ, और सबर का मीठा फल पेड़ ही पर लटका रहे तो क्या कभी सड़ नहीं सकता?" जिस रेट से, बैरी दुर्गादत्तजी के पांडव भाई, एक-एक कर अच्छा-खासा दिल धड़का-धड़काकर स्वर्ग सिधार रहे थे, मुझे उसकी सगाई का भविष्य अन्धकारमय लगने लगा था। दूसरे ही वर्ष उसके मँझले चचिया ससुर चल बसे और विवाह फिर एक वर्ष के लिए टल गया। छठे महीने उसके तीसरे ससुर की आँतें, घर की पुरानी गाय ने सींग मारकर आँगन में फैला दीं। अब तो रायसाहब के धैर्य का सिंहासन भी डगमगा गया।

निम्मी का एक लम्बा खर्रा मेरे पास आ गया—"लगता है मेरे श्वसुर-कुल को मुर्गियोंवाली रानीखेत-डिजीज लग गई है, कौमार्यव्रत ही धारण करना होगा।"

बेचारी निम्मी! तीसरे वर्ष स्वयं दुर्गादत्तजी के पचास वर्ष पुराने दमा ने, बिना किसी पूर्व-सूचना के ही उनका दम उखाड़ लिया तो बाप-बेटी दोनों ने हथियार डाल दिए। जिस पुत्र के मुँडे सिर पर बाप की क्रिया का छोपा बँधा था, उस पर मौर बाँधने की आशा दुराशा मात्र थी। पुत्री को लेकर, रायसाहब बहुत पहले बाप-दादों की खरीदी गई ज़मीन की देखभाल करने नेपाल चले गए।

"जब विवाह की घड़ी आएगी तो विधाता भी नहीं टाल पाएगा," उन्होंने रोती पुत्री को मेरे ही सामने समझाया था। पर पुत्री जान गई थी कि वह घड़ी अब कभी नहीं आ सकती। न जाने किस दैवी शक्ति ने उसे भावी संकट के

लिए प्रस्तुत कर दिया था। सुरेश की पहली नियुक्ति बिहार में हो गई थी। तीन अदद विधवा ताई-चाचियों को लेकर वह अपनी नई डिप्टी कलेक्टरी सँभालने चला गया और भावी सुनहले भविष्य की रूपरेखा सँजोकर एक सात पृष्ठ का पत्र निम्मी को मेरे पते पर भेज गया। पत्र क्या था, पूरा महाकाव्य था। निम्मी उसी दिन नेपाल जा रही थी। उसने पत्र पढ़ते ही, मेरे सामने धज्जियों में बिखेर दिया। "बनता है नालायक, चाहता तो क्या मुझे ब्याहकर नहीं ले जा सकता था?"

"कैसा बचपना करती है, निम्मी!" मैंने कहा था, "वह बेचारा क्या तीन बूढ़ों को अमृत पिलाकर बचा लेता!"

"कौन कहता है बचाने को, पर हर बूढ़े के मरने पर इस स्टेट-मोर्निंग की भला क्या जरूरत थी?"

और वह नेपाल चली गई। दूसरे वर्ष, पूरा पर्वतीय समाज, कलेजा थामकर दुर्गादत्तजी के परिवार में किसी अशुभ घटना की प्रतीक्षा करता रहा, पर उस वर्ष उस घर में कोई अर्थी नहीं निकली। इस बीच, निम्मी की अल्पबुद्धि ने स्वयं ही अपने सौभाग्य की अर्थी निकाल दी। विवाह की तिथि निश्चित करने, सुरेश ने नम्रतापूर्ण पत्र लिखा तो निम्मी का उत्तर आया—"अबके, अपने घर-भर के बड़े-बूढ़ों की डॉक्टरी जाँच करा लेना, तब तिथि निश्चित करना! कहीं ऐसा न हो कि फिर मुहूर्त टल जाए!"

बस, इसी पत्र से सुरेश भड़क गया। वैसे शायद उसका भड़कना भी उचित था। इस लम्बे अर्से में वह समझ गया था कि उसकी तटस्थता एवं औदात्य को समझने की शक्ति उसकी रूपगर्विता भावी पत्नी में नहीं है। उसका आवश्यकता से अधिक स्वतन्त्रता-प्रेमी व्यक्तित्व, एक-न-एक दिन अवश्य ही उसकी अनुशासित दलीलों की अवहेलना कर विद्रोह कर बैठेगा और वह दिन सुरेश के लिए बड़े सुख का नहीं रहेगा। क्यों न तनिक साहस से दुखती दाढ़ को एक ही झटके में उखाड़कर चैन की साँस ले ली जाए! उसने यही किया भी। अपने चाचा से कह दिया—वह गाँव की अनपढ़ कन्या भले ही ले आए, पर अब उस घमंडी लड़की से रिश्ता नहीं करेगा—जिसने उसके मृत-गुरुजनों का अपमान किया था। सगाई टूट गई। मैंने उस वैभव-मदमत्त रूपगर्विता को तीन-चार पत्र भी लिखे, पर कोई उत्तर नहीं आया। स्पष्ट था कि वह अपने जीवन में, झंझावात की भाँति आ गए प्रेमी की स्मृति का, एक-एक चिह्न मिटा

देना चाहती थी और मैं ही तो उस प्रणयकाल का प्रमुख स्मृति-स्तम्भ थी। सुनने में आता रहता था कि रायसाहब ने नेपाल में लाखों रुपया पैदा कर लिया था और शायद उसी भौतिक समृद्धि का घातक विष पिता-पुत्री के पूरे शरीर में फैल गया। अत्यधिक मद्यपान से पिता की हृदयगति सहसा बन्द हो गई तो निम्मी भी सब बेच-बाचकर विदेश चली गई, उसका यही अन्तिम समाचार मुझे मिला था।

और आज इतने वर्षों बाद वह मुझे अचानक मिल गई। हर स्टेशन के आते ही वह उचककर खिड़की से झाँकने लगती। वे ही परिचित स्टेशन, पहाड़ निकट आने पर छोटे-छोटे प्लेटफार्म पर वैसे ही सरल पहाड़ी चेहरे देखती वह उत्तेजित हुई जा रही थी।

लालकुएँ के स्टेशन पर, मस्त बैलों की भाँति दो इंजन गाड़ी को ठेलने बढ़ आए तो वह बच्ची-सी किलक उठी—"अरे, कुछ भी तो नहीं बदला—अभी भी दो ही इंजन गाड़ी को काठगोदाम तक ठेलते हैं!"

"तुम भूल रही हो निम्मी!" मैं बोली, "अब उन दो इंजनों को स्वतन्त्र भारत ठेलता है।"

"लाख ठेले," उसने बड़ी उपेक्षा से अपनी सुन्दर नाक सिकोड़ी—किसी सुरक्षित ऐतिहासिक इमारत में अकड़ी खड़ी संगमरमरी मीनार-सी उसकी सुकुमार नासिका अभी भी उतनी ही आकर्षक थी।

"सब सुनती रहती हूँ विदेश में, अब यहीं की बात है, परसों कलकत्ता से एक बर्थ के रिजर्वेशन के लिए दस का नोट थमाया, जब जाकर कहीं मिला।"

गाड़ी हलद्वानी छोड़ रही थी। अचानक मुखरा निम्मी चुप हो गई। मैं उसके मुग्ध चेहरे को देख रही थी। प्रकृति के आँचल में तराई के अनोखे बेलबूटे उतरने लगे थे। सूखी नदी के क्षीण कलेवर में बहते शहतीर, आस-पास पड़े गोल-चिकने पत्थरों के स्तूपाकार गट्ठर, नारंगी फलों की सुपरिचित झाड़ियाँ, लकड़ी के धुएँ से काले अर्वाचीन मकानों के कंकालों के बीच उभरे सीमेन्ट के दुमंज़िले चमचमाते मकान। न जाने कितनी स्मृतियाँ अभागिनी को विह्वल कर रही थीं। एक रहस्य केवल मुझ ही तक सीमित था। एक बार किसी रिश्तेदारी के विवाह से निम्मी अकेली लौट रही थी।

सुरेश उन दिनों अपनी ननिहाल हलद्वानी आया था। वह भी स्टेशन पहुँच

गया और वहीं से टिकट लेकर, निम्मी के साथ काठगोदाम।

सौभाग्य से रिक्त उस फर्स्ट क्लास में दोनों की सरस यात्रा के सजीव वर्णन से भरा निम्मी का लम्बा पत्र शायद अभी भी मेरे पास पड़ा होगा। क्या आज उसी मीठी स्मृति का विषधर, उसे अपने घातक डंक से डंस, निश्चेष्ट कर रहा था?

मेरी उपस्थिति को भूल वह खिड़की पर सिर टिकाए, मन्थर गति से रेंगती गाड़ी के औदार्य से, एक-एक पेड़-पत्ते को आँखों-ही-आँखों में पी रही थी।

अचानक मेरी तीखी दृष्टि का चाबुक उसकी गर्दन पर लगा।

वह हँसकर मेरी ओर मुड़ गई—''क्या देख रही हैं ऐसे! क्या बहुत अधेड़ लग रही हूँ?'' मैं खिसिया गई—''नहीं, निम्मी, वही तो नहीं लग रही है, जलन हो रही है तुझे देखकर।'' ''पगली कहीं की!'' उसका स्वर भावना के गह्वर में डूब गया—''तेरा क्या! लड़कियों का विवाह पक्का हो गया है, पति है, सुखी गृहस्थी है और मेरा तो 'माई फेस इज़ माई फोरचून'।'' मैं चौंकी—कहीं संसार के प्राचीनतम मीनाबाज़ार में अपने रूप के हाट की उजड़ती दुकान का तो उल्लेख नहीं कर रही थी? पर आँखें पोंछकर वह हँस दी और उस उज्ज्वल-निर्मल हास्य ने मेरी दुश्चिन्ता धो-पोंछकर बहा दी।

मेरी अपनी यह धारणा है कि कलुष और पाप की छाया, किसी भी नारी या पुरुष के चेहरे को रंजित किए बिना नहीं छोड़ती। चन्दन या रोली की पावन बिन्दुली, रामनामी दुपट्टे ओढ़े, व्रत-अनुष्ठान के व्यूह के बीच लौह-स्तम्भ-से खड़े बगुला-भगतों की दाढ़ी के तिनके, तनिक चेष्टा करने पर ही बड़ी सुगमता से बीने जा सकते हैं।

पर उस निष्कलुष चेहरे के भोलेपन में, किसी ठगी का फरेब नहीं था।

काठगोदाम आया तो हम दोनों वेटिंग-रूम की ओर लपकीं। दोनों पहाड़ी कंठ, चाय की चहास से व्याकुल हुए जा रहे थे। बैरा को चाय लाने के लिए कह, निम्मी आरामकुर्सी पर लद गई—''थोड़ी देर तक सुस्ताकर चल देंगे—एक टैक्सी ही कर ली जाए, क्यों? एकान्त में बतियाते चलेंगे,'' उसने कहा। एकान्त में वह मुझसे किसकी कुशल पूछना चाहती है—मैं समझ गई।

और तब ही मुझे लगा, मुँह बाए खड़ी खन्दक को शायद वह अज्ञानवश नहीं देख पाई, या फिर देखकर भी अनदेखी कर रही है। उसका यह अदम्य उत्साह, बिछुड़ी जन्मभूमि से मिलने की ललक क्या मामा की पुत्री के विवाह तक जाती रह पाएगी?

बैरा को टिप देकर उसने बटुआ खोल, नन्हें रूमाल से होंठ पोंछे, फिर चाय से धुल गई लालिमा को लिपस्टिक की गाढ़ी रेखा से आरक्त किया। वह सदा ही किसी कुशल चितेरे की भाँति अपने क्यूपिड अधरों को रँगती थी। "क्यों, अब चला जाए?" वह उठ गई। "निम्मी!" मैंने उस नर्मदिल डॉक्टर की भाँति भूमिका बाँधी, जो मृत्युद्वार पर खड़े अपने मरीज़ को मृत्यु की सम्भावना से परिचित कराता है। हो सकता है दुःसाहसी हँसी मरीज़ मुस्कराकर कह दे—"जानती हूँ जी, मुझे मरना है, पर मृत्यु से कैसा भय!"

मैंने गला खँखारा, कैसे आरम्भ करूँ। पर इसी बीच निम्मी ने बातों का उलझा तागा सुलझा, सूत्र मेरे हाथ में स्वयं पकड़ा दिया—"इतना अच्छा लग रहा है, जी में आ रहा है पंख लगाकर अल्मोड़ा की ओर उड़ चलूँ—जिस मीना की छठी की पूड़ियाँ भी नहीं खाई थीं उसी के विवाह-भोज में जा रही हूँ। पर मामी की अक्ल तो देख, यह लिखा ही नहीं कि विवाह किससे हो रहा है।"

बस उसने सीढ़ी रख दी थी, अब मुझे पाँव साधकर नीचे उतरना था। "जानती है किससे हो रही है? सुरेश के लड़के से।" मैं एक ही साँस में कह गई।

निम्मी कुर्सी पकड़कर पीसा के मीनार-सी एक ओर को ढहने लगी, तो मुझे लगा कि वह गिर पड़ेगी। उसका चेहरा एकदम सफेद पड़ गया, पर दूसरे ही क्षण उसके सहसा भिंच गए होंठ स्वगत बुदबुदाने लगे, "यह तो छोटी मामी का सरासर अन्याय है—कम-से-कम यह तो लिख ही देतीं। उन्होंने कैसे सोच लिया कि मैं इस विवाह में न आ सकूँगी!"

अनुपस्थित मामी के प्रति उसका उपालम्भ आँखों में छलक उठा।

"तुम चल दो, अब मैं आगरा फोर्ट से ही लौट आऊँगी। यह मामी को दे देना। जब उनका निमन्त्रण मिला, मैं हांगकांग में थी, वहीं यह साधारण-सा उपहार ले लिया था।"

उसके साधारण उपहार का स्तर देखकर मैं दंग रह गई। मखमली डिबिया में झलमलाते हीरे के कर्णफूल स्वयं अपना मूल्य बता रहे थे। "फिर कभी मिलेंगे," उसने हँसकर कहा, पर आँसुओं की चिलमन से झाँकती व्यथा की म्लान छाया, उसके होंठों तक उतर आई थी। उसके दोनों होंठ बुरी तरह काँप रहे थे। मेरे कुछ कहने पर वह टूट पड़ेगी सोच, मैंने अपना बटुआ खोल कर्णफूल सँभाले और चलने को मुड़ी।

"एक उपहार तो रह ही गया।" उसने कहा, "इसे सुरेश को दे देना,

अपने बेटे की बहू को पहना देगा।" देखते-ही-देखते उसने नीलम की अँगूठी उतारकर मुझे थमा दी। "इसे रहने दे ना," मैंने डरते-डरते कहा। "किसके लिए रहने दूँ!" आँसू की दो बड़ी-बड़ी बूँदें कोर से नीचे ढुलक गईं। उसने उन्हें पोंछने का कोई प्रयत्न नहीं किया, "आज तक जिसके लिए मूर्खतावश इसे पहनती रही, वह मेरे अज्ञान से अन्धी कल्पना-दृष्टि में अभी भी मेरे लिए कुँआरा बैठा था। आज अचानक वही अपने बेटे की बारात सजाकर चल दिया तो अब किसके लिए पहनूँ?"

मेरी बस चली तो वह देर तक रूमाल हिलाती खड़ी रही। काश आज सुरेश उसे देख पाता! सिर से पैर तक, कहीं तो कुछ बदली होती। पर कहाँ देखेगा अब उसे! कल तक वह न जाने किस विदेश के आकाश की गगनचारिणी बन जाएगी! घर पहुँचते ही मैंने मौसी को उसका उपहार थमा दिया। वर्षों से बिछुड़ी, द्वार तक आकर लौट गई भानजी की स्मृति में मौसी ने एक-दो आँसू बहाए, फिर घर के पुराने सुनार से हीरे जँचवाने चली गई, असली हैं या नकली!

अँगूठी मैंने नहीं दी। विवाह के उल्लास-उदधि में पूरा घर डूबा था। सजे शामियाने के नीचे बैठे अतिथियों का, गुरखा बैंड लुभावनी लोकधुनों से मनोरंजन कर रहा था। रंगीन बत्तियों के लट्टुओं की नीली-पीली रोशनी में चमकते सुरेश को, उसके समधी ने न जाने किस रसिकता की फुलझड़ी से गुदगुदा दिया था। खूब हँस रहा था वह। उसका युवा पुत्र काली शेरवानी में, चमकता-दमकता बार-बार इधर-उधर आँखें घुमाता किसी को ठीक वैसे ही ढूँढ़ रहा था जैसे चौबीस वर्ष पूर्व, उसका पिता अपनी सगाई के दिन किसी को ढूँढ़ रहा था।

पर सुरेश कितना बदल गया था!

चेहरे पर सुख-सन्तोष की लाली थी, आँखों में प्रभुता का मद था और सुखी-सम्पन्न गृहस्थी का विज्ञापन देने, छोटी-सी तोंद भी निकल आई थी।

उस उल्लास की गोधूलि को, मैं 'दीन्ही मुद्रिका डारि' कर किस दुःसाहस से म्लान करती।

अँगूठी मैंने बटुए में रख ली। दूसरे दिन विदा होने लगी तो भीड़ में जाकर अवगुंठनवती नववधू की पसीने से तर अँगुली में चटपट अँगूठी पहना, मैं

तीर-सी निकल, फिर भीड़ में घुल-मिल गई।

मेरा काम पूरा हो गया था। जिसे देनी थी उसे तो नहीं दे सकी, पर जिसे पहनाए जाने की निम्मी ने इच्छा प्रकट की थी, उसकी अँगुली तक तो पहुँचा ही दी। घूँघट से दबी मीनी जान भी नहीं पाई होगी कि अँगूठी उसे कौन पहना गया! अपनी सूझ-बूझ, फुर्ती और चातुर्य पर मुझे गर्व भी हुआ।

अपने बेटे की बहू की अँगुली में उस अँगूठी को एक-न-एक दिन वह देख ही लेगा, जिसे दिखाकर, सालने के लिए ही वह उपहार दिया गया था। इतना मैं दावे के साथ कह सकती हूँ कि एक बार पहनने पर, शायद संसार की कोई भी स्त्री उस सुन्दर चौकोर नीलम को अपनी अँगुली से, स्वेच्छा से विलग नहीं होने देगी।

पर काल-मत्स्य के गर्भ से निकली और अपनी विप्रलब्धा नायिका की लौटाई गई उस नीलांगुरीय को क्या इस युग का दुष्यन्त पहचान पाएगा?

शायद

नैनीताल से दिल्ली की बस-यात्रा में, तराई के बहुरंगी वैभव के अतिरिक्त, कभी-कभी बैठे-बिठाए अच्छी-खासी नौटंकी भी देखने को मिल जाती है। वैसे भी इस लम्बी बस-यात्रा में, मारवाड़ी लहँगे-सा घेर-घुमावदार 'चीलचक्कर' तीस-पैंतीस वर्ष का पूर्व-परिचित होने पर भी, मुझे नित्य नवीन लगता है। ऊँचे दैत्याकार पर्वतों के वक्ष पर उतरते हरे खेतों की सोपान-पंक्ति, क्रमशः नीचे उतरती घाटी, हर बार पेट की आँतों को ही अपने साथ नीचे नहीं उतारती, मस्तिष्क में संचित स्मृति में भी अनावश्यक उथल-पुथल कर जाती है। प्रत्येक यात्रा की एक-न-एक स्मृति फिर ताजी हो उठती है।

अचानक कब पर्वतों का वैभव छूट जाता है और कब किसी बालिका के सपाट वक्षस्थल-से मैदान, सहसा कपड़े के थान-से खुलते चले जाते हैं, मुझे ध्यान ही नहीं रहता। फिर भी जितनी ही बार उत्तराखंड और तराई के इस अपूर्व संगम को देखती हूँ, उतनी ही बार मुग्ध हो जाती हूँ। जैसे जापान के कुशल चित्रकार, अपनी तूलिका के एक ही स्ट्रोक का आधार लेकर अनुपम कलाकृतियों की सृष्टि करते हैं, वैसे ही अपनी तूलिका के एक ही मास्टर स्ट्रोक से शायद उस विराट शिल्पी ने इस स्वर्गीय सुषमा की सृष्टि की है। एक-एक टेढ़े-मेढ़े मोड़ के साथ, यात्री सुराही, नाश्तादान किसी पूर्व-निर्धारित योजना में बँधे-से लुढ़कने लगते हैं। जानी-पहचानी-सी पोटलियाँ, बीड़ी-सिगरेट का कड़ुवा धुआँ, ड्राइवर का पहाड़ी पट्टू का कोट, किसी सरला कुमाऊँनी माता से उसके वयःसन्धि पर खड़े किशोर बालक की सन्देहात्मक उम्र को लेकर, कंडक्टर की पहाड़ी मिश्रित हिन्दी में लम्बी बहस, सबकुछ ठीक वैसे ही होता चला जाता है, जैसे आज से पच्चीस-तीस वर्ष पूर्व हुआ करता था।

काठगोदाम से नीचे उतरने पर नक्शा थोड़ा-बहुत बदला अवश्य मिलता

है, फिर भी मुझे सारे रोडवेज के स्टेशन, एक ही सूरत के जुड़वाँ भाई-बहनों-से लगते हैं। एक ही-से बुक स्टाल में सजी, विभिन्न सस्ते कलेवर की रंगबिरंगी 'लाल सुन्दरी', 'मेरी प्रेमिका', 'खूनी पंजा', 'सोहागरात' आदि सस्ती पुस्तकें, कोठेवालियों की ही भाँति, अपने कटाक्षों से मनचले ग्राहकों को खींचने लगती हैं। यही नहीं, मुझे तो हर स्टेशन के ढाबे, उनके मालिक, गन्दी निकर और बनियानधारी चकले-से चेहरेवाले छोकरे, नौकर; सब एक ही शक्ल-सूरत के लगते हैं। फिर भी इस यात्रा का अपना अनोखा आकर्षण है। राजनीतिक नेता से लेकर चलचित्र की किसी लोकप्रिय तारिका के जीवन की अन्तरंग झाँकियों का आँखों-देखा हाल केवल इसी यात्रा में मिल सकता है।

नये-नये जोड़ों के हाथ में बजते ट्रांजिस्टर, बाज़ार-भाव से लेकर संसद समीक्षा, एक साँस में उगलते चले जाते हैं। रामगंगा पुल के सदा मुँदे कपाट, जो शायद बद्रीनाथ मन्दिर-कपाटों की भाँति, वर्ष में केवल तीन ही महीने खुले रहते हैं, बस-यात्रियों को कभी-कभी बेहद उबा देते हैं। पुल पर घंटों तक, एक-से-एक बदसूरत, रंग-उड़ी, बूढ़ी, अधेड़ मालगाड़ियाँ कछुए की गति से रेंगती चली जाती हैं, तो जी में आता है, कन्धे पर उठाकर उन्हें दूर पटक दिया जाए। मुझे तो लगता है कि इस मालगाड़ी-प्रदर्शनी और खोंमचेवालों की बिक्री में कहीं-न-कहीं कुछ साँठ-गाँठ अवश्य है। बस के दोनों ओर विराट् कड़ाही में तैरती हरी मिर्च और प्याज की पकौड़ियों की मनोहारी सुगन्ध की गोलाबारी के फलस्वरूप अधिकांश बस-यात्रियों के संयम-दुर्ग को कई बार भरभराकर ढहते देख चुकी हूँ। देखते-ही-देखते ठेलेवालों का ठेला रिक्त हो जाता है, उधर एक के बाद एक दस-दस गज की मालिगाड़ियाँ, पुल के फाटक को बड़े सधे चातुर्य से बाँधे रखती हैं। अचानक दन्तमंजन, पाचक चूर्ण और सुरमे की हरी-गुलाबी पुड़ियों से भरी ट्रे गले में लटकाए एक-दो ढीठ बिसाती संगीत मुखर व्याख्या की शहनाई छेड़ देते हैं। कभी-कभी पीछे की सीट पर बैठे किसी पोटलीधारी यात्री का, बेचनेवालों के स्नेहपूर्ण आग्रह पर वहीं पर दन्तमंजन कर, पचापच थूकते, या पाचक लक्कड़ हजम, पत्थर हजम की फंकी मार, तत्काल अपने कन्धे पर हींग-मिश्रित डकार की दुनाली दागते देख, सिहर भी उठी हूँ। पर फिर भी मुझे यह स्वीकार करने में तनिक भी संकोच नहीं होता कि यह बस-यात्रा कुछ अंशों में निश्चय ही रेल के वातानुकूलित डिब्बे की यात्रा से भी कहीं अधिक रोचक लग सकती है। अब रेल के फर्स्ट क्लास में चटपटी चाट का दोना चाटने की या कुल्हड़ के चाय की चुस्कियाँ लेने की

स्वच्छन्द स्वतन्त्रता का प्रश्न ही नहीं उठ सकता। उस पर इस बस-यात्रा में कहीं नैनीताल से लौट रहे एक-आध सनकी हनीमूनर का जोड़ा मिल गया, तब तो अच्छी-खासी नौटंकी ही देखने को मिल जाती है।

क्षमा कीजिएगा, मैं उसी नौटंकी का उल्लेख करते-करते कथासूत्र की भूमिका ही में उलझकर रह गई।

मार्च का महीना होने पर भी मौसम आश्चर्यजनक रूप से ठंडा था। मैं कुछ पहले ही आकर बस में बैठ गई थी। पीछे कौन-कौन बैठा है, कितनी भीड़ है, यह सब देखना वैसे भी तो अच्छा नहीं लगता, उस पर किसी कंठ-स्वर को सुनकर उस अनदेखे व्यक्तित्व के चेहरे-मोहरे या पेशे का अन्दाज़ लगाना और फिर चेहरा सामने आने पर अपने अनुमान का ठेला ठिकाने पर लगा पाकर, मुझे कभी-कभी अपनी निशानेबाजी की सफलता पर बड़ा गर्व भी होता है।

ठीक मेरी ही सीट के पीछे, एक दस दिन का बासी जोड़ा बैठा था। दस दिन का इसलिए कह रही हूँ, क्योंकि नवेली बचकाने स्वर में, पिछली छब्बीस फरवरी की अपनी विवाह-तिथि का निरन्तर ऐसा सस्वर पाठ कर रही थी कि मुझे ही नहीं, शायद कंडक्टर-ड्राइवर को भी वह तिथि रट गई थी। यह नई जोड़ी बेहद चटोरी थी। हर स्टेशन पर वह नवेली, नई टेरिलीन का सूट और एक सस्ते नगीने की अँगूठी को चमकाते, अपने पति को कुछ न कुछ लाने, हँसती-खिलखिलाती ठेल रही थी और वह ठिगना हँसमुख व्यक्ति, ठुमकता एक न एक दोना लिए चला आ रहा था। उसकी रसिकप्रिया अपनी मीठी हँसी से उसका स्वागत करती और खिड़की से दो मेंहदी रची हथेलियाँ चमकाती दोना थाम लेतीं। हँसी का स्वर सुनकर ही मुझे लगा था कि इसकी बचकानी खनक और मिठास दोनों ही में सैकरीन की-सी बनावटी मिठास है। निश्चय ही यह सैकरीन की छुरी से काटकर मीठा बनाया गया फीका खरबूजा निकलेगा। मेरा अनुमान ठीक था। वह नीचे चहलकदमी करने उतरी तो मुझे उस मूर्खा पर बेहद तरस आया। ऊँचे जूड़े, ऊँची एड़ी और पेंसिल से उठाई गई ऊँची भवों को लाख ऊँचा उठाने पर भी बेचारी जीवन-भर कभी अपने व्यक्तित्व को ऊँचा नहीं उठा पाएगी। बड़ी देर तक, अपने बाप के लिए ट्रांजिस्टर पर, ऊल-जलूल फिल्मी गानों के साथ, स्वयं बेसुरे स्वर में गुनगुनाती वह शायद सो गई थी। मैंने चैन की साँस ली भी न थी कि एक धक्के के साथ बस रुक गई।

सामने बैलगाड़ियों का एक लम्बा जुलूस चला आ रहा था और जैसा कि प्रायः होता है, इन गाड़ियों के जिद्दी बैल भी, ड्राइवर के लम्बे तीखे हॉर्न को अनसुना कर, सींग ताने मस्तानी चाल से झूमते, ड्राइवर की छाती में सीधे धँसे चले आ रहे थे।

गाड़ीवान तड़ातड़ बैलों की चमड़ी उधेड़े जा रहा था, पर वे निर्विकार मुद्रा में एकदम सीध में चले आ रहे थे। ड्राइवर ने तीन-चार कदर्य गालियाँ देकर जो ब्रेक लगाया, उसके लिए यात्री प्रस्तुत नहीं थे। मेरी दाहिनी ओर बैठे एक दूसरे जोड़े को, इसी झटके में मैंने पहली बार देखा। यह भी कैसा बेमेल जोड़ा था! टसर की हरी साड़ी, सफेद हीरे के तीर-सी छोड़ती अँगूठी और लाल कर्णफूल पहने उस साँवली प्रौढ़ा में नववधू के कोई भी लक्षण नहीं थे, फिर भी वह नववधू ही थी, इसमें कोई सन्देह नहीं था। बार-बार वह अपने सुदर्शन पति के चौड़े कन्धे पर नींद के झकोलों में लुढ़कती जा रही थी। जब नज़र उठती दोनों के सिर एक-दूसरे से बड़ी बेहयायी से भिड़े ही दीखते। पैरों के पास धरे सूटकेस पर अंग्रेज़ी का छपा एक सुन्दर कार्ड झूल रहा था : 'सद्यःविवाहित'। इस विज्ञापन की क्या आवश्यकता थी, कुछ समझ में नहीं आया। दोनों बीच-बीच में अंग्रेज़ी में बोलते जा रहे थे। 'विवियन, तुमने अब तक एक सैंडविच भी नहीं खाई', उसका पति, एक बादामी खूबसूरत लंच बास्केट, गोद में रखकर बड़े लाड़ से, अंडे से भरी मोटी सैंडविच, विवियन के होंठों तक ले जाकर, स्वयं गप्प से खा गया। विवियन ने, पति के इस अन्याय पर मोटी कमर और मोटी गर्दन हिला-हिलाकर मानिनी नायिका का जो अभूतपूर्व अभिनय किया, उसे न चाहने पर भी देखकर मैं खिसिया गई। छिः-छिः, यह सब करने की और कोई ठौर नहीं जुटी इन्हें।

विवियन के अंग्रेज़ी उच्चारण और सूरत दोनों में दक्षिण की स्पष्ट छाप थी। मोटे होंठ, मोटी चोटी और काले रंग में बिजली-सी चमकती धवल दन्तपंक्ति—सब मिलाकर वैसी ही छवि प्रस्तुत कर रहे थे जैसी मिशन अस्पताल की डॉक्टरनियों में देखने को मिलती है। पर उसका पति या तो कुर्गी था या कश्मीरी। गोरा रंग, भरा-भरा शरीर, लाल अंगूरी गाल और धूप के चौड़े फैंटम चश्मे के ऊपर, कम-से-कम एक बालिस्त चौड़ा ललाट। वह एक लाल, नीली, पीली, भड़कीली-सी बाटिक की वैसी ही बुश्शर्ट पहने था, जैसी जनपथ पर घूमते बीसियों विदेशी पर्यटक पहना करते हैं। उसकी चौड़ी कलाई पर घने

सुनहले पशमों पर चमकती, सूर्यमुखी के फूल-सी चौड़ी घड़ी एक नये ही आकार की थी, जिसे वह बार-बार अधैर्य से देखता कहता जा रहा था, "ओफ, बड़ी लम्बी उबानेवाली यात्रा रही। विवियन, पता नहीं, दिल्ली कब आएगी!"

पर विवियन को सोने से फुर्सत ही कहाँ थी! एक तो बस में, सोने की तो दूर, पैर लम्बे करने की भी कोई व्यवस्था नहीं होती, उस पर विवियन को देखकर लग रहा था कि वह घर से नींद आने की कई गोलियाँ एकसाथ निगलकर आई थी। उसका माथा हंडे-सा नींद में झूमता, कभी दाईं ओर लुढ़कता, कभी बाईं। अचानक जगकर वह खिसियाकर इधर-उधर देखती और फिर पति के कन्धे पर सिर रखकर सो जाती। विवियन के पति का चेहरा अब मुझे स्पष्ट दीख रहा था। बार-बार मुड़-मुड़कर किसी पुरुष को देखना अच्छा नहीं लगता, फिर भी मैं अपने को रोक नहीं पा रही थी। कैसा जाना-पहचाना-सा चेहरा लग रहा था, फिर कहाँ उसे देख सकती थी भला? न मायके में ऐसा कोई व्यक्ति था, न ससुराल में। पर बोलने का ढंग, हाथ की बनावट, मांसल कंठ की हास्य-लहरी, सबकुछ सर्वथा अपरिचित होने पर भी यह अनजान व्यक्ति क्यों मेरी प्रखर स्मरणशक्ति को चुनौती दे रहा था!

फिर? कौन हो सकता है? यह मैंने मन-ही-मन, एक बार फिर, अपने भाई-बहन, देवर-जेठ सबके आत्मीयों की काल्पनिक हाजिरी ली और कनखियों के गुप्तचर विभाग को सतर्क किया।

विवियन ने अपने चौड़े पंजे में पति की कलाई ऐसे पकड़कर जकड़ी थी, जैसे बिल्ली चूहे को दबोचे हो। सोने में उसके नीग्रेस के-से मोटे होंठ खुलकर लटक गए थे। ओफ, क्या देखा होगा इस सुदर्शन कार्तिकेय-से व्यक्ति ने इस काली भुजंगिनी में? पर पुरुष कब किस स्त्री में क्या देखकर फिसलता है, इसका कुछ ठिकाना है? मेरे अनुमान का ढेला अचानक ठिकाने से लगकर टन्न से बोला।

विवियन जग गई थी और अपनी मलाबारी केले-सी मोटी अँगुलियाँ चटकाती अपने पति से कह रही थी : 'खूब नींद आई डार्लिंग, सब थकान दूर हो गई, पर दिल्ली पहुँचते ही दो-तीन उल्टे-सीधे केस हमारे हनीमून का भुर्ता बनाकर रख देंगे, फिर तुम भी कल ही भिलाई चले जाओगे। हाय, मैं कैसे रहूँगी!'

अच्छा तो वह डॉक्टरनी ही थी, पर मुटल्ली क्या लाज-शरम धो-धाकर पी गई थी। बस के सैंतीस यात्रियों के सम्मुख ही उसने सम्भावित विदा-वेला

के गह्वर में पति की चौड़ी कलाई को चटखारे के साथ झुककर चूम लिया। एक बार जी में आया पिछली सीट पर बैठ जाऊँ, क्योंकि छब्बीस फरवरीवाला जोड़ा, गढ़गंगा में ही उतर गया था। पर पिछली सीट पर तो नौटंकी और भी साफ दिखेगी, यह सोचकर मुँह फेरकर बैठ गई। मेरठ निकट आ रहा था और मेरठ में कुसुम आ रही थी। अचानक मेरा क्लान्त शरीर और चित्त उत्फुल्ल हो उठे। एक साल से उससे नहीं मिली थी, अपनी उस स्वल्पभाषिणी बाल्यसखी से संक्षिप्त सम्भाषण भी मेरे लिए सदा बड़े महत्त्व का रहता था।

कुसुम विधवा थी, पर अपने वैधव्य के कृष्ण-मेघ की छाया से उसने अपने जीवनाकाश को म्लान नहीं होने दिया था। अधूरी शिक्षा पूर्ण कर वह केवल अपनी योग्यता की बैसाखियाँ टेकती, अब शिक्षा विभाग के एक ऊँचे पद पर पहुँच चुकी थी। वैसे जब वैधव्य के तक्षक ने उसे डँसा वह केवल अठारह वर्ष की थी और जहाँ तक रूप का प्रश्न था, उसकी गणना अब भी कुमाऊँ की सर्वश्रेष्ठ सुन्दरियों में की जाती थी। सौन्दर्य से भी अधिक आकर्षण उसके स्वल्प भाषण और नाजुक गठन का था। उसकी चिकनी त्वचा, किसी नवजात शिशु की हथेली-सी ही आज भी उतनी ही नर्म बनी थी, जितनी आज से पच्चीस वर्ष पूर्व थी। शायद वैधव्य-काल की असंख्य एकादशियाँ, जिनका वह बड़ी तत्परता से पालन करती थी, मिर्च-मसाले रहित सात्विकी भोजन, विलास की छाया से भी अछूता एकान्त निवास उस कमनीय चेहरे को और भी कमनीय बनाता चला गया था।

गत वर्ष मैंने उसे इलाहाबाद में देखा, जब वह कुम्भ-यात्रा के मघी-स्नान के लिए मेरे ही पास आकर ठहरी थी। संगम के नीलाभ जल में अधडूबी उस जलपरी की अनुपम रूप-छठा को मैं स्त्री होकर भी आज तक नहीं भूल पाई हूँ। भागलपुरी इलायची रंग की भीगी साड़ी, उसके सुडौल वक्षःस्थल की एक-एक रेखा को उभार गई थी। भीगे काले बालों की चिकनी लटों के छोटे-छोटे कुंडलकिरीट इधर-उधर लटक आए थे। दोनों हाथों की लम्बी अँगुलियों का अर्घ्य सँजोए, वह सूर्य को संगम-जल की अंजलि दे रही थी। उसे तिलपात्र कराते, वैष्णवी त्रिपुंडधारी पंडा महाराज की स्त्री-लोलुप आँखों से टपाटप लार टपकते देख मुझे मन-ही-मन हँसी भी आई थी। पर दोष क्या पंडाजी का ही था या उस देवदुर्लभ सौन्दर्य का? सुस्वादु भोजन की सुगन्ध भला किसकी लार नहीं टपकाती?

संयम और वैराग्य के तिक्त कटु औषधिपान से कुसुम की काया का मृतप्राय सौन्दर्य निश्चय ही द्विगुणित हो उठा था। पर कैसा आश्चर्य था कि जिसने यौवन की देहरी पर खड़ी होते ही, एक बार ऐसी करारी ठोकर खाई थी कि लड़खड़ाकर लगभग गिर ही पड़ी थी, वह अब फूँक-फूँककर कदम रखना सीख गई थी। भूले से भी अब कोई उसकी ओर अँगुली नहीं उठा सकता था। न उसे कभी किसी ने हँसते देखा था, न इधर-उधर उठते-बैठते। जब उसके साथ की अध्यापिकाएँ एक-दूसरे से निरर्थक लड़ती-झगड़ती फिरतीं—वह अपने कमरे में बन्द या भजन-पूजन में डूबी रहती या इम्तहान की कापियाँ जाँचती। शहर भर की विधवाओं का एक छोटा-मोटा यूनियन भी था, जो तीन मील दूर किसी गुहावासी स्वामीजी के प्रवचन सुनने, सप्ताह में तीन दिन बड़े तड़के, तिब्बती मैले सफेद पशमवाली भेड़-बकरियों के दल की ही भाँति, भेड़ियाधसान को सार्थक करता, मिमियाता चला जाता और दिन डूबे लौटता। कई बार मैंने अपनी खिड़की से उस दल को आते-जाते देखा है, पर कुसुम मुझे कभी भी नहीं दिखी। अखंड रामायण हो या शहर के किसी बुजुर्ग की मृत्यु-बेला पर आयोजित गरुड़पुराण का पाठ, कुसुम कहीं नहीं दिखती।

अपनी इस तटस्थता से उसने स्वेच्छा से ही शहर की विधवा-मंडली से बैर मोल ले लिया था। कभी-कभी वह मुझसे मिलने ज़रूर चली आती थी पर जिस बाल्यसखी के जीवन के अंतरंग कक्ष में मैं वर्षों तक बिना झिझक घुसी चली जाती थी, अब मेरे लिए किसी जीर्ण-प्राचीनी भव्य मन्दिर का कक्ष बन गया था, जहाँ स्थापित अष्टभुजा की मूर्ति-सी ही भव्य प्रतिभावत कुसुम, मुझे सहमा भी देती थी, पर साथ ही उसकी उपस्थिति की स्निग्धता में घंटों डूबी मैं चुपचाप बैठी रह सकती थी।

"तारी, माई डियर, होटल के दराज से चाबी का गुच्छा निकाल लिया था ना?" विवियन के विह्वल कंठस्वर से छूटा तीर-सा प्रश्न, सीधा मेरी छाती में धँस गया।

तारी नाम के साथ-साथ, पारसी थियेटर के-से अर्वाचीन काले आलपा के भारी पर्दे सहसा उठ गए और वर्षों पुराने रंगमंच पर खड़े पात्र सजीव होकर स्पष्ट होते चले गए।

मैंने फिर एक उड़ती दृष्टि का एक एक्स-रे लिया। अब वह अपना चश्मा उतार चुका था। वह तारी ही था, अब इसमें मुझे कुछ भी सन्देह नहीं रहा,

पर हे भगवान, यह क्या सम्भव था? यदि वह तारी था, तो क्या अर्थी में बँधा मुरदा भी करवट बदल सकता था?

वह खाँसा और एक लम्बी साँस खींचकर मैंने आँखें बन्द कर लीं। रेशमी पर्दे फिर उठ गए--जल्लाद पांडे के घर की खिड़की और हमारी छत के बीच, एक अखरोट के पेड़ का व्यवधान था। अखरोट की दिगन्तव्यापी शाखाओं और पत्तियों के तोरण की झिलमिल के बीच से हमारी सामान्य चेष्टा से ही हमें जल्लाद पांडे के कुबेर के-से वैभव-उदधि में, मनचाही डुबकियाँ लगाने को मिल सकती थीं। रंग उड़े फीके कालीन, जेल के कैदियों को चाबुक की मार से बुनवाई गई कमरों में दुहरी बिछी रंग-बिरंगी दरियाँ, या निवार के मोटर टायर-से मोटे-मोटे चक्के और एक कोने में धरा हथकड़ियों और बेड़ियों का विशाल स्तूप।

जल्लाद पांडे का नाम तो कुछ भला-सा था, पर एक लम्बे अर्से तक, मेरठ में जेलर के महिमामय पद को सुशोभित कर वे अटूट सम्पत्ति की समृद्धि का सेहरा बाँध, समय से पूर्व ही अवकाश ग्रहण कर पहाड़ चले आए थे और उनके आने से पूर्व ही उनके विषय में कई दन्तकथाएँ प्रचलित हो गई थीं। कुछ लोगों का कहना था कि वे जेलर बनने से पूर्व मेरठ जेल के जल्लाद थे। उनकी निर्मम कार्यकुशलता से प्रसन्न होकर किसी कला-पारखी अंग्रेज़ अफसर ने उन्हें एक ही रात में जेलर बना दिया था। एक-से-एक भयानक डाकू, खूँखार खूनियों के बूढ़े-जवान और अधेड़ मुंडों को, वे एक ही फन्दे के झटके से, पलक मारते ही निर्जीव लटका देते थे और इसी दानवी गुण ने उनकी पदोन्नति कराई थी। पर ये सब सुनी-सुनाई बातें हैं, इनमें कहाँ तक सचाई थी, यह मैं नहीं कह सकती। पर एक बात अवश्य थी, जल्लाद पांडे के कठोर चेहरे की ओर, वर्षों तक उनकी पुत्री कुसुम की अन्तरंग सखी होने के बावजूद मैं कभी आँख उठाकर नहीं देख पाई। उनकी बड़ी-बड़ी घनी, स्याह मूँछें थीं, जिन्हें वे एक बड़े आईने के सामने खड़े होकर घंटों सँवारते थे।

इस दर्पण के विषय में भी एक बड़ी ही रोचक दन्त-कथा प्रचलित थी। किसी विधवा राजपूतनी के इकलौते युवा पुत्र को फाँसी देने का भार हाकिम ने जल्लाद पांडे को ही विशेष रूप से सौंपा था। उस लम्बे-चौड़े युवक ने, अपनी एक माह की ताजी पत्नी का मुंड गँडासे से खटकाया था, पर स्वयं उसकी चौड़ी, बैल-सी गर्दन लटकाने के लिए किसी कुशल जल्लाद की आवश्यकता थी।

उसी दिन जल्लाद पांडे, जान-बूझकर ही बीमारी का बहाना बनाकर घर बैठ गए, पर अंग्रेज़ हाकिम स्वयं उन्हें घर से खींच ले गए। उस खूनी की सुन्दरी विधवा माँ, जल्लाद की मुँहबोली भाभी थी और वर्षों से देवर-भाभी का रहस्यात्मक सम्बन्ध प्रगाढ़तर होता चला आ रहा था। यह सब गोपनीय फाइल, जल्लाद पांडे का अधेड़ नौकर हमारी छोटी बुआ के उदार उत्कोच से सन्तुष्ट होकर, उन्हें न जाने कब सौंप गया था। अंग्रेज़ हाकिम का आदेश भला जल्लाद पांडे कैसे टालते? फन्दा भी खिंचा और गर्दन भी लटकी। ठीक सातवें दिन, दो नौकरों के सिर पर इस आदमकद शीशे को लदवा, जल्लाद की भाभी ने उनके घर भिजवा दिया और स्वयं जाकर धड़धड़ाती पंजाब मेल के नीचे लेट गई।

दर्पण के नीचे, रंगीन अक्षरों में खुदी दो पंक्तियाँ हमारे पूरे घर को रट गई थीं :

'मुखड़ा क्या देखे दरपन में
तेरे दया-धरम नहीं मन में।'

पर जल्लाद पांडे, नित्य नियमपूर्वक, उन करुण पंक्तियों की अवहेलना कर, अपनी घनी मूँछों के जटाजूट सँवारते, फिर उनकी सस्वर दतौन क्रिया आरम्भ होती। घंटों तक विचित्र आरोह-अवरोहपूर्ण खाँसी, खँखार और खुर्दे का क्रम चलता। लगता है पूरी जीभ ही जड़ से उखाड़कर बाहर खींच देंगे। फिर किसी फौजी कमांडेंट के-से स्वर में असंख्य आदेशों के मेघ गरजने लगते, 'बिट्टो, चाय ला!'

'बिट्टो, अपनी हरामजादी अम्मा से कह, हुक्का भर लाए!'

'बिट्टो, क्या आज तेरी नानी को मसान घाट ले गए हैं, जो अब तक चूल्हा नहीं जला?'

लगता था जेलर के जीवन से अवकाश ग्रहण कर भी यह रूखा, हृदयहीन व्यक्ति जेल के अनुशासन से अवकाश नहीं ग्रहण कर पाया है। जिस कर्कश जिह्वा के चाबुक कई कैदियों की पीठ पर पड़कर उन्हें तिलमिला देते थे, अब एक ही निरीह पीठ पर दिन-रात ताबड़तोड़ पड़ते, उसकी चमड़ी उधेड़ने लगे।

कुसुम अब मेरे साथ स्कूल जाने लगी थी। जितनी देर हम साथ रहते उसके सहमे चेहरे की रंगत ही बदल जाती। सफेद रक्तहीन चेहरे पर स्वस्थ गुलाबी आभा बिखर उठती और वह पिंजरे से मुक्त ललमुनियाँ-सी चहकने लगती।

वह पढ़ने में बेहद तेज़ थी और गणित तो उसका प्रिय विषय था। न जाने कहाँ-कहाँ से वह ड्योढ़ा और पौवा के अनोखे सूत्र रट लाती और जब तक हम चक्रवर्ती अंकगणित की कठिन प्रश्नावली में उलझी पेंसिल का दतौन बनाकर चबाती रहतीं, वह भागकर अपना हल किया प्रश्न अध्यापिका को दिखा आती। कक्षा में सदा सर्वप्रथम आनेवाली, सुन्दरी नम्र बालिका, स्कूल में प्रत्येक अध्यापिका का हृदय जीतकर बुलबुल-सी चहकती रहती, पर घर निकट आते ही कुम्हलाकर छुईमुई बन जाती। उसके घर पहुँचते ही जल्लाद पांडे की मशीनगन फिर दगने लगती :

"बिट्टो, हुक्का भर ला!"

"क्या घर-भर की लकड़ियों में तेरी अम्मा अपने मायकेवालों को आज फूँक आई है, जो चाय ठंडी लाई है!"

"हरामखोर नौकर को भी यार बना लिया है हरामजादियों ने!"

एक-से-एक सड़ी-गली, बदबूदार गालियों की असह्य दुर्गन्ध कभी-कभी हमारे घर तक चली आती और अम्मा हड़बड़ाकर खिड़की बन्द कर देतीं।

शायद उसी असह्य दुर्गन्ध की घातक गैस ने ही कुसुम की अम्मा को घुटा-घुटाकर छह महीने में सचमुच मसान पहुँचा दिया।

सात-आठ दिन तक कुसुम के घर में अस्वाभाविक मुर्दनी छाई रही। जल्लाद पांडे ने क्रिया-कर्म करने आए एक ब्राह्मण को झिड़ककर भगा दिया।

"मैं आर्यसमाजी हूँ, इन ढकोसलों में मेरा विश्वास नहीं है," कह उन्होंने एक प्रकार से ब्राह्मण को बाहर ठेल-ठूलकर साँकल चढ़ा दी थी।

आठ दिन तक जल्लाद पांडे की खिड़की बन्द रही, नवें दिन खिड़की खुली और एक सुन्दरी सजी-धजी छरहरी युवती ने पच्च से पान का पीक थूक दिया। अचानक हमारे में खुसफुस होने लगी।

"वही है," बुआ कह रही थीं।

"जल्लाद की साली?" अम्मा ने पूछा।

"और कौन होगी, मेरठ में यही तो दिन-रात बड़ी बहन की छाती पर मूँग दलने आ जाती थी," हरकसिंह बता रहा था।

दूसरे दिन कुसुम स्कूल आई और उसने समाचार की पुष्टि की।

अब वह यहाँ नहीं पढ़ेगी। उसकी मौसी उसे लेने आई हैं। मौसी की ससुराल मेरठ में है। कुसुम अब वहाँ पढ़ेगी।

उस रात को जल्लाद पांडे के कंठ का पुरुष-मेघ बहुत दिनों बाद गरजा।

"मैं भी देख लूँगा, कौन ले जाएगा बिट्टी को—नहीं पढ़ाना है उसे। समझीं!"

"चुप भी करो जीजा, चीखो मत!" कुसुम की मौसी उसकी माँ की भाँति चुप रहनेवाली शान्त गऊ नहीं थी, यह उसके कंठ-स्वर से ही स्पष्ट हो गया। "क्या तुम पर हमारा इतना भी हक नहीं रहा अब!"

इस मोहक दलील के पश्चात, शायद शब्दों का कोई महत्त्व नहीं रह गया था क्योंकि दीवार से कान सटाने पर भी छोटी बुआ और अम्मा कुछ भी नहीं सुन पाई थीं। मुझे अलबत्ता एक करारी डपट पड़ी थी—"तू क्या कर रही है यहाँ खड़ी-खड़ी! जा, सो जा!"

दूसरे दिन अपने सन्देहात्मक अधिकार का स्वयं ही अनुमोदन कर कुसुम की सुन्दरी मौसी, उसे अपने साथ लेती गई। उसकी विदा ने उस मनहूस घर की मुर्दनी को और भी बढ़ा दिया।

कभी-कभी मुझे जल्लाद पांडे पर बेहद तरस आता। न उनका कोई मित्र था, न कोई आत्मीय। हरकसिंह दोनों वक़्त का खाना बनाकर एकसाथ रख देता और अपने भाई के पास चला जाता। अब न जल्लाद पांडे चीखते, न गालियाँ देते। गालियाँ देते भी किसे? दहकता अग्निकुंड अब शीतल जल की बावड़ी बन गया था।

"बिटिया, मेरी बिट्टो तुझे चिट्ठी डालती है क्या?" बड़े लाड़ से वे मुझसे पूछते और प्रश्न के साथ-साथ उनकी आँखें डबडबा जातीं।

मैं आश्चर्यचकित हो प्रश्न का उत्तर देना भी भूल जाती। क्या इन पत्थर की आँखों में आँसू भी छलक सकते हैं? कभी-कभी जी में आता, अपनी सखी के इस समाज द्वारा परित्यक्त पिता की ठंडी चिलम वैसे ही भर दूँ, जैसे उनकी बिट्टो भरा करती थी, या उनके पैरों के पास थोड़ी देर जाकर चुपचाप घुटनों में माथा डालकर बैठ जाऊँ, जैसे सहमी-डरी कुसुम घंटों बैठी रहती थी।

पर बुआ और अम्मा को कुसुम के साथ मेरी मैत्री फूटी आँखों नहीं सुहाती थी।

"अच्छा हुआ, खूनी की छोकरी से तेरा पल्ला छूटा!" प्रायः ही बुआ कहतीं और मैं उदास हो उठती। कितनी भली थी कुसुम! और फिर उसके पिता यदि खूनी भी थे, तो क्या दोष उसका था?

कुसुम को गए दो वर्ष बीत चुके थे। उसके नियमित पत्र मेरे पास आते

रहते। उसके पत्रों की भाषा के सुघड़ सलीके से ही मैं अनुमान लगाती रहती कि चतुरा सुन्दरी मौसी के सहवास में रहकर कुसुम अब सीधा पल्ला डाले झुककर चलनेवाली कुसुम नहीं रही है। उसने मुझे अपनी एक तसवीर भी भेजी थी, जिसमें लम्बी चोटी आगे लटकाए, वह उल्टे पल्ले की साड़ी हाथ में लपेटे मुस्करा रही थी। एक घुँघराली लट प्रश्न के चिह्न-सी उसके स्फटिक-से गौर ललाट पर अब भी ठीक वैसे ही झुकी थी, जैसे हेयर-पिन के बन्धन तोड़ पहले भी झुक आती थी। कितनी लम्बी हो गई थी कुसुम और कितनी सुन्दर! जैसे सुन्दरी मौसी की जुड़वाँ बहन हो।

"यह तसवीर मौसी के देवर तारी ने खींची है, इसी साल रुड़की से इंजीनियर बन जाएँगे," उसने लिखा था। फिर तो उसके हर पत्र में, रुड़की के उस प्रतिभाशाली इंजीनियर का ही उल्लेख रहता।

उसका रंग फिरंगियों-सा गोरा है—उसकी पलकें लड़कियों-सी लम्बी रेशमी हैं।

अपने काले घने बालों को वह बीच से माँग निकालकर सँवारता है। उसकी चादरों और रूमालों में उसे 'टी' लिखने का काम मौसी ने सौंपा है और तारी को उसके कढ़े 'टी' की सज्जा इतनी भायी है कि कहता गया है, चादर फटने पर भी कढ़े 'टी' को सहेजकर रख लेगा।

मेरा माथा कुछ-कुछ ठनकने ही लगा था कि एक दिन कुसुम की लम्बी चिट्ठी आ गई। तारी से उसकी सगाई मौसी ने एक प्रकार से पक्की कर दी है। तारी ने उसी के सामने मौसी से स्पष्ट कह दिया है कि वह विवाह करेगा तो कुसुम से, अन्यथा आजन्म कुँआरा रहेगा। ऐसा बेशरम निकला तारी, वह तो मारे लाज से मर ही-सी गई। मौसी ने बाबूजी को लिख दिया है, उनके आने पर ही सगुन करेंगी मौसी और फिर फागुन तक विवाह से भी निबट लेंगी।

मैंने पहले सोचा, भागकर अम्मा और बुआ को भी बतला दूँ, पर फिर मैं रुक गई। मैं जानती थी कि जल्लाद पांडे से सम्बन्धित किसी भी शुभ समाचार को सुनकर कुमाऊँनी समाज प्रसन्न नहीं हो सकता।

मैंने खिड़की से झाँककर देखा, जल्लाद पांडे का कमरा अन्धकार में डूबा था। दूसरे दिन उठी तो कुसुम के दरवाजे पर बड़ा-सा ताला लटका था। जल्लाद पांडे कहीं चले गए थे, तब मुझे क्या पता था कि जल्लाद स्वयं अपनी ही पुत्री की गर्दन नापने गए हैं।

तीसरे ही दिन वे कुम्हलायी कमलिनी-सी कुसुम को लेकर अचानक लौट आए।

दो दिन तक अपनी बन्दिनी सखी से मैं चेष्टा करने पर भी नहीं मिल पाई।

तीसरे दिन जल्लाद पांडे अपनी पेंशन लेने कचहरी गए, तो मैं छत पर भागी। कुसुम भी शायद मेरी ही प्रतीक्षा में खिड़की पर खड़ी थी।

जल्दी-जल्दी में उसने सबकुछ उगल दिया। जल्लाद पांडे ने भावी जामाता का खूब कसकर इंटरव्यू लिया और एकदम नापास कर दिया।

कहने लगे : 'यह भी कोई मर्द है! मुट्ठी-भर की कमर और एक बिलश्त का सीना। हमें ऐसा बटेर-सा दामाद नहीं चाहिए!" बस मौसी से लड़-झगड़कर कुसुम को खींच लाए।

फिर तो जल्लाद पांडे का वर्षों का सुप्त क्रूर जेलर का व्यक्तित्व सजग हो उठा। कुसुम को उन्होंने कड़े अनुशासन की बेड़ियों में जकड़कर रख दिया। दो बूढ़े मास्टर उसे आकर दो बेला पढ़ा जाते। अपने एक दूर के रिश्ते की कानी-बहरी विधवा बहन को भी उन्होंने कुसुम की देखरेख के लिए बुलवा लिया था। कभी-कभी उसे बाज़ार से कुछ लाना होता, तो मेरे साथ जाने की उदार अनुमति भी मिल जाती, पर इसी बीच मैं पढ़ने बाहर चली गई।

जब गरमी की छुट्टियों में घर आई और कुसुम से मिलने गई, तो वह मुझसे लिपटकर सिसकने लगी।

दाँत भींचकर रुलाई रोक, सदा आँसू घुटकनेवाली साहसी कुसुम ऐसे क्यों बिखर गई?

"क्या बात है? रोती क्यों है कुसुम? अब तो हम दो महीने एकसाथ रहेंगी।" मैंने उसे दिलासा दिया, पर उसके आँसू क्या मेरे लिए थे!

"तारी को गैलोपिंग टी.बी. हो गया है," वह सिसकती कहती जा रही थी।

"एक-से-एक अच्छे सैनेटोरियम हैं, पर उसने जिद की कि वह यहीं आएगा, जहाँ न ढंग का कोई डॉक्टर है, न चिकित्सा की उचित व्यवस्था। वह जिस आशा से यहाँ आया है उसे मैं पूरा कैसे करूँ! बाबूजी क्या एक कदम बाहर रखने देते हैं! जैसे भी हो मुझे एक बार वहाँ ले चल।"

मैं अजीब पशोपेश में पड़ गई। यह ठीक था कि जल्लाद पांडे मुझ पर बहुत विश्वास करते थे। कभी भी कुसुम को साथ ले चलने के लिए मैं कहती, उन्हें कभी भी कोई आपत्ति नहीं रहती, पर आज शेर की माँद में जाती भी

किस दुःसाहस से! एक घटना स्वयं उन्होंने ही हमें शायद जान-बूझकर ही सुनाई थी। उनकी जेल में कुख्यात डाकू देशपत आजन्म कारावास की सजा भुगत रहा था, अपने सन्त के-से आचरण से उसने जल्लाद का हृदय ऐसा जीता कि उन्होंने उसके पैरों की बेड़ियाँ कटवाकर एक हल्का छल्ला डाल दिया। पर एक दिन आधी रात की गश्त में उन्होंने अपने उसी प्रिय विश्वासी कैदी को दीवार फाँदने की चेष्टा में पकड़ा तो, आव देखा न ताव, वहीं एक फायर से ढेर कर दिया।

यह घटना सुनाकर हम दोनों को घूरकर बड़ी देर तक मुस्कराते रहे थे जल्लाद पांडे। कहीं मुझे भी विश्वास की दीवार फाँदते देख लिया, तो एक ही फायर से ढेर कर देंगे, यह मैं खूब समझती थी; पर फिर भी दो भोली डबडबाई आँखों की निर्दोष व्यथा रह-रहकर मेरा कलेजा कचोटने लगी। कहीं तारी इधर ही चल बसा तब? गैलोपिंग टी.बी. तो अपने नाम की सार्थकता निभाता, दुलकी चाल से कूदता-फाँदता, रोगी को घातक सीढ़ियाँ कुदाता, बलि के बकरे-सा घसीट ले जाता है, वह मैं सुन ही नहीं, देख भी चुकी थी।

मौसेरी बहन का जवान देवर, पन्द्रह ही दिन में इसी भयानक रोग में तड़प-तड़प कर चल बसा था और गढ़वालवाली मामी की बहन सरोज दी! वह बेचारी तो बारह दिन भी बीमार नहीं रही। सोचने या रोने-धोने का समय था ही कहाँ! सबसे पहले तो अपने ही सनातन परिवार के अनुशासन के असंख्य 'हर्डल' लाँघने होंगे। कहीं भी जाना हो, पहले पितामह, फिर पिता, अम्मा, बुआ—एक-एक से विभिन्न पासपोर्ट, वीसा बनवाने पड़ेंगे। कहाँ जाना है? क्यों जाना है? क्या जाना ज़रूरी है? ठीक है, जाना ही है, तो बड़ी दी की लड़की को साथ लेती जाओ या बुआ को—आदि-आदि। पर बड़ी बहन की लड़की या बुआ दोनों में से किसी को साथ ले जाना अपने पैरों में स्वयं कुल्हाड़ी मारना था। बारह वर्ष की बहनौती सुमन के मस्तिष्क में नई-नई कल्पनाएँ सदा जंगली हिरनी-सी कुलाँचें भरती रहतीं। जो घटनाएँ कभी घट ही नहीं सकती थीं, उन्हें वह दिन-रात घटाती इधर-उधर बघारती फिरती। बारह वर्ष के शरीर में चौबीस वर्ष का परिपक्व-उर्वर मस्तिष्क लिए, हमारे चारों ओर चील-सी मँडराती सुमन को पहले यथेष्ट उत्कोच से हमने दूर खदेड़ दिया, छोटी बुआ को नियति स्वयं बड़े तड़के बिच्छू बनकर डँस गई। अँगूठा पकड़कर वह कमरे में अलग बिसूर रही थी। इधर हमारी योजना भी प्रायः बन चुकी थी। अल्मोड़ा सैनेटोरियम जिन्होंने देखा है वे जानते ही होंगे कि

ऐसे अरण्य में शायद ही संसार का कोई अन्य सैनेटोरियम हो। कई दुर्गम, सँकरी, पतली मोड़दार सड़कों की कुंडलियाँ पार कर घने देवदार वृक्षों के घोड़े की नाल के आकार के बने झुरमुट के बीच बसे इस सैनेटोरियम में पहुँचने पर, सुदूर पर्वतश्रेणी पर अल्मोड़ा के घरों की बत्तियाँ, गुड़ियों के घरौंदों पर टिमटिमाती दीपशिखाओं-सी लगती हैं।

उतनी दूर आने-जाने ही में हमें पूरे दो घंटे लगेंगे चाहे कितनी ही तेजी से क्यों न चलें। सैनेटोरियम से कुछ ही दूरी पर चितई का सुरम्य मन्दिर था और उसी मन्दिर-दर्शन के बहाने हम दोनों जा सकती थीं। पर साथ तो फिर भी किसी को ले चलना ही होगा। मेरी बुआ को तो बिच्छू ने डँस लिया था। ज़रा भी बुद्धि होती अभागे में तो दो कदम आगे बढ़कर कुसुम की बुआ को भी डँस लेता, पर सोचने से ही क्या इच्छाएँ पूर्ण हो सकती हैं। जिसका हमें भय था वही हुआ, कुसुम की बुआ मन्दिर का नाम सुनते ही डलिया सजा, नहा-धोकर, चप्पल फटफटाती सबसे पहले खड़ी हो गई। जल्लाद पांडे ने साथ में अपना नौकर भी कर दिया। मन्दिर-दर्शन को तो हमें पहले जाना ही होगा, क्योंकि चितई के महाउग्र देवता गोल्लादेव के दरबार में झूठी गवाही नहीं चलती, यह हम दोनों के संस्कारी चित्त खूब समझते थे। अब एक ही उपाय था, कुसुम की कानी-बहरी बुआ और नौकरों को पहले मन्दिर ले चलेंगे, लौटते पथ में जान-बूझकर ही या तो धीमी चाल के मन्थर-चातुर्य से या तेज चाल से पगडंडियों का चकमा दे, चार अधेड़ टाँगों को पछाड़ना होगा। मैं उसे सैनेटोरियम ले चलूँगी, पर एक शर्त थी कि वह घड़ी देखकर पन्द्रह मिनट में अपने प्रेमी से विदा लेकर चुपचाप लौट आएगी। कुसुम मान गई।

इतवार की सुबह जब हम चले, तो सूरज त्रिशूल की चोटी से झाँक-भर रहा था।

एक लम्बी टेढ़ी-मेढ़ी दो मील की सड़क पार कर हमें सैनेटोरियम का गेट दिखा, तो कुसुम की साँस तेज चलने लगी।

"लौटते समय बहुत तेज चलना होगा, फिर इसी छोटी पगडंडी से चलेंगे," वह फुसफुसाई। मन्दिर के दर्शन कर, औंधी पड़ी बहरी-कानी बुआ जब शायद दयालु देवता से अपने बहरे कान की श्रवण-शक्ति और कानी आँख में ज्योति-पुंज का वरदान माँग रही थी, हम दोनों गोली-सी छिटककर बाहर आ गईं।

"हरिया, तू बुआ को लेकर आ जाना, हम रास्ते में मिल जाएँगी, समझा?

बुआ तेज चल नहीं पातीं, और हमसे धीरे नहीं चला जाता।" कुसुम ने कहा। उसके कहने का ढंग, मृदुल लोरी की थपकियाँ-सा देता कंठ-स्वर और मोहक-मीठी मुस्कान का इन्द्रजाल कुछ ऐसा था कि किसी को भी उस पर सन्देह हो ही नहीं सकता था। पचपन वर्ष का हरिया, जिसे उसके घाघ प्रभु ने, हमारे साथ विशेष रूप से जेल-वार्डन बनाकर भेजा था, उसी सात्विक मुस्कान के भुलावे में आ गया।

"हाँ-हाँ, लली, हम मजे-मजे में टहलते हुए आ जाएँगे—तुम दोनों चलो।"

एक प्रकार से रेस लगाकर ही हम दोनों हाँफती-हाँफती, पसीने से लथपथ, शायद बीस ही मिनट में सैनेटोरियम के द्वार पर खड़ी थीं। कुसुम को तारी ने अपने प्राइवेट वार्ड का पूरा नक्शा बनाकर भेज दिया था। वह मेरा हाथ पकड़, इधर-उधर देखती, एक-एक पेड़-लता-गुल्मों को पहचानती ठीक उसी वार्ड में पहुँच गई।

मैंने कई सैनेटोरियम देखे हैं, पर जो मनहूसियत और मरघट का-सा सन्नाटा मैंने उस सैनेटोरियम के उस विशिष्ट प्राइवेट वार्ड में देखा, वह फिर आज तक कहीं नहीं देखा। ऐसा लगता था कि वहाँ केवल ठंडी बयार के आसरे ही मरीज़ों को छोड़, सारे डॉक्टर और नर्स कहीं टहलने दूर निकल गए हैं। एक ढालू चोटी पर बना, पथरीली छत का एक छोटा-सा कमरा ही तारी का प्राइवेट वार्ड था। चारों ओर खिड़कियाँ ही खिड़कियाँ और आमने-सामने खुले, क्रॉस वेंटीलेशनवाले सैनेटोरियम के विशेष रूप से बनाए गए द्वार, जिन्हें मैंने लपककर बन्द न किया होता, तो बड़े वेग से आता देवदारी हवा का तेज फव्वारा हमारी काँपती काया को शायद थोड़ी ही देर में उड़ाकर गैस के गुब्बारों की भाँति दूर पटक देता।

लोहे के स्प्रिंगदार पलँग पर, मुर्दे-सा अवश पड़ा एक कंकाल अचानक हिल-डुल उठा। सफेद रक्तहीन चेहरे और उदास निमग्न नयनों में आनन्दानुभूति की विद्युत-वह्नि चमकी, साथ ही उसने दो सींक-सी बाँहें फैला दीं।

पागलों की भाँति कुसुम उससे लिपट गई—इतना ही मैंने देखा, फिर खिसियाकर मैं बाहर निकल गई।

"हाय! यह मैं क्या कर बैठी!"

आकस्मिक उत्तेजना, रोग की ऐसी अन्तिम अवस्था में, कभी-कभी एक ही रक्तवमन के रूप में रोगी के प्राण भी ले सकती है। और फिर अचानक

किसी डॉक्टर या नर्स ने हमें पकड़ लिया तब? कैसे लिपट गई थी अभागी उससे! क्या उसे इस रोग की छूत का भी डर नहीं रहा?

कुसुम की लम्बी सिसकियाँ, तारी के डूबते क्षीण कंठ-स्वर का आश्वासन, दुलार-भरा प्रलाप और सीमित समय के एक-एक पल का अवसान, मेरी हड्डियों को सिहरा उठा।

दस, बीस और पच्चीस मिनट बीत गए, मैंने बड़े अधैर्य से हाथ की घड़ी देखी, कई बार नकली खाँसी का अलार्म बजाया, पत्थर के फर्श पर चप्पलों की स्केटिंग की, पर प्रेमी-द्वय की युगलबन्दी एकदम ही शान्त रही। क्या दोनों को आकर कोई विषधर सूँघ गया है? क्या कुसुम भूल ही गई है कि मैं फाँसी का फन्दा गले में डाले बाहर खड़ी हूँ?

मेरा धड़कता कलेजा स्वयं मेरे ही कानों में हथौड़े पीटने लगा। कहीं कुछ हो तो नहीं गया तारी को? मैंने हड़बड़ाकर द्वार से झाँका और कटकर पलट गई।

अपने कुँआरे जीवन में ऐसे विलक्षण प्रेम-नाटक की अन्तरंग, रसपूर्ण झाँकी पहली बार देखकर लज्जा मुझे सीधे रसातल में खींच ले गई। बरामदे में पड़ी एक काठ की बेंच को थाम मैंने अपने थरथराते शरीर को साध लिया।

हड्डियों के ढाँचे के कन्धे पर माथा धर, कुसुम उसी का कम्बल ओढ़े ऐसे लेटी थी, जैसे घर लौटने की सुध, जल्लाद की अंगारे-सी दपदपाती आँखें, अब तक मन्दिर से निश्चय ही लौट चुकी बुआ का अस्तित्व—सबकुछ भूल गई हो।

"कुसुम!" मैंने अधैर्य से पुकारा।

कोई उत्तर नहीं आया।

"कुसुम!" खीझ-भरे स्वर में पुकारती मैं फिर भीतर गई।

अब वह हड़बड़ाकर उठ बैठी।

"क्या अपने साथ मुझे भी मरवाएगी?" मैंने उसकी कलाई पकड़कर जोर से मसल दी। मन-ही-मन मुझे उसके अविवेक और बचकानी बुद्धि पर बेहद गुस्सा आ रहा था।

"हूँ", उसने अपनी बड़ी-बड़ी तरल आँखें मेरी ओर उठाईं और मेरे तमतमाये चेहरे पर जड़ दीं। एक ही पल में क्या उसे बिस्तर पर उस अमानवीय प्रेत ने हिप्नोटाइज़ कर दिया था? ठीक ही तो कहा था जल्लाद पांडे ने, "इसके हाथ में कुसुम का हाथ देने से तो अच्छा था मरघट के किसी मुर्दे से उसके

फेरे फिरवा दिए जाते।"

"चल घर," मैंने उसे खींचा, तो तारी ने बड़ी विवशता से एक बार फिर दोनों बाँहें शून्य में फैला दीं।

मैं रोती-सिसकती कुसुम को अपनी पूरी शक्ति से घसीटती बाहर खींच ले गई, पर उन दो पीड़ित आँखों की व्यथा, शून्य में फैली दो पतली बाँहें, आज इतने वर्षों तक निरन्तर मेरा पीछा करती रही हैं।

हमारे सौभाग्य से, कानी बुआ के पैर में हलकी मोच आ गई थी और लँगड़ाती बुआ को हमने पहले ही मोड़ पर पकड़ लिया। मार्ग-भर कुसुम गुमसुम रही। दूसरे दिन उसे तेज बुखार आ गया। मैं उसे देखने गई तो वह मुँह फेरकर रोने लगी।

"अच्छा होता मैं वहीं मर जाती, तब तेरा कलेजा भी ठंडा होता और बाबूजी का भी।"

उसका तीव्र ज्वर और प्रलाप मुझे सहमा गया।

क्या पता अभागी उस प्रेत के रोग की छूत साथ में लेती आई हो! कैसे मुँह से मुँह मिलाए सो रही थी बेशरम! उस भयानक मुर्दे की कैसी विकट बेताल की-सी आँखें थीं और ठक-ठक करती भयावह खाँसी! पर दूसरे ही दिन कुसुम का बुखार उतर गया। उसका सूखा चेहरा देखकर मैं उसके भविष्य के लिए अत्यन्त चिन्तित हो उठी थी। तारी के प्राण उस खटारे-से ढाँचे में बहुत हुआ, तो शायद दस दिन टिकेंगे या बीस दिन। फिर यह अभागी उस धक्के को कैसे सहेगी? मैं मन-ही-मन असंख्य मनौतियाँ मनाने लगी। जो कुछ भी होना है मेरी छुट्टियों की समाप्ति से पहले ही हो जाए, जिससे मैं उसे अपनी मैत्री का सहारा तो दे सकूँ। पर मेरी छुट्टियाँ खत्म हो गईं और नित्य तारी की मृत्यु का समाचार सुनने को बड़ी तत्परता से खड़े मेरे कर्णद्वय खड़े ही रहे।

जिस दिन मैं बोर्डिंग पहुँची, उसी दिन कुसुम की चिट्ठी आई, तारी को लेकर उसके मौसा लाहौर चले गए हैं, अब वहीं किसी ऐसे सिद्ध पीर का इलाज करवायेंगे, जो अब तक कई असाध्य रोगियों की अचल नाड़ियों को स्पन्दित कर चुके हैं। तो क्या आज मेरे सम्मुख उसी पीर का चमत्कार बैठा मुस्करा रहा था?

उस चिट्ठी के बाद फिर कई महीनों तक कुसुम की कोई चिट्ठी नहीं

आई। तारी को जिस अवस्था में मैं देखकर आई थी, उससे ही मैंने अनुमान लगा लिया कि अब संसार का सिद्ध से सिद्ध पीर भी उसे मृत्यु-पथ से नहीं लौटा सकेगा और शायद उसी चोट से तिलमिलाकर कुसुम गतिहीन पड़ी होगी। पर अपने आमोद-प्रमोद के बीच भी मैं उसकी डबडबाई आँखें, जल्लाद पांडे की चीख-पुकार, शून्य में फैली दो सींक-सी बाँहें चेष्टा करने पर भी नहीं भूल पाती। एक बार उसे फिर से उन निर्जीव बाँहों के अशक्त घेरे में सिमटने देती, तो कौन-सी अनोखी देर-अबेर होती! अब क्या तारी परलोक पहुँचकर भी मुझे क्षमा कर सकेगा? इसी बीच एक दिन अम्मा की चिट्ठी आ गई, कुसुम की चट मँगनी और पट ब्याह रच दिया था जल्लाद पांडे ने। लम्बा-चौड़ा पहलवान दामाद, न जाने कहाँ से ढूँढ़ लाए थे। "चल, अब तेरी सहेली जल्लाद पिता के पंजे से तो छूटी", अम्मा ने लिखा था, पर तब कौन जानता था कि बेचारी कुसुम खाई से निकलकर खन्दक में कूदने जा रही है। जैसे बीसियों मीन-मेख निकाल, ठोंक-पीटकर सौदा करनेवाला चतुर ग्राहक ही अधिकतर ठगा जाता है, ऐसे ही जल्लाद पांडे भी बुरी तरह ठगे गए। बाहर से देखने में लौहपुरुष-सा जामाता, भीतर से एकदम ही खोखला निकला।

कैसी भयानक घातक भूल कर बैठे थे जल्लाद पांडे!

पुत्री के सम्भावित वैधव्य के भय से उन्होंने जिस दुबले-पतले जामाता को नापास कर दिया था, उसके स्वास्थ्य को देखकर आज भी भूख भागती थी और जिस ऊँचे अगले गबरू जवान के पुष्ट पौरुष के मजबूत तने से उन्होंने पुत्री की अहिवात-डोर को खूब कसकर बाँध दिया था, वही तना एक ही झटके में जड़ से उखड़कर रह गया।

उन दिनों यक्ष्मा के मत्त दानव के प्रलयंकर नर्तन से कुमाऊँ की समग्र धरणी काँप रही थी। शायद ही ऐसा कोई परिवार बचा हो, जहाँ से इस घातक रोग के रोगी की एक-आध अरथी न उठी हो। अधिकांश मध्यवर्गीय संयुक्त परिवारों में न इस राजरोग की दामी चिकित्सा की व्यवस्था थी, न परहेज, न इस युग की मृत्युंजयी औषधियाँ। प्लेग की मारात्मक गिल्टियों की ही भाँति, इसकी खाँसी जिस किसी भाग्यहीन की पसलियाँ खटखटाती, वह स्वयं ही सहमकर आसन्नप्राय मृत्यु की घड़ियाँ गिनने लगता। जल्लाद पांडे के चौरस काठी के दामाद को भी इसी रोग ने चाट-चूटकर, छह ही महीने में साफ कर दिया। कुसुम को उसकी मौसी, एक बार फिर, लड़-झगड़कर अपने साथ पढ़ाने से उठा ले गई हैं, यही उसका अन्तिम समाचार मुझे अम्मा ने दिया था। कई

वर्षों बाद मुझे कुसुम अचानक एक मन्दिर में मिली। अब वह अध्यापिका बनकर गर्ब्यांग चली गई थी और पिता की बरसी कर गया से लौट रही थी। बुद्धिमती पुत्री शायद जानती थी कि असंख्य प्राणियों की हत्या-भार से दबी उसके पिता की अभिशप्त आत्मा को केवल गया का पिंडदान ही शान्ति प्रदान कर सकता था। न उसके हाथ में चूड़ियाँ थीं, न गले में तुलसी-रुद्राक्ष की माला। एक सादी इकलाई की मर्दानी कन्नी की साड़ी और मोटा खुरदुरा पहाड़ी हाथ-करघे का महाबदसूरत शाल, फिर भी उस कमनीय लुभावने चेहरे का तेजोमय सौन्दर्य देखकर मैं दंग रह गई। कौन कहता है कि कुमाऊँ की रमणियों का सौन्दर्य क्षणिक होता है, वयस के साथ-साथ वे अनाकर्षक होती जाती हैं—कुमाऊँ गजेटियर में किसी मूर्ख विदेशी ने ऐसा ही कुछ लिख मारा है। आज वह जीवित होता, तो उसे प्रौढ़ा कुसुम के सम्मुख खड़ा कर देती। न एक बाल सफेद, न चिकने चेहरे पर एक झुर्री! वही सतर चाल, संयमित स्मित और शान्त-स्निग्ध चितवन। यह निश्चय ही दावे के साथ कहा जा सकता है कि जो वास्तव में सुन्दर है, उसे किसी सुन्दर आभरण या भड़कीले वसन की आवश्यकता नहीं रहती। सुन्दरी केले का पत्ता लपेटकर भी खड़ी रहे, तब भी वह सुन्दरी कहलाएगी। फिर सुन्दरी कुसुम का सौन्दर्य तो पुरानी शराब का-सा सौन्दर्य था, जो अपनी बढ़ती उम्र के साथ-साथ और अधिक मादक होता चला जाता है। आज उसी मादक आसव की एक घूँट क्या पीनेवाले को फिर झुमा देगी!

एक बार जी में आया, साहस कर पूछ ही क्यों न लूँ—"क्या आप कभी अल्मोड़ा सैनेटोरियम में थे? क्या आपसे मिलने कभी दो लड़कियाँ आई थीं? क्या आप कभी लाहौर के किसी पहुँचे पीर से डोरा बँधवाने गए थे?"

पर मेरे सारे मूक प्रश्न, मेरी ही कंठ-प्राचीर से टकरा-टकराकर मेरे ही पास, बूमरैंग की भाँति लौट आए।

मेरठ आ गया था। मेरा कलेजा फिर एक बार कानों में वैसे ही हथौड़े पीटने लगा, जैसे वर्षों पूर्व अल्मोड़ा सैनेटोरियम में पीट उठा था।

देखूँ, कुसुम पहचानती है या नहीं। पर जिसके सिर से पैर तक बदल गए व्यक्तित्व को पहचानने में मुझे पूरे सात घंटे लगे थे, उसे क्या कुसुम बीस मिनट में पहचान लेगी? और कुसुम को क्या मैं नहीं जानती? वह क्या कभी आँख उठाकर भी किसी पुरुष की ओर देखती है? खच से बस रुकी। हाथ

में एक टोकरी लटकाए सामने खड़ी कुसुम मुस्करा रही थी। सफेद कश्मीरी सिल्क की साड़ी पर काला शाल, कफनी-सा सिर से लपेटे वह किसी कॉन्वेन्ट की तापसी नन-सी लग रही थी।

"तेरे लिए आलू की कचौड़ियाँ बनाकर लाई हूँ। चल, उतर नीचे, उस मेज़ पर बैठकर एकसाथ खाएँगे।"

मैं नीचे उतरी। उतरते-उतरते मैंने कनखियों से बगल की सीट की ओर देखा। कितने ही यात्री उतरे, बस की छत पर उतरनेवाले यात्रियों के बक्स, बिस्तर बड़ी बेरहमी से खींचे, पटके और सरकाये गए। किसी का बच्चा चीखा, किसी को खाँसी का विकट दौरा पड़ा, पर कुम्भकर्णी, बेशरम जोड़ा, सिर से सिर भिड़ाए बेखबर सोता रहा। जी में आया अभागे तारी को चलते-चलते एक ठोकर मारकर जगाती जाऊँ। कुसुम ने भी शायद दोनों को देख लिया। छोटे-से अधरपुट, सामान्य स्मित की क्षीण रेखा में खिंच गए।

"हाय, कैसी नींद है दोनों की!" मैं उतरी तो उसने कहा, "और जोड़ी भी कैसी है, एकदम दिन और रात।" मेरा दिल डूब गया। स्पष्ट था कि कुसुम ने उसे नहीं पहचाना।

वह हँसती, मुझे सामने की मेज़ पर खींच ले गई। टोकरी खोलकर उसने कचौड़ियाँ निकाल लीं और बड़े उत्साह से एक-एक कर स्टील की कटोरियों में सजा सामान निकालकर मेरे सम्मुख धरने लगी : "ले, फाड़ी आम का अचार खास तेरे लिए लाई हूँ, मुझे पता है तुझे तेल का अचार नहीं भाता—याद है मौसी के हाथ के डले अचार की फाड़ियाँ मैं तेरे लिए बस्ते में छिपा-छिपाकर लाती थी! बस, मौसी के हाथ के डले आम की यह आखिरी किस्त बचाकर धर ली थी तेरे लिए!"

कुसुम का स्वर उदासी में डूब गया। मुझे पता था कि उसकी एकमात्र स्नेही, आत्मीया, सुन्दरी मौसी गत वर्ष कैंसर में तड़प-तड़पकर चल बसी थीं।

"शायद इसी गरमी में मेरा तबादला हो जाएगा। अरे, यह क्या, तूने तो अब तक एक गस्सा भी नहीं तोड़ा?" उसने चिन्तित स्वर में पूछा और मैं चौंकी। मैं क्या खाक खाती? हर गस्सा गले में बुरी तरह अटका जा रहा था। गज-भर की दूरी पर खड़ी बस की सामने की सीट का जोड़ा जगकर, कबूतरों की-सी गुटरगूँ कर रहा था। क्या देख नहीं पा रहा होगा इसे? और कुसुम? वह अब क्या पहचानेगी, जब सामने खड़ी रहकर ही नहीं पहचान सकी। वह पहचाने न पहचाने, एक बार निकट आने पर तारी अवश्य ही उसे पहचान

लेगा—वह क्या तिलमात्र भी बदली थी? हमने खा-पीकर हाथ-मुँह धोया, टोकरी में खाली कटोरियाँ समेटीं।

"तू चल, मैं तेरे लिए मीठा पान लगवाकर लाती हूँ। तुझे मीठा पान बहुत पसन्द था ना?" वह हँसी और 'सबकुछ याद है मुझे' कहती पान की दूकान की ओर लपक गई।

मैं मरे मन से हाथ में टोकरी लटकाए बस की ओर चल दी।

'सब छोटी-छोटी नगण्य घटनाएँ तो याद हैं तुझे,' मैं मन-ही-मन भुनभुनाने लगी—'तब अपने जीवन की सबसे प्रमुख घटना को क्यों भूल गई है, कुसुम? गौर से देख तो सही, क्या यह सुन्दर चेहरा कहीं देखा है, याद नहीं पड़ता?

स्वयं सुपारी खाकर, दो बीड़े उसने बस की खिड़की से मेरे हाथ में थमा दिए।

"क्यों, तू नहीं खाएगी क्या?" अपने मूर्खतापूर्ण प्रश्न को पूछते ही मैं स्वयं कटकर रह गई—क्या मैं भूल गई थी कि कुसुम विधवा है और वह पान नहीं खा सकती।

"नहीं, मैं पान नहीं खाती," बड़े संयत स्वर में बिना किसी झिझक के ही कहती वह मेरी खिड़की से तनिक हटकर खड़ी हो गई।

अन्तिम सीटी बजाकर ड्राइवर ने गाड़ी का भरभराता इंजन चालू कर दिया था। बस छूटने ही को थी।

"कुसुम, तबादले से पहले नैनीताल ज़रूर आना। तार कर देना, समझीं! मैं तुझे लेने काठगोदाम आ जाऊँगी।" जान-बूझकर ही मैंने कंठस्वर को खूब ऊँचा कर उसके नाम की लम्बी मींड खींची—'अच्छा, कुसुम!' सामने की खिड़की पर खड़ी कुसुम-सी सुन्दरी स्त्री की ओर, बस-यात्रियों की दृष्टि स्वयं ही बड़ी स्वाभाविकता से उठ गई होगी, यह मैं मन-ही-मन समझ गई थी, पर फिर भी बस के चलते ही मैंने किसी अनुभवी चतुर वैद्य की-सी दृष्टि अपने दूसरे रोगी के चेहरे पर जमा दी।

उसके होंठों में दबी सिगरेट काँप रही थी। क्षण-भर पहले का किसी रोहिले पठान का-सा सुर्ख चेहरा, पल-भर में जर्द पड़ गया था।

वह तारी ही था।

बस की गति तेज हो गई, विवियन को खिड़की की ओर बिठाकर वह मेरी ओर क्यों खिसक आया, मैं समझ गई।

धीरे-धीरे विवियन का तरबूज-सा सिर एक बार फिर नींद के झकोलों में

इधर-उधर झूमने लगा।

"क्षमा कीजिएगा," वह मेरे पास आकर फुसफुसाया, "मुझे बड़ी देर से लग रहा था कि मैंने आपको कहीं देखा है। क्या आप कभी अल्मोड़ा में थीं?"

मैंने देखा, वह बेहद घबराया-सा, अपनी लम्बी टेयरिंग अँगुलियों से, अपने घुटनों पर पियानो-सा बजा रहा था।

"जी हाँ," मैंने संक्षिप्त उत्तर दिया।

"आप..." वह फिर हकलाने-सा लगा, तो मुझे तरस आ गया।

"जी हाँ, मैं ही कुसुम के साथ आपसे मिलने सैनेटोरियम आई थी।"

अपनी धृष्टता पर मुझे अब आश्चर्य भी होता है। मान लीजिए, वह वही तारी नहीं होता तब! क्या इस विराट विश्व में, एक ही चेहरे-मोहरे के, एक ही नाम के दो विभिन्न व्यक्ति नहीं हो सकते?

"उसने क्या मुझे पहचान लिया?" काँपते स्वर में यह प्रश्न पूछकर वह पसीने से तर हो गया। उस प्रश्न में कौतूहल था या आशंका—मैं समझ नहीं पाई।

"नहीं," मैंने उसी धीमे स्वर में प्रत्युत्तर दिया, जिसमें प्रश्न पूछा गया था। शायद यही वह चाहता भी था। फिर वह एक शब्द भी नहीं बोला। दिल्ली निकट आते ही उसकी काली कोयल टहूकने लगी।

"देखो डार्लिंग, यहाँ बिजली से मुर्दे जलाए जाते हैं। कितना सुन्दर लग रहा है जैसे बिजलियों से जगमगाता छोटा-सा जहाज़ हो। मैं मरूँ तो मुझे यहीं जलाना।" बड़ी निर्लज्जता से उसने फिर तारी के कन्धे पर अपना माथा टिका दिया, पर वह तो अपने कल्पनालोक के वर्षों पूर्व के मरघट में पहुँच गया था, जहाँ ढालू-पथरीली छत के नीचे स्प्रिंगदार लोहे के पलँग पर उसकी अठारह वर्ष की प्रेमिका, अपना सर्वस्व उसे समर्पण कर, उसकी छाती से लगी किसी निर्दोष बालिका की-सी नींद में डूबी पड़ी थी, जो उस मरघट से भी उसे अमृत की एक ही घूँट पिलाकर इतनी दूर लौटा लाई थी। वह अचानक स्वयं कहाँ भटक गई? उसी को पाने के लिए तो वह अमानवीय संकल्प से जी उठा था शायद।

दिल्ली आते ही बस रुक गई। बड़े साहस से इधर-उधर देखता वह एक बार फिर मेरी ओर बढ़ा, "क्या वह मेरठ ही में रहती है?" मैं कुछ उत्तर देती इससे पहले ही विवियन हमारी ओर बढ़ आई।

"क्या तुम इन्हें जानते हो? वाह, यह भी खूब रही। इतनी देर एकसाथ

बैठे रहे—अब चलने का समय आया तो पहचाना।"

उसके स्वर के व्यंग्य, ईर्ष्या और ओछे स्वभाव को मैंने पल-भर में भाँप लिया। वह निश्चय ही उन स्त्रियों में से थी, जो अपने पति को अन्य किसी स्त्री से बातें करते देख, दुनिया-भर की ऊलजलूल बातें सोचने लगती हैं।

"ये भी पहाड़ की हैं, विवियन, और मैं इनसे अपने एक बहुत पुराने खोए प्रिय मित्र के बारे में पूछताछ कर रहा था। शायद उसका कुछ अता-पता बता सकें।" तारी का स्वर एकदम ठंडा और शान्त था।

"ओह," विवियन के स्वर की खीझ छिप नहीं सकी, "कौन-सा ऐसा प्रिय मित्र है जी तुम्हारा, मुझे तो तुमने कभी नहीं बताया! तो क्या हुआ...कुछ पता लगा प्रिय मित्र का?"

"नहीं," तारी ने कहा और अनमना-सा सामान उतरवाने लगा।

सामान के साथ दोनों टैक्सी-स्टैंड की ओर बढ़े तो तारी ने मुड़कर एक बार बड़ी विवशता से मेरी ओर देखा। उसी विवश दृष्टि के मूक सन्देश ने मेरे पैरों में बेड़ियाँ-सी डाल दीं। मुझे लगा जैसे वह कह रहा हो—'जाना नहीं। मैं अभी लौटकर उसका पता पूछूँगा...!'

मैं बड़ी देर तक, अजमेरी गेट के उस बस-स्टैंड पर उसका इन्तज़ार करती रही, पर वह नहीं लौटा। इन्तज़ार तो मैं अब भी कर रही हूँ, शायद वह कभी मुझसे अपने खोये प्रिय मित्र का अता-पता पूछने फिर लौट आए—शायद?

ज्येष्ठा

कभी-कभी, नारी ही नारी के लिए एक जटिल पहेली बन उठती है। वैसे एक नारी के जिस छलनामय स्वभाव का घनिष्ठ परिचय दूसरी नारी को अपने पारिवारिक जीवन में पग-पग पर मिलता रहता है, वह शायद किसी पुरुष को कभी नहीं मिल सकता। जिठानी, देवरानी, ननद, भाभी, यहाँ तक कि एक माँ की जायी दो सगी बहनों को भी कभी-कभी ईर्ष्या, द्वेष, कामना या लोभ की आरी चीरकर विलग कर देती है। वैमनस्य के अखाड़े में जूझती वीरांगनाएँ किसी कुशल फेसिंग के कलाकार की दक्षता से प्रतिद्वंद्विनी को कभी जिह्वा के प्रहार से धराशायिनी कर देती हैं और कभी छल-बल से। जहाँ मूर्ख पुरुष क्रोध से अन्धे बन कभी-कभी फाँसी के फन्दे को भी भूलकर, शत्रुमुंड गँडासे से अलग कर देते हैं, वहाँ प्रतिशोध लेने के लिए नारी कभी ऐसी अविवेकपूर्ण मूर्खता नहीं करती। वह शत्रु की सुख्याति, सुनाम यहाँ तक कि उसका सर्वस्व भी हरण कर सकती है, केवल अपनी तीखी जिह्वा के कुटिल प्रहार से। इसमें कोई सन्देह नहीं कि नारी ही नारी की सबसे बड़ी शत्रु है। पिरी की सबसे बड़ी प्रतिद्वंद्विनी थी स्वयं उसकी भावी सास। पूरे बीस वर्ष तक उसके विवाह-मार्ग में वह नागिन-सी अड़ी-खड़ी फुफकारती रही थी और उन बीस वर्षों में किस दुःसाहस से पिरी उसी मार्ग से लुक-छिपकर अपने प्रेमी से मिलती रही थी—मैं सब जानती थी। पर आज यह कैसे हो गया?

यह छलनामयी मुझे अपनी क्षणिक झलक दिखाकर नारी-स्वभाव के रहस्यमय अतलार्णव में डुबकियाँ लगाने छोड़ गई है। अब अपनी मूर्खता पर क्षोभ भी होता है। क्यों वहीं उसे कन्धे पकड़कर नहीं झकझोर दिया? कम-से-कम वह भोला चेहरा, पल-भर को तो फक पड़ता। मूर्ख, हतबुद्धि-सी मैं फौवारे के पास खड़ी बेंच पर निर्लज्जता से चोंच मिलाए उस कबूतरी जोड़े

को देखती ही रह गई थी। सामान्य रूप से हाथ बढ़ाने पर ही मैं उस कंबु-कंठ में झूलते मंगलसूत्र के बीच गुँथे मूँगे को बड़ी निर्ममता से खींच सकती थी, पर जोड़े के पीछे मुड़ने से पहले ही मैं स्वेच्छा से स्वयं ही मुड़ गई। ऊपर की सड़क पर पहुँचकर देखा तो बेंच खाली थी। सीजन की उद्देश्यहीन भीड़ के अथाह प्रवाह में प्रेमी-युगल खो चुके थे।

आज से कोई बीस वर्ष पूर्व, पिरी ने अपनी सगाई का समाचार मुझे स्वयं तार देकर दिया था। मैं सच कहती हूँ कि उस दिन, उसकी सगाई के समाचार से मुझे जितनी प्रसन्नता हुई थी, उतनी शायद अपनी सगाई के दिन भी नहीं हुई। न जाने कितनी बार ऐसे ही हर्डल पार करने में पिरी के शरीर और मन, दोनों बुरी तरह क्षत-विक्षत हो चुके थे।

लाखों में एक न होने पर भी उस चेहरे की लुनाई में एक अनुपम आकर्षण था, लम्बी छरहरी देह, गेहुँआ रंग, सुतवाँ नाक और ऊँचे उठे कपोल। आँखें बड़ी न होने पर भी चौबीसों घंटे उज्ज्वल हँसी से चमकती रहतीं, भूरे रेशम की लच्छियों-से केश सामान्य हवा के झोंके से ही मनमोहक घेरे में चेहरे को बाँध लेते, उस पर उसका आनन्दी स्वभाव पल-भर के पाहुने को भी अटूट मैत्री के बन्धन में जकड़ लेता। पाँच मिनट के परिचय को भी वह पाँच वर्ष का परिचय बना सकती थी। इतने वर्षों में भी उस कमनीय चेहरे का कैशोर्य नहीं गया है। जैसे कूर्मांचल का अस्ताचलगामी प्रौढ़ सूर्य, जाते-जाते भी डूबती किरणों का अद्‌भुत उज्ज्वल जाल बिछाता पर्वतश्रेणियों को अनोखी आभा से आलोकित कर जाता है, वैसे ही उससे विदा लेता यौवन बड़ी हठीली धृष्टता से अड़ता, उस लुभावने चेहरे को और भी लुभावना बनाता चला गया था। मैं तो उसे देखकर दंग रह गई थी। सामान्य गेहुँआ रंग ऐसी दूधिया शुभ्रता में कैसे बदल गया? सुना तो यही था कि बसन्त और यौवन, पद्मपत्र के जलबिन्दु-से ही क्षण-स्थायी होते हैं—पर इन बीस वर्षों में पिरी क्या और भी सुन्दर नहीं बन गई है! वही बलखाती देहयष्टि, मोटी काली चोटी उसी कौमार्यावस्था की अल्हड़ता से सामने झूल रही थी, कान के पास चन्द्रमल्लिका का एक बड़ा-सा पुष्प सर्चलाइट-सा चमक रहा था, ठीक जैसे हवाई द्वीप की कोई लावण्यमयी धृष्टा किशोरी विदेशी पर्यटक के पार्श्व में कान में फूल खोंसे बैठी, किसी एयरलाइन्स का विज्ञापन बनी मुस्करा रही हो। क्या कहूँ, लिखने में तो निविड़ व्रीड़ा से लेखनी स्वयं संकुचित हो रही है, किन्तु मर्यादाहीन औदार्य से प्रदर्शित उस सुडौल नंगी पीठ पर आस-पास खड़े कितने ही पर्यटकों की लोलुप दृष्टि

गड़ते देख मैं लज्जा से गड़ गई। अविश्वास से मैंने अन्तिम बार फिर दोनों को देखा—नहीं, सन्देह के लिए सामान्य-सी भी गुंजाइश नहीं। दोनों वही थे।

पर यह हो कैसे गया? गत वर्ष जिसके स्पर्श से सिहरकर, वह मेरे पास भाग आई थी और जिसके अप्रत्याशित प्रणय-निवेदन की अद्भुत कहानी सुनाने में बार-बार भय से काँपती, सचकित दृष्टि से द्वार को ऐसे देखने लगती थी जैसे कहीं वह अचानक आकर खड़ा न हो गया हो; जिसकी मृत्युकामना के लिए उसने जाखनदेवी के वरदायी मन्दिर में निरन्तर तीन माह तक घृतदीप जलाया था, जो कभी स्वयं अपनी माँ के साथ, उसके सौभाग्य-द्वार का पथ अवरुद्ध कर, हठीला प्रहरी बन खड़ा हो गया था, क्या वह अन्त में उसी की प्रणय-डोर से खिंची चली गई?

पिरी का नाम था हरिप्रिया, एक ऐसा प्रचलित नाम, जो कभी पहाड़ की हर तीसरी लड़की का हुआ करता था, पर पिरी हर तीसरी लड़की-सी साधारण नहीं थी। शायद यही कारण था कि वह सोलह वर्ष की भी नहीं हुई थी कि उसकी कुंडली हाथों-ही-हाथों में तौली जाने लगी। पितामह मूँगफली बेचते थे किन्तु पिता ने कठोर दारिद्र्य को अपने चरित्रबल से दूर ठेलकर प्रतिष्ठा एवं समृद्धि पाई थी, इसी से थे कठोर मितव्ययी। लोग कहते थे कि उनकी मितव्ययिता ही उनकी सरला पत्नी की अकाल मृत्यु का कारण थी। जो भी हो, उनकी मितव्ययिता से हार माननेवाली पिरी नहीं थी, प्रायः ही वह पिता के इधर-उधर छिपाए रेजगारी के स्तूप से, मुट्ठी-भर चवन्नी-अठन्नियाँ बटोरकर, अपनी काँच के बटन-सी चमकती आँखें चमकाती अपनी छत से हमारी पथरीली छत पर कूद आती, "अभी-अभी मोहनलाल निकलेगा—तू बुला लेना, समझीं, छककर टिकिया खाएँगे।" मैं उसके दुःसाहस को देखकर काँप जाती, कहीं उसके पिता ने देख लिया तब? फटी कमीज़ उल्टी कर, कब किस छत के पत्थर पर जमा बूढ़ा जुएँ बीनना छोड़, हमारी चोटी पकड़कर घसीट लेगा—क्या कुछ ठीक था। पर सन्ध्या ढलती और मीठे गले की सुरीली हाँक से मोहनलाल न जाने कितनी किशोरियों की चटोरी जिह्वाओं को आमन्त्रित कर देता, "पोटेटो की टिकिया डबल में एक।"

मोहनलाल को भला तब अल्मोड़ा की कौन किशोरी नहीं जानती थी! अधेड़ चेहरा, स्याह रंग और सींक-सी अँगुलियों में गज़ब की फुर्ती, पतले तवे पर सिंकती गुलाबी आलू की टिकिया, चुटकियों से छिड़का गया मसाला और खट्टी-मिट्ठी चटनी डाल बनाई गई अमृत बूटी! कैसा अद्भुत व्यक्ति था

वह! रामलीला में बनता था केवट, और उसी चौपाई के लहजे में जब मीठी हाँक लगाता—"पोटेटो की टिकिया—डबल में एक", तो एक से एक सनातनी महिलाएँ भी टिकिया खाने पिछवाड़े का द्वार खोल लेतीं, "रामचन्द्रजी का केवट है, भला उसके हाथ की टिकिया खाने में कैसा दोष?" निपुणिका पुत्री कब कितनी रेज़गारी पार कर लेती है, पिता को पता भी नहीं रहता।

पहली बार सुन्दरी पुत्री की कुंडली माँगी गई तो बेचारे बड़े उत्साह से मृत पत्नी के हरिण के चमड़े से मढ़े जीर्ण पिटारे से कुंडली निकाल चटपट दे आए थे। उसी सन्ध्या को खोटे सिक्के-सी कुंडली लौट आई तो उनका माथा ठनका। देनेवालों ने तो यह कहकर लौटा दी थी कि कन्या के तीन ग्रह लड़के से बड़े हैं, पर अल्मोड़ा-भर की कुंडलियों की रेखाओं का लेखा-जोखा रखनेवाले भट्टजी ने कुंडली का भेद खोल दिया, "जहाँ-जहाँ पात्र से बड़ा भाई होगा वहाँ-वहाँ से कुंडली ऐसे ही लौट आएगी पंतजी, कन्या का ज्येष्ठा नक्षत्र है।" मूर्खा पत्नी पर मन-ही-मन उन्हें क्रोध भी आया था, क्या मरने से पहले किसी को कुंडली दिखा नहीं सकती थी अभागी? उन्हें पहले पता होता तो दस-पाँच रुपया देकर भट्टजी से ही दुष्ट ग्रह को मटियामेट करा देते, उनके पुत्र अंबी ने क्या पुत्री का अष्टम मंगल, भट्टजी के दक्ष स्याहीमेट रबर से नहीं मेट दिया था? पर दूसरा कटु सत्य भी अचानक पंतजी को अँगूठा दिखाने लगा—क्या कर लिया था कन्या की कुंडली में जालसाजी करके? क्या भाग्य का लिखा ग्रह भी मिटा सके थे उत्कोच से? विवाह के तीसरे ही महीने पुत्री विधवा हो गई थी। फिर उन्होंने बड़े चातुर्य से कुंडली प्रवासी-बिरादरी में भेजी, पर पिरी का ज्येष्ठा नक्षत्र, फन उठाए डसने को तत्पर घातक पद्मनाग-सा ही भावी पति के ज्येष्ठा भाई की ओर जीभ लपलपाता दौड़ पड़ता और एक-न-एक बहाना बनाकर कुंडली फेर दी जाती। फिर ऐसी बात क्या छिपाए छिपती है? कूर्मांचल के कर्मकांडी परिवार तो विवाह योग्य कन्याओं के मंगल, ज्येष्ठ, अश्लेषा नक्षत्र कंठस्थ रखते हैं और अवसर पाते ही अपनी विवाह योग्य कन्याओं की तुरुप लगाने में नहीं चूकते। इसी बीच, अचानक पिरी को कुछ क्षणों के लिए बृहस्पति की दशा आ गई।

हमारे मकान से लगा मकान था पिरी के पिता का, और उससे नए दुमंजिले मकान में पांडेजी रहते थे। उनका ज्येष्ठ पुत्र राजेश; वर्षों पूर्व, हाईस्कूल की परीक्षा में नकल करते पकड़े जाने पर, लज्जा से गृह त्यागकर अदृश्य हो गया था। तब का विद्यार्थी, क्या आज के विद्यार्थी-सा दुःसाहसी था

जो पकड़नेवाले गुरुजनों का पेट फाड़, परीक्षा-भवन में ही उनकी आँतें फैला देता या कलेजा फाड़कर फेफड़े? पकड़े जाने पर, तब का संस्कारशील किशोर, या तो ताल-तलैया में कूदकर स्वयं को दंड दे लेता या गृहत्यागी बन, देश-विदेश में अलख जगाए घूमता रहता। धीरे-धीरे पन्द्रह वर्ष बीत गए, इसी बीच काशी के प्रसिद्ध तान्त्रिक, पांडेजी के अतिथि बनकर आए। एकदम पहुँचे सिद्ध, अखरोट के वृक्ष के नीचे धूनी रमा ली और देखते-ही-देखते, पहाड़ की धर्मभीरु सहज विश्वासी भीड़ ने घेर लिया। कैसे ही विषम प्रश्न पूछो, चट उत्तर दे देते। पांडेजी ने भी गृहत्यागी पुत्र के लिए गुप्त प्रश्न किया, उत्तर मिला—"तुम्हारा पुत्र दक्षिण दिशा में जाकर एक जहाज़ में बैठा था, जहाज़ डूब गया, मृत्यु का संकेत स्पष्ट है।" कर्मकांडी पांडेजी ने चटपट कुश का पुतला बनाया और गतिक्रिया कर दी। माँ जिस पुत्र का चेहरा भी भूलने लगी थी, उसी के लिए छाती पीट-पीटकर ऐसे विलाप करने लगी जैसे लाश अभी आँगन में धरी हो। राजेश की काल्पनिक मृत्यु की तेरहवीं के दूसरे ही दिन, गृह के दूसरे पुत्र देवेश के लिए, पिरी की कुंडली लेकर पंतजी पहुँच गए। पिरी को सबने देखा था पर भावी सास को आपत्ति थी। ऐसी रूपवती बहू के सौ नखरे भला वह कैसे सहेगी; फिर उसकी बहन की तीन-तीन रूपवती बहुएँ उसे सबक सिखा चुकीं थीं—तीनों बहनौत, रूपवती पत्नियों के गुलाम बनकर रह गए थे।

"बहू के रूप को क्या मैं चाटूँगी?" उसने तुनककर कहा था, "मुझे तो गुण चाहिए, गुण?"

पर पांडेजी ने मूर्खा पत्नी को मना लिया, "कैसी बात करती है? मक्खीचूस की एक ही लड़की है, आखिर कितने दिन जिएगा? सब सम्पत्ति हमारे देबू को मिलेगी।"—बस चटपट मँगनी हो गई थी।

पर किसी शक्तिशाली, कीलक गाड़कर पल-भर में अवश बना दिए गए ग्रह ने फिर करवट बदली। विवाह के आठ दिन रह गए थे। पिरी की प्रसन्नता आकाश छू रही थी, छूती भी क्यों नहीं? देबू-सा सजीला तरुण मुहल्ले-टोले में ढूँढ़ने पर भी नहीं मिल सकता था, बचपन से ही वह पिरी को परी-परी कहकर चिढ़ाता था और एक बार जब मुहल्ले के रिश्ते से हम सब पड़ोस की लड़कियाँ उसे भाईदूज का टीका लगाने पहुँचीं तो उसने हँसकर कहा था, "सबसे रोली का तिलक लगवा लूँगा पर इस परी से नहीं—इसे मैं क्या कभी बहन कह सकता हूँ?"

"हाय-हाय, कैसा बेहया है ये देबूदा। रुक जा, अभी कहती हूँ चाची से," पिरी बनावटी रोष से कहती बिना तिलक किए ही लौट आई थी। उस दिन से हम नित्य छेड़ती रहतीं—"ए परी, जा न, तेरी ससुराल के दाड़िम में खूब फल आया है। ले आ ना आँचल भरकर।"

"और क्या, बुढ़िया मुझे वहीं जीता गाड़ देगी?"

"बुढ़िया का बेटा तो नहीं गाड़ेगा अपनी परी को।"

"इतना मैं तुझे लिखकर दे सकती हूँ," वह मुझसे कहती और उसकी सदाबहार आँखें डबडबा आतीं, "बुढ़िया मुझे कभी बहू नहीं बनने देगी।"

पर जब एक दिन सुना कि सचमुच ही पिरी की सगाई वहीं हो रही है, जहाँ वह चाहती थी, तो मैं प्रसन्नता से उछल पड़ी और उसी विवाहोत्सव के लिए, परीक्षा से पहले छुट्टी लेकर घर आ गई। आसन्न विवाह-तिथि ने पिरी को सचमुच परी बना दिया था। उसका वैसा रूप, फिर मैंने कभी नहीं देखा। एक तो उसने कभी पहाड़ की देहरी नहीं लाँघी थी, इसी से गालों की पहाड़ी सेबों की कुँवारी लालिमा, आँखों की निर्दोष चावनी, स्वच्छ दन्तपंक्ति और स्वस्थ गुदगुदी देह में कुमाऊँ की वनलक्ष्मी का सरल सौन्दर्य साकार हो उठा था। उधर प्रेम-ज्वर सन्निपात की अन्तिम अवस्था में पहुँच चुका था, हृदय के उल्लास ने उसे और भी उदार बना दिया था। महाऔदार्य से वह दाएँ-बाएँ अपनी प्रसन्नता का सीमित भंडार लुटाए दे रही थी।

बात-बात पर हृदय लुभानेवाले हँसी, पदचाप से ही मुनियों का तपोभंग करनेवाली पिरी के कटाक्ष जैसे और भी घातक बन गए थे। मैंने उसे एक बार टोक भी दिया था, "इतना मत हँस पिरी, इतना हँसना अच्छा नहीं होता। बहुत हँसने से बहुत रोना भी पड़ता है, ऐसा मेरी नानी कहती थीं।"

"रोएँगे मेरे दुश्मन, समझी? रोएँगे ताई, चाची और मामीजी, जो अपनी लड़कियों के लिए मेरे इसी राजकुमार के सपने देखती रहीं।" पर हुआ उल्टा।

पिरी रोई और दुश्मन हँस उठे। हम सबको लेकर, महा उत्साह से 'कर्क एंड टैम्प्ले' की समाधि पर पिकनिक मनाने ले गई थी पिरी। सिटोली के उस गहन वन में, उन दो विदेशियों की कब्र के पास बिताया गया वह दिन, आज भी नहीं भूलता। ढालू पहाड़ पर हमारी अल्हड़ अठखेलियाँ—संसार के अनुभवों से अछूता निर्मल चित्त का उल्लास हमें घर लौटने की सुध-बुध भी भुला बैठा। जब लौटे तो दिन डूब चुका था। पिरी ने घर की देहरी लाँघी भी नहीं थी कि आँचल-घर्षण से जवापुष्प-सी लाल, सूजी नासिका पोंछकर चाची ने टोक दिया,

"लो शहज़ादी, धेंगड़ी-सी वन-जंगलों में नाचकर अब घर लौटी है।"

बीच के कमरे में पहुँचने तक लाल नाक का रहस्य खुल गया। पन्द्रह वर्ष पूर्व का गृहत्यागी पर्वतपुत्र, अचानक बिना किसी सूचना के दुःस्वप्न की भाँति, भरी दोपहरी में द्वार पर खड़ा हो गया था। इतने वर्षों तक सिंगापुर में था, प्रचुर रुपया कमाकर ही नहीं लौटा, जिस नगाड़े-से पेट और सींक-सी पतली टाँगों को लेकर घर से भाग गया था, उनको भी सुदूर विदेश में कहीं बहा आया था। अब वह ऊँचा-अगला गबरू जवान था।

"अब क्या होगा, पिरी!" मैं उसे ढाढस बँधाने उस दिन उसी के यहाँ रह गई थी।

"होगा क्या?" उसका विश्वास अटूट और दृढ़ था, उसका प्रेमी उसे कभी प्रवंचना की चकरघिन्नी नहीं देगा, "देखती नहीं, दिन-भर में तीन चिट्ठियाँ लिखता है? एक सुबह, एक दोपहर, एक शाम, कभी-कभी रात को भी मेरी छत पर एक लिफाफा आ गिरता है। तू क्या सोचती है, वह अब मेरे ज्येष्ठा-व्येष्ठा से डरेगा?"

पर पांडेजी ने दूसरे दिन सुबह ही चिट्ठी भेज दी थी, "इतने वर्षों में ज्येष्ठ पुत्र के सकुशल घर लौटने पर, अब हम जान-बूझकर उसके लिए अमंगलकारी ग्रहों का संयोग कैसे न्यौत लें? फिर उसकी माँ कहती है कि उसके पुत्र का दूसरा जन्म हुआ है। अब वह उसे मौत के मुँह में कैसे ढकेल देगी। जान-बूझकर मक्खी नहीं निगली जाती। पंतजी, हमें क्षमा करें..."

"यानी मैं मौत हूँ, मैं मौत हूँ," बेचारी पिरी क्रोध से काँपती एकदम बौरा गई थी।

उसके पिता पत्र हाथ में लिये, भावी समधी के पैरों पर टोपी रखने का संकल्प कर भागते गए और उल्टे पैरों लौट आए। द्वार पर ताला पड़ा था। पांडेजी असमय ही कर दी गई जीवित पुत्र की अन्त्येष्टि का प्रायश्चित करने, सपरिवार गया चले गए थे। तीसरे ही दिन जिस अमानवीय धैर्य से बस्ता उठाकर वह कॉलेज चली गई, उसे देखकर हम सब दंग रह गई थीं। एक दिन पहले, बात-बात पर रसीले अधरों पर उतर आनेवाली हँसी, पहाड़ के क्षणिक सूर्यालोक-सी ही आकर फिर विलीन हो गई थी। घन-विषम मेघ-खंडों ने निर्मल, उत्फुल्ल चन्द्रबिम्ब को ग्रस लिया था। पिता के हाथों से कुंडली छीनकर उसने एक दिन जलते चूल्हे में झोंक दी और कठोर स्वर में, चिरकौमार्य व्रत की घोषणा कर दी।

पांडे परिवार लौट आया पर देवेश को शायद जान-बूझकर ही ताऊ के पास इलाहाबाद भेज दिया गया, और उसके इसी पलायन से पिरी बौखला गई। एक दिन वह अपनी छत पर खड़ी हुई, तो देखा, दूसरी छत पर कोई खड़ा है। तब क्या देबू लौट आया? वह उत्साह से मुस्कराती आगे बढ़ी और फिर दो कदम पीछे हट गई—वह देबू नहीं, उसका बड़ा भाई राजेश था, वही जिसने उसके बहुप्रतीक्षित विवाह के ठीक आठवें दिन से एक दिन पहले आकर उसके समस्त स्वर्णिम स्वप्न चूर-चूर कर दिए थे। वह धृष्ट युवक, उसे निर्लज्जता से घूरता, मुस्कराता सहसा मुँडेर पर चढ़ आया और देखते-ही-देखते, दोनों छतों को घेरे अखरोट की पुष्ट डालियों को पकड़ता, किसी ट्रैपीज़ के दक्ष कलाकार की भाँति उसके पास ही धम्म से कूदकर खड़ा हो गया।

उसका दुःसाहस देखकर पिरी स्तब्ध रह गई, पर दूसरे ही क्षण उसकी आँखों से घृणा, तिरस्कार और क्रोध की लपटें भड़क उठीं, "जहाँ पन्द्रह वर्ष सिंगापुर में रहे, वहाँ क्या आठ दिन और नहीं रह सकते थे?" वह क्रोध से थर-थर काँप रही थी। "नहीं।" उस निर्लज्ज बेहया का एक-एक नैन-नक्श अपने सुदर्शन भाई का था, अन्तर था केवल शरीर की गढ़न में। जहाँ छोटा भाई, बचपन में सुकुमारी सीता का अभिनय करते-करते, चेष्टा करने पर भी वास्तविक जीवन में कभी राम नहीं बन पाया, रामलीला के सुदीर्घ अभिनय ने स्त्री-सुलभ शील-सौजन्य के अमिट अक्षर लिख, उसके चेहरे को एक बालसुलभ जिज्ञासा का साकार रूप दे, अद्‌भुत रूप से आकर्षक बना दिया था, वहाँ बड़े भाई की घनी कप्तानी मूँछों के नीचे, रसीले अधर द्वय का अस्तित्व ही मिटकर रह गया था। "आप क्या अपनी माँ को नहीं समझा सकते कि यह सब कुंडली का ढकोसला आप नहीं मानते? मैं जानती हूँ कि आपके पिता को कोई आपत्ति नहीं है।"

पिरी ने बाद में मुझे बतलाया कि वह अपना यह प्रश्न पूछने के साथ ही उसी के सामने रो पड़ी थी।

"मेरी माँ कभी नहीं मानेगी," दृढ़ स्वर में उसने कहा और फिर बड़ी उदासीनता से जेब से सिगरेट निकालकर जलाने लगा, "अब, एक ही उपाय है जो तुम्हें आजन्म के अनावश्यक कौमार्य-व्रत से बचा सकता है।" उसका स्वर गम्भीर था। लग रहा था, इस बार वह सचमुच ही उसकी हँसी नहीं उड़ा रहा है।

"क्या?" पिरी शायद दो कदम आगे बढ़ भी गई होगी। उस चंचल

किशोरी को मैं खूब जानती थी। आकस्मिक उत्तेजना से उसकी बोटी-बोटी फड़क उठती थी। "यही कि तुम मुझसे विवाह कर लो," और वह अपनी उसी धृष्ट मुद्रा में खड़ा हँसने लगा।

पिरी का गुस्सा हमेशा उसकी नाक पर बैठा रहता था; उसके मर्यादाहीन अविवेकी प्रस्ताव से उसका सिर चकरा गया।

"मैंने उसे खींचकर ऐसा तमाचा मारा कि चूड़ियाँ टूटकर, दूर तक झनझना गईं; फिर मैं पागलों की तरह सीढ़ियाँ फाँद गई।" पिरी ने मुझे लिखा था। इसके बाद वह उस छत पर कभी नहीं गई।

धीरे-धीरे उसकी सब मौसेरी-फुफेरी बहनों के विवाह हो गए। समय बीतने पर सब माँ बनीं, फिर लड़कों की मूँछें निकल आईं, लड़कियों के विवाह हो गए और पिरी की हमजोलियाँ, प्रौढ़ा बन पान-तम्बाकू गुलगुलातीं अपने मेदबहुल शरीर पर चर्बी की तहों पर तहें बिछातीं, पास-पड़ौस में हाथ नचा, आँखें मटका, वैसी ही निरर्थक बातों की गन्दी पोटलियाँ खोलने लगीं, जैसी उनकी माँ, चाची और ताइयाँ खोला करती थीं। किसकी लड़की किसके साथ भाग गई, किसकी बहू ने सास के साथ दुर्व्यवहार किया, किस सास ने नई बहू को उसके दहेज का एक लोटा भी नहीं दिया, आदि-आदि।

पर पिरी को छूने में, जीवन का प्रौढ़ दस्यु भी जैसे सहमकर दो कदम पीछे हट गया था। वह मेडिकल कॉलिज से छुट्टियों में लौटती भी तो अपने ही कमरे में बन्द रहती। एक बार सन्ध्या को वह अकेली मन्दिर से लौट रही थी कि उसकी टक्कर भूले-बिसरे प्रणयी से हो गई। मान-अभिमान के कई रसीले प्रकरणों के पश्चात् अधूरे उपाख्यान की नवीन सृष्टि हुई। इन्हीं दिनों मैं भी पहाड़ गई थी।

पिरी से अचानक भेंट हो गई, जाखनदेवी के मन्दिर में, हाथ में घृतदीप लिए वह देवी के सम्मुख नतमुखी खड़ी थी।

"किसके लिए जला रही है आज यह?" मैंने हँसकर उसके कन्धे पर हाथ धरा और वह चौंककर मुड़ी।

मन्दिर की टूटी सीढ़ियों पर बैठकर, फिर मैंने उसके दुःसाहसी प्रेमी की एक-एक भीष्म-प्रतिज्ञा सुनी।

"वह कहता है, विवाह करेगा तो मुझी से या जीवन-भर कुँवारा रहेगा। उसके पिता तो पिछले साल नहीं रहे, तू सुन ही चुकी है; पर बुढ़िया का जैसा स्वास्थ्य है शायद दो सौ साल की होकर भी नहीं टलेगी। और वह ससुर के

जेठ बहादुर नेपाल में ठेकेदारी कर रहे हैं। सुना, ठीकरा भी उठाते हैं तो सोना बन जाता है। बुढ़िया ने बहुत टेसुवे बहाए पर वह भी कहता है—कुंवारा ही रहेगा। उसी के लिए तो जलाती हूँ दीया।" वह हँसने लगी थी। उस मन्दिर में जलाए गए घृत की महिमा भला कौन नहीं जानता था!

बहुत पहले, एक प्रणयोन्मत्ता किशोरी ने वहीं दीया जलाया था। जिस घर की कामना हेतु वह प्रदीप लेकर नित्य सन्ध्या को पहुँचती थी, उसका एक दिन कहीं विवाह भी हो गया, पर किशोरी का था देवी पर अगाध विश्वास। वह नियमपूर्वक प्रदीप जलाती रही। एक दिन किसी ने शायद छेड़ भी दिया, अब क्या करेगी दीया जलाकर—देवी तुझ पर प्रसन्न नहीं हुईं।

देवी प्रसन्न हुईं। जिसे उसने मन-ही-मन वरा था, वही उसका पति बना। नई बहू तीसरे ही महीने गोलोकवासिनी हो गई थी, दूसरा विवाह हुआ उसी किशोरी से।

"तू किस सौत की मृत्युकामना करने को दीया जला रही है?" मैंने पूछा।

"क्यों?" अबोध शिशु-सी आँखों में था अगाध विश्वास, "मेरी सौत कौन है, तू नहीं जानती? मेरा जेठ..."

मैं काँप गई थी।

"छिः छिः—ऐसा मत कर, पिरी।" पर मेरे कहने से क्या पिरी रुकती?

मन्दिर में नित्य घी का दीया जलने लगा—फिर भी देवी प्रसन्न नहीं हुईं। दोनों दर्शनीय कुंवारे भाइयों की राम-लक्ष्मण की-सी जोड़ी, कन्यादाय-ग्रस्त माता-पिताओं की छाती पर मूँग दलती रही। धीरे-धीरे माताओं की कुंठा, पिरी के प्रति गहरे आक्रोश में, शतमुखी कुत्सा बन, कुटिल प्रचार करने लगी।

"देखती नहीं दायाँ पैर बढ़ाकर चलती है!"

"ठीक कहती हो चाची, कल मेरे घर की गली से होकर, अस्पताल जा रही थी, मेरी कड़ाही में तेल जल रहा था, चट से इसने नाक पर रूमाल धर लिया। मैं कहती हूँ, सारा दोष बुढ़िया का है, अरे दिन-दहाड़े जो यह डाक्टरनी उसके बेटे के साथ मुँह काला किए फिर रही है, उससे अच्छा यह नहीं है कि इसे बहू बना ले? चाल-ढाल से तो यही लगता है कि कम-से-कम पाँचवाँ महीना है।"

एक दिन मैंने सुना और सन्न रह गई। क्या पता बेचारी पिरी को पता भी न हो कि समाज को उसने किस हद तक अपना घातक शत्रु बना लिया है।

मैंने जब उससे यह सब कहा तो वह हँसने लगी, "मूर्ख औरतें—इतना भी नहीं समझतीं? मैं परिवार नियोजन केन्द्र में काम करती हूँ—जो जिरहबख्तर इन्हें पहना चुकी हूँ वह क्या स्वयं नहीं पहन सकती?"

तब क्या सचमुच पिरी उस कायर व्यक्ति की मिस्ट्रेस बनकर रहने लगी थी?

"यू आर शेमलेस पिरी," मैंने उसे डपट दिया था, "जब उस व्यक्ति में इतना भी साहस नहीं है कि वह तुझसे विवाह कर ले, तब वह जिस जिले में तेरी बदली होती है वहीं क्यों भागता है, क्यों तुझे बदनाम करता फिरता है?"

"इसलिए कि वह मेरे बिना जी नहीं सकता और अपनी खूसट माँ से बेहद डरता है। कहती है, उसने यदि मुझसे विवाह किया तो वह ताल में कूद पड़ेगी, पर हम दोनों के मिलने पर अब विधाता भी प्रतिबन्ध नहीं लगा सकता...समझी।'

यही नास्तिक पिरी के स्वभाव का सबसे बड़ा दुर्गुण था, बात-बात पर विधाता को दी गई चुनौती और स्वयं अपने अहंकारी स्वभाव पर अटूट आस्था। इसी बीच पिरी का तबादला हमीरपुर हो गया, उधर उसके प्रेमी मुंसिफ देवेश पांडे ने भी बड़ी चेष्टा से अपनी बदली वहीं करवा ली। इस बार, पुत्र को शैडो करने माँ नहीं जा पाई। बड़ा पुत्र सन्निपात ज्वर से ग्रस्त हो, नेपाल से स्वदेश आ गया था।

"लगता है इस बार मेरा ज्येष्ठा नक्षत्र रंग पकड़ रहा है," पिरी ने मुझे उस बार लिखा था, "लाख हो, फेरे फिरने से ही क्या सप्तपदी सम्पूर्ण होती है? चाहने पर, मैं अब अपने विवाह की रजत-जयन्ती मना सकती हूँ। संयम के चाबुक से अपने को न साधा होता तो शायद मैं भी तेरी तरह दो कन्यादान निबटा चुकी होती। जेठ बहादुर की अवस्था बहुत सुविधा की नहीं है, सन्निपात का चौथा हफ्ता ही सबसे खतरनाक होता है और उसी में झूल रहे हैं जेठजी।"

मैंने उसे डपटकर चिट्ठी लिखी थी, "ऐसी चिट्ठियाँ मुझे मत लिखा कर! भगवान से तो डर!"

खुले कार्ड में उस नास्तिक का एक पंक्ति का नंगा सन्देश आया था—"तेरे भगवान की ऐसी-तैसी।"

अब तक नादान बालिका के-से प्रलाप को सुनी-अनसुनी करनेवाला धीरमति विधाता भी शायद उस बार बौखला गया।

उसी दैवी पादप्रहार से लड़खड़ाकर पिरी ऐसी गिरी कि विमूढ़-विपन्न बनी, किसी अनजान धरातल में धँसती सहसा अदृश्य हो गई।

बड़े भाई को देखने गया छोटा भाई जब लौटा तो सन्निपात का विषधर उसे भी डस चुका था।

पिरी की सेवा, सन्निपात की आधुनिकतम संजीवनी, जिससे आजकल एक साधारण कम्पाउंडर भी इस विषम ज्वर को जीत लेता है, उसे नहीं बचा सकी।

उसकी मृत्यु के पश्चात् पिरी कहाँ गई, कब गई—कोई भी नहीं जान पाया। लम्बी छुट्टी की एक अरज़ी देकर, वह जैसे एक ही रात में पर उगाकर किसी अनजान दिशा में उड़ती अदृश्य हो गई थी।

गत वर्ष अचानक धूमकेतु-सी ही वह कूर्मांचल के गगन में एक बार फिर चमक उठी। सफेद साड़ी, रिक्त कलाइयाँ, बिंदीविहीन वैधव्य-दग्ध ललाट और वेदना-विधुर सूखा चेहरा लिये, वह अपने श्वसुर-गृह की साँकल खटखटाने, बिना किसी पूर्वसूचना के ही पहुँच गई थी।

उसी श्वसुर-गृह में, जहाँ कल्पना-लोक की पालकी उस नवोढ़ा को गुलेनारी रंगवाले दुपट्टे से ढाँप-ढूँप न जाने कितनी बार पहुँचा आई थी, जहाँ उस किशोरी के कौमार्यावस्था के सहस्र दिवास्वप्न, एक साथ ही, हाथ से छूट गई ट्रे पर धरे काँच के पात्रों की ही भाँति टूटकर चकनाचूर हो गए थे; जहाँ कल्पना ने उसे नवेली बहू बनाकर खड़ा किया था, वहाँ ठोस यथार्थ के धरातल पर, वह खड़ी थी विधवा के वेश में। जो विवाह न होने पर भी सधवा थी, वह आज अग्नि-साक्षी न होने पर भी विधवा थी। उसने फिर साँकल खटखटाई।

द्वार सास ने नहीं खोला। खोला उसके बड़े पुत्र ने। पल-भर को वह चीख ही पड़ी थी। उसके सम्मुख जैसे सन्निपात ज्वर से रोगमुक्त हो, उसका स्वस्थ प्रेमी ही खड़ा था—वैसी ही स्निग्धतरल बादामी आँखें, और रामलीला की सीता की सुकुमार हँसी। शायद मूँछें मुँड़ा ली थीं, उसी से शक्ल छोटे भाई से इतनी मिलने लगी थी।

"आइए," उसने कहा और सहमी पिरी उसके पीछे-पीछे चली गई थी। पिरी ने डरते-डरते ही पूछा था, "आपकी माँ क्या यहीं होंगी? आपके भाई का सामान..." और उसका गला रुँध गया था! बन्द खिड़की, बन्द द्वार, भयावह अन्धकारपूर्ण विचित्र सीलन-भरा कमरा। उसके काँपते कंठ-स्वर को

संयत होने का समय देने ही, शायद वह बड़ी समझदारी से अपने भीतर के कमरे में चला गया। थोड़ी ही देर में लौटा तो हाथ में गर्म चाय का प्याला था, "लीजिए, आप पहले चाय पीजिए। डॉक्टरनियाँ तो सुना बहुत चाय पीती हैं—क्यों है ना?" वह फिर हँसा—और इस बार पिरी का चेहरा एकदम फक पड़ गया, हाथ काँपकर...चाय, शायद कुछ छलक भी गई। कहीं इसके छोटे भाई का प्रेत ही तो परकाय-प्रवेश कर, उसे छलने नहीं आ गया?

एकदम वैसी ही हँसी, और पतली नाक पर पड़ती हू-ब-हू वैसी ही झुर्रियाँ!

"अपनी माँ को बुला सकेंगे क्या? मुझे इसी बस से नैनीताल जाना है," पिरी ने अधैर्य से अपनी घड़ी देखी, "आपके भाई की पासबुक, अँगूठी और बक्सा मेरे पास था, सोचा पहाड़ जा रही हूँ तो अपने हाथ से आपकी माँ को सौंपूँगी।" गला पल-भर को फिर रुँध गया, पर दूसरे ही क्षण बड़ी स्वाभाविकता से कंठस्वर वैसा ही रौबीला बना लिया, जिसमें वह मृतप्राय रोगिणियों के मूर्ख अभिभावकों को समय रहते उन्हें अस्पताल न लाने के लिए डाँटा करती थी, "मेरे पास फिजूल का समय नहीं।—उन्हें ज़रा जल्दी बुला देंगे क्या?"

"बुला तो अवश्य देता," इस बार उसके प्रेमी का पठान-सा ऊँचा अगला अग्रज और भी मनमोहक हँसी से उत्तर को सँवार उठा, "पर मुझे बड़ी दूर जाना पड़ेगा।"

"कितनी दूर?" इस बार पिरी के कंठस्वर में कुंठाग्रस्त अविवाहिता नारी की रूखी झंकार स्पष्ट हो उठी। अब तक माधुर्य की रसवृष्टि करती किसी सधे वीणावादक की अँगुलियाँ, जैसे अनजाने एक बेसुरी मींड खींच गईं।

"मेरी जीप बाहर खड़ी है, आप उसी में जाकर उन्हें बुला लाइए।"

"आपकी जीप?" वह बड़े ज़ोर से हँसा और इस बार वह अपना चेहरा पिरी के एकदम पास ले आया।

वह इस बार अपनी चीख नहीं रोक पाई। निश्चय ही यह उसके प्रेमी का प्रेत था, अँधेरा कमरा, पास आते अधरों का परिचित श्वास-प्रश्वास!

उसकी चीख से सहमकर वह परम दुःसाहसी, दो कदम पीछे हट गया, "आई एम सॉरी—आई नेवर मेंट इट—बात ये है कि जहाँ मेरी माँ है, वहाँ आज तक संसार की कोई भी जीप नहीं जा सकी है। बुलाने स्वयं मुझे जाना पड़ेगा, वह भी चार कन्धों पर—आप क्यों मुझे भी वहीं भेजना चाहती हैं? सुना, आप अपनी कुंडली में, ऐसे ही किसी घातक ग्रह की सिरिंज लिए घूमती रहती हैं!"

पिरी तिलमिलाकर उठ गई थी। ओह, तो बुढ़िया उसी के जीवन में विष घोलने को जी रही थी! चलो अच्छा ही हुआ, मिलती तो क्या निर्मल चित्त से उसका स्वागत कर पाती?

"यह रही पासबुक, यह अँगूठी और बाहर बक्सा धरा है," काँपते हाथों से बटुआ खोल वह चाबी मेज़ पर पटककर भागी और गिरती-पिड़ती, जीप भगाती सीधी मेरे पास चली आई थी। उसे लगा था, वह पल-भर भी वहाँ रुकी तो उसके प्रेमी का अदर्शी प्रेत उसे फिर जकड़ लेगा।

"अच्छा हुआ, मैं सब सामान सौंप आई। अब पहाड़ के लिए पत्थर पलटा आई हूँ—अभी नहीं लौटूँगी..."

पास ही धरे, मेरे छोटे कलमदान का ढकना कभी खोलती, कभी बन्द करती वह मुझे अपनी कहानी सुना रही थी कि उसमें धरी एक छोटी पुड़िया उसकी गोद में गिर पड़ी—"अरे, यह मूँगा कैसा है?" उसने पूछा। जब मैंने उसे उस मूँगे का इतिहास बताया तो उसकी आँखों में एक बार फिर वही कैशोर्य की चमक आ गई।

इस बार अल्मोड़ा जाने पर मैं अपनी माँ से यह मूँगा ले आई थी। वर्षों पूर्व मेरी पितामही ने, एक प्रसिद्ध वेश्या से, उसके कंठ की प्रवालमाला खरीदी थी। पहाड़ में एक लोकोक्ति है कि वेश्या के गले का एक अप्राप्य मूँगा, यदि सुहागिनी पहन ले तो वह वेश्या का-सा ही अटल अहिवात पाती है अर्थात् अखंड सौभाग्य!

"वेश्या का सौभाग्य?" पिरी कुछ समझ नहीं पाई।

"समझी नहीं मूर्ख," मैंने हँसकर कहा, "वेश्या क्या कभी विधवा हो सकती है?"

"तू क्या सचमुच इसे पहनेगी?" उसने पूछा और पल-भर को मुझे लगा कि उसकी ईर्ष्याकातर लोलुप दृष्टि में याचना मुखर हो उठी है।

"और नहीं तो क्या? वेश्या के गले का मूँगा क्या सहज ही में जुटता है?"

मैंने पुड़िया में बन्द मूँगा, कलमदान में सहेज दिया।

तीसरे दिन पिरी चली गई। उसी दिन घर का सुनार आया। अपने मंगलसूत्र के बीच मूँगा गुँथवाने, मैंने कलमदान खोला तो कलेजा धक्-से रह गया। पुड़िया के बीच से मूँगा जादुई बजरबट्टू-सा अदृश्य हो चुका था।

पल-भर में, मेरे अविवेकी चित्त ने चट से चुगली खाई—वही ले गई है,

वेश्या का मूँगा क्या सहज में जुटता है?

छिः! कैसी नीच थी मैं! जो तीन दिन रहकर, मुझे तीन सौ का सामान दे गई थी वह भला कीड़े का घुना, काले पड़ गए घुने दाँत-सा मलिन मूँगा चुराएगी?

और भला, अब किस सौभाग्य की आकांक्षा हो सकती थी उसे?

पर अन्तरात्मा भी पुलिस के कुत्ते की भाँति अपराधी को सूँघकर कभी ठीक ही पकड़ती है।

अपनी आँखों से ही तो मूँगे की महिमा देख आई हूँ। शायद इसीलिए वह नैनीताल आकर भी मुझसे मिलने नहीं आई। जिस मूँगे के सूत्र से उसने अचानक नवीन सौभाग्य दस्यु को पकड़ा था; उसे मैं पहचानने पर, कहीं खुलवा न लूँ? मुझे एक ही शंका रह-रहकर चिन्तातुर बना उठती है—पूर्वस्वामिनी के कंठहार का यह मूँगा कहीं पिरी के सीमन्त सिन्दूर को भी वारवनिता के सिन्दूर-सा ही क्षणस्थायी न बना दे!

शपथ

पीछे से आकर, उसने धीरे-से मेरे कन्धे पर हाथ धरा और मैं चौंककर मुड़ी। एक पल के लिए मैं उसे देखती रही। मैं कुछ कहती, इससे पहले ही वह हँसी, "वाह जी वाह, हमने तो तुम्हारी पीठ देखकर ही पहचान लिया और तुम हमारा चेहरा देखकर भी नहीं पहचान पाईं?"

"ओह शुभ्रा, पर कितनी बदल गई हो तुम!" मैंने कहा।

वह क्या बीस वर्ष पूर्व की शुभ्रा थी! तब का गोल-गोल आनन्दी चेहरा लम्बोतरा होकर और भी आकर्षक बन गया था। सुघड़ जूड़े में मंडित घने केशपाश की गरिमा क्षीण होने से ही सम्भवतः उन्हें काट-छाँटकर यत्न से टीज़ कर दिया गया था। उन अधरों की स्वाभाविक लालिमा को, मैंने बहुत निकट से देखा था। उन्हें निरन्तर रँगकर ही क्या स्वामिनी ने ऐसा धूमिल बना दिया था! सूखे पपड़ी-पड़े क्लान्त अधरों पर अवसन्न स्मित की रेखा सहसा उज्ज्वल हो उठी।

"यहाँ बड़ी भीड़ है। चल न, कार में चलकर बैठें।" और मैं कुछ कहती, इससे पूर्व वह मुझे अनेक कारों की पंक्ति में भी विशिष्ट रूप से चमकती अपनी काली लम्बी गाड़ी में खींच ले गई।

"मैंने कभी सोचा भी नहीं था कि तू यहाँ मिल जाएगी!" कार की हल्की रोशनी जलाकर वह मुझसे सट गई।

अपनी क्षीण कटि के कौमार्य को, वह निश्चय ही मुट्ठी में बाँधकर सेंतती आई थी, पर फिगर को जकड़े रहने पर भी संस्कृति, जैसे उसकी पकड़ से छूटकर बहुत दूर छिटक गई थी। पट्टी-से ब्लाउज़ पर बड़ी उदासीनता से पड़ा उसकी पारदर्शी साड़ी का आँचल, अँगुलियों पर, हीरे की वर्तुलाकार जगमगाती अँगूठी से उज्ज्वल को उठी निकोटीन के इतिहास की निर्लज्ज कालिमा, और

आँखों के नीचे रात्रि-जागरण से उभरी काली झाईं, जिसे उसका मस्करा कौशल भी नहीं छिपा सकता था।

"आखिरी बार हम कब मिले थे?" उसने पूछा।

"बीस वर्ष पूर्व।" मैंने कहा, "जब तूने हमारी वार्डन को अपने अपूर्व अभिनय से पसीना-पसीना कर दिया था..."

वह ज़ोर से हँसी और उसी परिचित हास्यधारा ने हम दोनों के भूले-बिसरे कैशोर्य को खींचकर एक बार फिर सामने खड़ा कर दिया।

शुभ्रा हमारे होस्टल की सबसे आनन्दी लड़की थी। उसके परिहास-रसिक चित्त ने उसे पूरे आश्रम का क्रेज़ बना दिया था। ऐसे-ऐसे मज़ाक करेगी कि सब हँसते-हँसते दुहरे हो जाएँगे, पर स्वयं ऐसी भोली सूरत बनाए बैठ जाएगी, जैसे कुछ जानती ही न हो।

उस पहली अप्रैल को पूरे छात्रावास में हवा की भाँति यह समाचार फैल गया था कि सुन्दरी शुभ्रा को गर्दनतोड़ ज्वर हो गया है। दो ही दिन पूर्व इसी विषम ज्वर ने छात्रावास की एक प्रतिभाशालिनी छात्रा के प्राण लिए थे। प्राणान्तक सिरदर्द में इधर-उधर सिर पटकती जूथी दी ही की भाँति शुभ्रा भी तड़पती, सिर फेंकती, दम तोड़ने लगी थी। उसके उस परिहास का रहस्य सीमित था, केवल हम दोनों तक। कैसी शोख, जन्मजात अभिनेत्री थी वह। जब हम शान्त जूथी दी की मृत्युशय्या के पास विवश खड़ी सिसक रही थीं तब क्या वह आगामी तीन दिन बाद के अभिनय का मूक रिहर्सल कंठस्थ कर रही होगी! जब वार्डन उसके घर को तार करने भागी, तभी वह हँसती-हँसती उठ बैठी थी।

दूसरे ही दिन मैं अपने पिता की बीमारी का तार पाकर चली गई और फिर कभी उससे नहीं मिल पाई। बीच-बीच में वह पत्र लिखती रहती और उसके पत्रों की भी उसी की भाँति बोटी-बोटी फड़कती थी। उसी के एक पत्र ने मुझे उसके विवाह का समाचार भी दिया था। उसके समृद्ध प्रतिवेशी परिवार की बड़ी बहू कालिंदी ने ही विचित्र परिस्थितियों में उसे अपने उस छोटे देवर के लिए पसन्द कर लिया था, जिसके लिए बहुत बड़े-बड़े परिवारों से रिश्ते चले आ रहे थे।

"अप्पा साहब की हवेली के अमरूदों की प्रसिद्धि दूर-दूर तक थी," उसने लिखा था, "किन्तु उस बगिया के अमरूदों से मीठा उस गृह का छोटा पुत्र है, यह मैं खूब अच्छी तरह जानती थी; पर जिन अंगूरों को विवश हो बाद में

खट्टा कहना पड़े, उन पर लपकने की मूर्खता भला मैं कभी क्यों करती? मैं जानती थी कि मैं एक अध्यापक की पुत्री हूँ। अप्पा साहब की बड़ी बहू कालिंदी थी स्वयं एक प्रतिष्ठित परिवार की कन्या, और मँझली बहू के पिता थे चीफ जस्टिस। तब तू ही बता, मेरी क्या बिसात थी जो उस गृह की बहू बनने के सपने देखती? मैं तुझे विश्वास दिलाती हूँ, कि मैं केवल अमरूद चुराने ही गई थी, उस गृह के पुत्र को चुराने की बदनीयत से नहीं। मैं जानती थी कि सास-श्वसुरविहीन उस विराट् साम्राज्य की एकछत्र स्वामिनी कालिंदी भाभी अत्यन्त उग्र स्वभाव की हैं और उस अलभ्य किसी किशोरी के-से गुलाबी गालोंवाले इलाहाबादी अमरूदों का एक-एक बूटा उन्हीं के हाथों सँवरा-सजा है। यही नहीं, एक-एक दाने पर उनकी सील लगी रहती है। और पकने पर अपने ही ऊँचे तबके के इष्टमित्रों के यहाँ वे गिन-गिनकर डालियाँ भेजती हैं। वह भी ऐसे, जैसे अमरूद नहीं, अशर्फियाँ लुटा रही हों? सोमवार को वे नित्य आठ बजे, अपनी देवरानी मालिनी को लेकर गृह के इष्ट शिव के पूजन को जाती हैं, यह मैं जानती थी। मालो खाट पर बेसुध पड़ा सो रहा था, यह भी मैंने अपनी खिड़की से देख लिया था। लाल गुलाबी फलों से लदे पेड़ की डाल मैंने लपककर खींची और मन भरके अमरूद खाये। आधा अमरूद कुतरती मैं अपने पैर में चुभते काँटे को निकाल ही रही थी कि कालिन्दी भाभी अपने पति, दोनों देवर और देवरानी के साथ कार से उतर सीधी मेरे सामने खड़ी हो गईं।

"'अब समझ में आया कि दस नम्बर के पेड़ के सत्रह दाने उस दिन कौन ले गया! यही बाबूराम मास्टर की भुखमरी कंगली रही होगी!'

"मेरे जी में आया, मैं उसी क्षण उस अहंकारी महिला के पट्टांबर परिधानों को चीरकर धज्जियाँ उड़ा दूँ। यह ठीक था कि मेरे पिता अध्यापक थे, किन्तु उन तीन सुदर्शन पुरुषों के सम्मुख मेरे दरिद्र कुल की ऐसी निर्लज्ज व्याख्या करने का उन्हें क्या अधिकार था भला?

"'बता छोकरी, तू अमरूद चुराने यहाँ आई क्यों?' कालिंदी भाभी तनकर खड़ी हो गईं।

"'क्योंकि ऐसे मीठे अमरूद और किसी की बगिया में नहीं हैं।' मैंने कहा और उनके रोबदार तमतमाये चेहरे को बड़ी अवज्ञा की दृष्टि से देखती मैं हँसने लगी।

"मेरे इस अभद्र प्रहार से बेचारी तिलमिला गईं। मुझे मारने को ही शायद

उनकी पुष्ट भुजा हवा में उठी थी कि पीछे खड़े उनके पति ने अपनी रुष्टा चामुंडा को थाम लिया, 'आहा, जाने भी दो कालिंदी, इतने अमरूद तो लगे हैं, एक-आध खा भी लिया, तो कौन-सा अन्धेर हो गया?' मैं चुपचाप खिसक आई, पर पता नहीं, कालिंदी भाभी ने कैसा शाप दिया कि उसी रात को मुझे तेज़ ज्वर आ गया। पाँचवें दिन भी जब ज्वर नहीं उतरा तो पिताजी मुझे, मौसी के पास बरेली पहुँचा आए। वहीं मुझे एक दिन कालिंदी भाभी का मधुर प्रस्ताव दूसरे सन्निपात ज्वर की बेहोशी में खींच ले गया। इसी अठारह अप्रैल को मेरा विवाह है, तू आएगी ना?''

पर शुभ्रा के विवाह में मैं जा नहीं सकी। धीरे-धीरे उसके पत्र भी आने बन्द हो गए। श्वसुर-गृह की प्रभुता के मद ने ही शायद उसे विस्मृति के अन्धकारपूर्ण कक्ष में मूँद दिया था।

और अचानक वह इतने वर्षों बाद यहाँ मिल गई।

''क्यों शुभ्रा,'' मैंने पूछा, ''अब भी पहली अप्रैल को अपने विलक्षण परिहास-रसिक चित्त का परिचय ससुरालवालों को देती है क्या?''

एकाएक उसका चेहरा फक पड़ गया। सकपकाकर उसने इधर-उधर देखा, फिर ज़ोर से मेरा हाथ पकड़ लिया। उन सुन्दर आयत नयनों की सजल स्निग्धता, सहसा दो बूँद बन मेरे हाथों को भिगो गई।

''सबसे बड़ा मज़ाक मैं कर चुकी हूँ। अच्छा हुआ—तू मिल गई। जल्दी-जल्दी कह ही डालूँ...अच्युत आते होंगे और साथ में वही होगी। फिर क्या वह मुझे बोलने देगी? ऐसे मेरा मुँह ढाँपकर रख देगी।'' पसीने से तर, काँपती सफेद हथेली से शुभ्रा ने बड़े ज़ोर से मेरा मुँह बन्द कर दिया और मेरा दम-सा घुट गया।

''विवाह होते ही मैं समझ गई कि कालिंदी भाभी मुझे जान-बूझकर ही मध्यवर्गीय परिवार से इसलिए लाई थीं जिससे मैं जीवन-भर उनका रोब मानती रहूँ। मातृहीन देवर को उन्होंने पुत्रवत् पाला था। कहीं ऊँचे गृह की कन्या लाईं तो मँझले देवर की ही भाँति अपनी बहू के अँगूठे तले दबा मर्द बना, वह भी न हाथ से निकल जाए! प्रत्येक वर्ष दो माह की छुट्टियाँ हमें उन्हीं के साथ मनानी होतीं। यही नहीं, उनका प्रत्येक आदेश अच्युत के लिए कानून की अमिट रेखा था। सन्तानहीना कालिंदी भाभी का स्वभाव दिन-प्रतिदिन उग्र होता जा रहा था। उनका प्रत्येक वाक्य मुझे बार-बार स्मरण दिलाता रहता कि आज जो मैं इतने बड़े अफसर की पत्नी हूँ, उसका श्रेय मेरे भाग्य को

नहीं, स्वयं उन्हीं के औदार्य को है।

"दो गज़ की दूरी पर मायका था, किन्तु मुझे दस वर्ष के पुत्र की माँ बनने पर भी, इतनी स्वतन्त्रता नहीं थी कि अपने अन्धे वृद्ध विधुर पिता के पास एक रात भी बिता लूँ। रात-रात तक उनकी ब्रिज-लीला चलती और मुझे कई बार कॉफी बनाने की हाँक लगती। कभी-कभी तो सबकी उपस्थिति में वे मुझे बुरी तरह अपमानित कर देतीं, 'इतने साल हो गए शुभ्रा, पर ढंग से काँटा-चम्मच पकड़ना भी नहीं सीख पाई?'

"मैं मन ही मन उबल उठती। अपनी संपत्ति का लाख घमंड करें कालिंदी भाभी, घर की बहुओं में तो मेरा ही पलड़ा सबसे भारी था। भारी चुम्बक की स्वाभाविकता से एक दिन मेरा ही पुत्र, अप्पा साहब की संपत्ति को खींच लेगा। मालिनी भाभी के एक ही पुत्री थी, उसे भी पोलियो ने पंगु बना दिया था। वैसे इसी बीच कालिंदी भाभी एक और मूर्खता कर बैठी थीं। जेठजी के एक साले जिलाधीश थे। उन्होंने किसी अनाथालय में एक सुन्दरी अनाथ बालिका देखकर कालिंदी भाभी को फोन कर दिया था, 'तुमने कभी कहा था कि तुम किसी अनाथ बालिका को गोद लेना चाहती हो। क्या इस बच्ची को लेना चाहोगी?'

"स्वयं जेठजी ने उस प्रस्ताव का घोर विरोध किया था—पता नहीं, किसकी लड़की है? विवाह के समय पचास समस्याएँ खड़ी होंगी, फिर पराई सन्तान बटोरने की तुम्हें क्या पड़ी है? क्या शुभ्रा का बेटा, मालिनी की बेटी हमारी सन्तान नहीं हैं?—किन्तु कालिंदी भाभी का बढ़ता रक्त-चाप ही उनका ब्रह्मास्त्र था। उसी के प्रयोग से उन्होंने अपनी उस बचकानी ज़िद को भी पूरा कर लिया।

"लड़की वास्तव में सुन्दर थी। भूरे बाल, बहुत गोरा रंग और मछली-सी तिरछी आँखें। कुछ दिनों तक वह अपने परिचित परिवेश के पश्चात् हमारे गृह के वैभव को देखकर सहम-सी गई थी, पर फिर उसके स्वभाव की चंचलता स्पष्ट हो उठी। चार ही दिन में कालिंदी भाभी ने उस पर जादू की छड़ी-सी फेर दी थी। नए ढंग से कटे केश, एक से एक सुन्दर फ्रॉक और शिफ्ट में वह अब पहचानी ही नहीं जाती थी।

"एक दिन अच्युत ने कालिंदी भाभी को छेड़ दिया, 'एकदम ऐंग्लो-इंडियन लगती है तुम्हारी इला।' देख लेना भाभी, बड़ी होने पर, एक दिन अप्पा साहब की सारी सम्पत्ति लेकर किसी दोगले इंजन-ड्राइवर के साथ भाग

जाएगी।'

" 'भागेगी क्यों?' गम्भीर स्वर में भाभी ने कहा, 'घर का सोना घर ही में रहेगा अच्युत, इसे तुम्हारी बहू बनाने तो लाई हूँ।'

" 'छिः भाभी," मैंने तड़पकर कहा था, ऐसा रिश्ता सुनने में भी पाप लगता है, चचेरे भाई-बहन का विवाह होता है कहीं?'

" 'कैसे भाई-बहन? मूर्ख कहीं की?' कालिंदी भाभी बोलीं, 'इसीलिए तो किसी अबोध लड़की को मैंने गोद नहीं लिया। वह खूब समझती है कि इस हवेली से, उसके रक्त-मांस का कोई रिश्ता नहीं है।'

" फिर तो, वे जैसे हाथ धोकर मेरे पीछे पड़ गईं। कभी अतुल से कहतीं, 'जा अपनी बहू से खेल।' कभी कहतीं, 'शुभ्रा, अपनी बहू को देख ज़रा! ठीक तेरी ही तरह अमरूद चुराकर कुतर रही है।'

" मैं मन-ही-मन बौखला उठती। इला अभी से ही इतनी सुन्दर थी फिर भविष्य की उस सुलक्षणा स्वयंदूती के एक-एक लक्षण मुझे सहमाने लगे थे। बचपन से ही ऐसी पकी बातें सुनकर क्या यह सम्भव नहीं था कि पाल में पकाए गए पपीते की भाँति मेरा अबोध पुत्र भी अकाल-परिपक्व हो उठे? अतुल को अपनी सगी चचेरी बहन से कोई लगाव नहीं था, किन्तु इला के बिना उसका एक पल भी जैसे सार्थक नहीं रहता। एक तो वह दुःसाहसी दस्युकन्या, पेड़ पर जंगली बिल्ली की ही फुर्ती से चढ़ सकती थी। उसके मित्रों के साथ क्रिकेट खेलती थी। लड़कों के प्रत्येक खेल में उसकी रुचि थी और लड़कियों के खेल से थी घोर अरुचि। ह्वील चेयर पर अवश बैठी मालिनी भाभी की बेटी अंजना, अपनी सुन्दर गुड़िया का उत्कोच देने पर भी जिसे अपनी सहेली नहीं बना पाई थी, वह मेरे बेटे की अन्तरंग बाल्यसहचरी बन उठी थी।

" एक दिन कालिंदी भाभी ने खाने की मेज़ पर मुझे फिर छेड़ दिया, 'छोटी, कभी-कभी तो इला की शक्ल तुझसे इतनी मिलती है कि लगता है, तेरी ही बिटिया है।' इस बार वे झूठ नहीं बोल रही थीं। उस अज्ञात कुल की अवैध बालिका के चेहरे की, मेरे चेहरे से सचमुच आश्चर्यजनक समानता थी। अपने बचपन की तस्वीरों से उसका मिलान कर मैं स्वयं दंग रह गई थी।

" उस इकतीस मार्च को प्रकृति भी मेरी परिहास-योजना में, स्वयं ही रस ले उठी। मुझे कालिंदी भाभी की व्यंग्योक्ति उसी क्षण उकसा उठी। क्यों न अनुकूल परिस्थितियों का लाभ उठाकर, उनका मत्सर बाण उन्हीं की ओर मोड़

दूँ! फिर उसी दिन मालिनी भाभी भी मुझे जोश दिला गई थीं—'क्यों री शुभ्रा, पिछली पहली अप्रैल को हमें तो खूब रुला चुकी है। इस बार बड़ी भाभी को रुला दे तो हम भी जानें?'

" पिछली पहली अप्रैल को मैंने मालिनी भाभी की माँ की बीमारी का झूठा तार भेज, उन्हें बिस्तर बँधवा स्टेशन भी भेज दिया था। कालिंदी भाभी ने बाद में मुझे चीरकर धर दिया था, 'यह भी कैसा मज़ाक है छोटी?'

" पर दोष मेरा नहीं था। रूप और वैभव के गर्व में फूली मालिनी भाभी, इधर गैस के गुब्बारे-सी पकड़ में ही नहीं आती थीं। एक दिन बोलीं, 'हमें कभी कोई बुद्धू नहीं बना सकता। इतनी पहली अप्रैलें आईं और गईं, मजाल है जो किसी को कन्धे पर भी हाथ धरने दिया हो हमने।'

" बस तीसरे ही दिन मैंने उनके कन्धे पर हाथ ही नहीं धरे, उन्हें झकझोर भी दिया। इसी से जब उन्होंने मुझे दुबारा ललकारा, तो मैंने हँसकर कहा, 'अच्छा भाभी, इस बार भी मुझे तुम्हारी चुनौती स्वीकार है।' और उसी क्षण, मेरे कौतूहलप्रिय मस्तिष्क में मेरी कुटिल योजना, बिजली बनकर कौंध गई। वर्षों से संचित हृदय की अव्यक्त कुढ़न, प्रतिशोध लेने, परिहास की बैसाखियाँ टेकती खड़ी हो गई।

" पहली अप्रैल की वह सुबह किसी किशोरी के अक्षत कौमार्योज्ज्वल स्मित-सी ही स्निग्ध थी। सोमवार को भाभी हम दोनों देवरानियों के साथ हवेली के शिवालय में जाती थीं। फिर उस दिन पार्थिव पूजन था। नहा-धोकर आठ बजे तैयार रहने का आदेश हमें मिल चुका था।

" कभी हमारे श्वसुर के अन्तरंग मित्र, स्वयं जगद्‌गुरु ने उस शिवलिंग की स्थापना की थी। उस शिवलिंग की महिमा का इतिहास भी विशद था। कैसे उसके स्थापित होते ही, अप्पा साहब को सट्‌टे में अप्रत्याशित लाभ हुआ था, और गृह के दो-दो पुत्र एकसाथ सिविल सर्विस में निकल आए थे, यह सब मैं सुन चुकी थी। गृह-कलह के छोटे-मोटे मुकदमे भी बमभोले के उस अपूर्व न्यायालय में ही निबटाये जाते। शिवालय में ली गई झूठी शपथ तत्काल उस उग्र देवता का अभिशाप बनकर, अभियुक्त के सिर पर मत्त तांडव कर उठती।

" 'कालिंदी भाभी, आज मैं आपके साथ अकेली ही चलूँगी।' मैंने कहा।

" 'क्यों?' भाभी गरजीं।

" 'मुझे आपसे एकान्त में कुछ कहना है...' मैंने कहा।

" 'कौन-सी ऐसी बात है, जो तुम मालिनी के सामने नहीं कह सकतीं। वैशाख का पहला सोमवार है, उसे भी चलना होगा।'

" 'नहीं भाभी,' अपने स्वर की दृढ़ता से मैं स्वयं ही चौंक उठी, 'वैशाख का पहला सोमवार है, इसी से मैं चाहती हूँ कि आज की पुण्यतिथि में, आपकी और भोलानाथ की पावन उपस्थिति में, मैं अपना पाप स्वीकार कर लूँ।' मेरे अस्वाभाविक रुँधे कंठ-स्वर की नम्रता ने भाभी को शायद उलझन में डाल दिया।

" 'मालिनी,' उन्होंने मालिनी भाभी को बुलाकर कहा, 'आज तुम घर पर ही रहो। पार्थिव पूजन में शायद कुछ देर लगेगी। सोचती हूँ, एक आवृत्ति रुद्रि-पाठ की भी करवा लूँ...इतनी देर तक तुम्हारी लड़की का अकेली रहना ठीक नहीं। मैं प्रसाद-आरती के लिए तुम्हें बुला लूँगी।"

" मालिनी भाभी ने आश्चर्य से मुझे देखा और मेरी मूक दृष्टि की कौतुकपूर्ण चावनी से शायद समझ भी गईं कि परिहास रंगमंच पर मेरे प्रहसन नाटक के अदृश्य सूत्रधार-नटी अवतरित हो चुके हैं।

" शिवालय के शीतल फर्श पर तीन कुशासन बिछाकर पुजारी ब्रह्मदेव हमारी प्रतीक्षा कर रहे थे।

" अरे मँझली बहूजी नहीं आईं? उन्होंने पूछा।

" 'नहीं, उसे घर का काम सौंप आई हूँ। आरती के समय बुला लूँगी।' भाभी बोलीं।

" विधि-विधान से हमने पूजन किया। गोबर, मिट्टी और चावल के ग्यारह सौ नन्हें शिवलिंग को दुग्ध-धवल धार से सिक्त कर धरा पर लोट-लोट कालिंदी भाभी क्या माँग रही हैं, यह मैं जान गई। न जाने कितनी व्यर्थ औषधियों, शल्यक्रिया, गंडे-ताबीज़ों से लदा उनका फलहीन प्रौढ़ तरुवर, सूखी और मुरझाई पीली पत्तियों के साथ-साथ स्वयं भी सूखने लगा था; किन्तु अपनी वयस के पैंतालीसवें वर्ष में भी उन्होंने फल की आशा नहीं त्यागी थी। आरती के लिए मालिनी भी आकर न जाने कब हमारे पीछे बैठ गई थी। आरती हुई। पंडितजी ने अभिषेक की शीतल बूँदों से हमें भिगोया, फिर ओठों से विचित्र ध्वनि संगीत प्रस्तुत कर पूजन के लिए आवाहन कर, निमन्त्रित किए शिवजी को विदा दी, तो भाभी बोलीं, 'पंडितजी, आप मँझली के साथ हवेली चल भोजन पाएँ। हम दोनों थोड़ी देर में स्वयं ही एक आवृत्ति पाठ कर आ जाएँगी।'

" मालिनी भाभी ने जोर से मुझे चिकोटी भरी, जैसे एक आवृत्ति पाठ की मिथ्या घोषणा के पीछे छिपा रहस्य समझ गई हों! चलते-चलते भाभी की नज़र बचा, मेरे कान के पास आकर फुसफुसा भी गईं, 'विश यू बेस्ट ऑफ लक।'

" उन दोनों के जाते ही कालिंदी भाभी मेरी ओर मुड़ीं, 'क्यों, क्या कहना है तुझे, छोटी?' कुछ पलों के लिए मैं हवा में हिलती दीपशिखा को देखती ही रही। अगरबत्ती की सुगन्धित अवसन्न धूम्ररेखा के बीच कैसा दिव्य सन्नाटा था! भव्य शिवलिंग पर लगा गोरोचन-अगरु-कुंकुम का तिलक और इधर-उधर बिखरे, शिवनामांकित हरे बिल्वपत्र? मुझे सहसा अपनी अल्पज्ञता डंक दे उठी। ऐसे पवित्र देवालय में क्या अपना ओछा परिहास कर पाऊँगी? जी में आया, हँसकर सबकुछ उन्हें बतला दूँ। पर दूसरे ही क्षण अपनी गर्वीली मँझली जिठानी की चुनौती का स्मरण हो आया और मैं फिर तन गई।

" 'आपसे जो मैंने भाई-बहन के रिश्ते की बात कही थी, वह एकदम सच है भाभी,' मैंने कहा।

" 'कैसे सच हो सकती है छोटी? तू जानती है कि दोनों में रक्त-मांस का कोई भी रिश्ता नहीं है,' उनका स्वर मन्दिर के दमामे-सा गूँज गया।

" 'वही कहने तो यहाँ आई हूँ भाभी! इला मेरी बेटी है।'

" कालिंदी भाभी ने चौंककर मुझे देखा, 'क्या तेरा दिमाग फिर गया है छोटी?'

" 'ठीक कह रही हूँ भाभी, आपको याद होगा, विवाह के सात माह पूर्व मैं अचानक मौसी के पास बरेली चली गई थी। फिर वहीं एक अँधेरे बन्द कमरे में मैंने इला के जन्म की प्रतीक्षा की थी। ईश्वर की कृपा से समय से पूर्व ही इसके जन्म ने मुझे मुक्ति दे दी। आपको याद होगा, मेरा घूँघट उठाते ही आपने कहा था—'अरे तेरा चेहरा इतना पीला कैसे पड़ गया!'

" ओफ, कितना बड़ा झूठ बोल गई थी मैं! परिस्थितियों को मैंने किस अपूर्व छल-बल से तोड़-मरोड़ लिया था। फिर, जैसे कोई चतुर दस्यु, लोहे की मोटी-मोटी छड़ों को तोड़-मरोड़ भीतर घुसपैठ कर लेता है, वैसे ही मैंने सौ-सौ दलीलें पाकर भी कभी आश्वस्त न होनेवाले भाभी के शक्की स्वभाव की अर्गला को लपककर खोल लिया। विवाह से पूर्व सन्निपात ज्वर का आभास पाते ही पिताजी ने मुझे मौसी के पास बरेली भेजा अवश्य था, किन्तु मेरी उस यात्रा के पीछे किसी कलंक की कालिमा नहीं थी।

" मौसी मिशन अस्पताल में डाक्टरनी थीं और मेरे पीले चेहरे के पीलेपन में, कुछ मामी-भाभियों द्वारा पोती गई हल्दी का कला-कौशल था, कुछ सन्निपातजन्य रक्तहीनता।

" 'बेशरम!' भाभी बोलीं। उनका रक्तचाप उनके गोरे चेहरे पर अबीर बनकर फैल गया, 'उसी आवारा से शादी क्यों नहीं कर ली तब? इस हवेली में आई किस दुःसाहस से?'

" 'क्योंकि...' कैकेयी को मन्त्रणा देती कुब्जा मन्थरा ही जैसे उछलकर मेरे जिह्वाग्र पर बैठ गई, 'मैं उससे विवाह भी करती, तो इसी हवेली में आना पड़ता, फिर मैं उससे विवाह कर भी नहीं सकती थी।'

" 'क्यों?' भाभी के प्रश्न की हिस्टिरिकल गूँज से मन्दिर का घंटा भी हिल गया।

" 'क्योंकि उसका विवाह हो चुका था।' उनके प्रश्न के तीव्र स्वर की मींड़ को, मेरे उत्तर का कोमल गांधार इस बार पागल बना गया।

" किसी दुर्दान्त बालक द्वारा चिढ़ाई गई कोकिल के-से खीझे स्वर की कुहू इस बार तीव्रतम हो उठी।

" 'किससे?' उन्होंने साँस रोककर पूछा।

" 'आपसे,' कहकर मैंने आँखें मूँद लीं। उस सफेद पड़ गए रोबदार चेहरे की क्षणिक दीनता देखने का मेरा दुःसाहस स्वयं ही दप्-से बुझ गया।

" जब आँखें खुलीं, तो कालिंदी भाभी पागलों की भाँति शून्य दृष्टि से मुझे घूर रही थीं। मेरे प्रति जेठजी का अनोखा लाड़, विवाह से पूर्व मुझे बचाने को थामी गई भाभी की भुजा, छुट्टियाँ बढ़ाने का दुलार-भरा आग्रह, और आज अचानक उनका जघन्य बन गया अपराध, मेरे अतुल के प्रति उनका अनन्य प्रेम, ये सब तथ्य, मेरे पक्ष को सबल बनाने, सम्भ्रान्त परिवारों से आए शिष्ट गवाहों की भाँति मुझे घेरकर खड़े हो गए। 'छोटी...' अथाह जलराशि में डूबती भाभी सहसा तिनका पा गईं। मेरा हाथ, अपनी गोरी गुदगुदी हथेली में थमाकर, उन्होंने शीतल सद्यःअभिषिक्त शिवलिंग पर धर दिया, 'इनकी शपथ खाकर कह छोटी, यह सब सच है?'

" मैं एक पल के लिए झिझकी। संस्कारशील चित्त ने हथेली हटाने की चेष्टा भी की; किन्तु घाघ भाभी ने हाथ कसकर दाबा था।

" 'हाँ भाभी, सच है।' मैंने कहा।

" उन्होंने फिर एक शब्द भी नहीं कहा। घर पहुँचते ही जेठजी द्वार पर

मिल गए।

" 'अरे छोटी, आज तुमने दुबारा चाय नहीं पिलाई, तो तृप्ति ही नहीं हुई। बनाओ तो एक प्याला बढ़िया चाय।' उन्होंने हँसकर कहा। कालिंदी भाभी उन्हें आग्नेय दृष्टि से भस्म करती भीतर चली गईं और फटाक से अपने पलँग पर लेट गईं।

" मैं स्टोव जलाकर जेठजी के लिए चाय बना ही रही थी कि हँसती-हँसती मालिनी भाभी आ गईं, 'क्यों री छोटी, लगता है कुछ गहरा मज़ाक कर आई है? वाह भई, मान गए तेरी बात। तूने बीरबल को भी हँसा दिया।'

" चाय उबली भी नहीं थी कि जेठजी भागते-भागते आए, 'लगता है कालिंदी को रक्तचाप का बेढब दौरा पड़ गया है, वह तो एकदम बेहोश-सी पड़ी है। आँखें ही नहीं खोलती।'

" उनकी आँखें फिर सचमुच ही नहीं खुलीं। देखते-ही-देखते, तीन-चार डॉक्टर आए, उन्हें तत्काल अस्पताल ले जाया गया। किसी आकस्मिक उत्तेजना से दिमाग की नस फट गई थी। सेरिब्रल थ्रम्बोसिस या तो अब प्राण हरेगा या वाणी!

" 'भगवान करे, ऐसा ही हो' मैं मनाने लगी। मेरे कलमुँहे घातक मज़ाक की, मेरे देवतुल्य जेठजी से, भाभी कभी कोई कैफियत न माँग सकें।

" पर बिना किसी से कैफियत माँगे ही कालिंदी भाभी मन का समस्त अव्यक्त आक्रोश मन ही में लिए रात के ठीक दस बजे चली गईं। ऐसी आकस्मिक मृत्यु के लिए मैं प्रस्तुत नहीं थी, पर सच पूछो तो गई नहीं हैं। तब से नित्य रात आधी रात, मेरी छाती पर चढ़कर कहती हैं—'तूने झूठी शपथ खाकर मुझसे मेरा पति छीना, अब तुझे भी पति का सुख नहीं भोगने दूँगी।' जब-जब अच्युत मेरे पास आते हैं, वे साथ रहती हैं। वह देख...वह देख...अब मैं कहाँ छिपूँ...कहाँ?"

व्याकुल होकर वह मुझसे लिपट गई। मैं घबरा गई, अभी तक तो यह अच्छी-भली थी। अब हज़रतगंज के भीड़ भरे चौराहे पर कार में थर-थर काँपती मुझसे लिपटी अपनी इस विचित्र संगिनी को लेकर, मैं कब तक बैठी रहूँगी!

सहसा एक क्लांत कंठस्वर सुनकर मैं चौंक उठी, "कितनी परेशान कर डालती हो तुम शुभ्रा!"

उसने शायद पहले मुझे नहीं देखा। फिर देखते ही नम्र स्वर में बोला,

"क्षमा कीजिएगा, असल में घंटे-भर से इन्हें ढूँढ़ता-ढूँढ़ता परेशान हो गया हूँ।"

"मैं चलूँ शुभ्रा?" मैंने कहा, पर वह तो जैसे काठ बन गई थी, कार के काँच पर गड़ी भावनाहीन दृष्टि और कठोर मुखमुद्रा! मैं सहमकर उतर गई।

"चलिए, आपको छोड़ दूँ।" उस सौम्याकृति प्रौढ़ ने कहा।

"नहीं, आप चिन्ता न करें। मैं रिक्शा कर लूँगी।"

पर वह कार को लॉक कर मेरे साथ-साथ चलने लगा, "आप शायद शुभ्रा को पहले से जानती हैं?"

"जी हाँ, हम दोनों एकसाथ पढ़ती थीं।"

"क्या उसने आपको पहचान लिया? आप देख ही रही हैं, चार साल से इसका यही हाल है। चार वर्ष पूर्व हमारे गृह में एक अप्रिय घटना हो गई थी। पहली अप्रैल को यह न जाने मेरी बड़ी भाभी से कैसा मज़ाक कर बैठी। वह रक्तचाप की मरीज थीं, हो सकता है उन्हीं के रोग ने उनके प्राण लिए हों, पर इसके मन में तो यही शैतान घुसा बैठा है कि इसी के मज़ाक ने उनके प्राण लिए हैं। देश-विदेश घुमा लाया हूँ। ऐन आर्बर के स्टोर फ्रंट क्लिनिक तक ले जा चुका हूँ, जहाँ के मनोविज्ञान के धुरंधर पंडित कैसे-कैसे विकट उन्माद-रोगियों को साध लेते हैं। यहाँ भी नूरमंज़िल का नाम सुनकर ही उसे लाया था, पर हर विशेषज्ञ उसी मज़ाक का सूत्र पकड़ना चाहता है—कैसा मज़ाक था? क्यों किया था? आदि-आदि। मैं क्या बतला सकता हूँ! न मुझे कुछ पता है, न मालिनी भाभी को। यह तो कुछ बतलाती नहीं। जब-जब मुझे देखती है, ऐसी ही काठ बन जाती है। आपसे तो कुछ नहीं कहा इसने?"

मैं चुप थी।

अदृश्य शिवलिंग को साक्षी बना क्या इस बार मुझे झूठी शपथ खानी होगी! एक बार उस मज़ाक का रहस्योद्घाटन कर देने पर क्या यह सम्भव नहीं था कि कालिंदी भाभी का छोटा देवर भी उसी निर्मूल सन्देह का शिकार बन जाए?

"नहीं," मैंने कहा, "मुझसे तो उसने कुछ नहीं कहा।"

"ओह, धन्यवाद। मैं उसे जानता हूँ, वह कभी कुछ नहीं बताती।" वह बेचारा सिर झुकाकर चला गया।

फिर एक बार मैंने मुड़कर देखा—कार का द्वार खोलकर वह चालक की

सीट पर बैठ गया था। उसे देखते ही पीछे बैठी शुभ्रा एक बार फिर काठ बन गई थी, जैसे किसी ने उसकी गर्दन पकड़कर ऐंठ दी हो!

क्या पता, कालिंदी भाभी की प्रेतछाया उसका मुँह दाब, उस क्षण भी उससे कह रही हो—'तुझे पति-सुख नहीं भोगने दूँगी शुभ्रा, तूने झूठी शपथ खाकर मेरा पति छीना है न!'

घंटा

हाथ में चिट आते ही, देवेन्द्र का सारा शरीर सुन्न पड़ गया। एक पल के लिए वह किंकर्त्तव्यविमूढ़ बना बैठा रहा, फिर उसने अपने घाघ चपरासी को देखते ही अपने अफसरी कन्धे सतर कर लिए, "कह दो, साहब घर पर किसी से नहीं मिलते। जो काम हो, कल दफ्तर में आकर कहें..."

चपरासी निर्विकार मुद्रा में सन्देशा लेकर चला गया, और उसके जाते ही देवेन्द्र के हाथ-पैर ठंडे पड़ गए। निश्चय ही अब वह चपरासी को धकियाकर, उसकी इज्जत उतारने स्वयं धड़धड़ाती भीतर चली आएगी। घुटनों के नीचे, उसके दोनों पैर थर-थर काँपने लगे। दिसम्बर के महीने में भी, पसीने से वह आपादमस्तक नहा उठा। भीतर जज साहब, उनकी पत्नी सुलता और उनकी छोटी साली सुलक्षणा ब्रिज-लीला में आकंठ डूबे थे। उनके कहकहे उसके कानों में टकराने लगे। अभी-अभी सुलता की यह हँसी सिसकियों में बदल जाएगी और उसके परिवार की समृद्धि झाड़ी में छिपे किसी बधिक की गोली खाकर स्तब्ध बन गए वन्य पशु की ही भाँति, बिना कुछ कहे प्राण तज देगी। देवेन्द्र ने दोनों हाथों में मुँह छिपा लिया, कहीं पाँच मिनट पहले यह अनिष्टकारी चिट, ब्रिज-गोष्ठी में चला आता तो अनर्थ घट सकता था। वह तो अच्छा हुआ कि वह खेल के बीच से उठकर गुसलखाने चला आया, वहाँ से निकल रहा था कि चपरासी ने चिट थमा दी। चिट फाड़कर उसने बाहर फेंक दी और दीवानखाने में जाकर फिर गोष्ठी में बैठ गया। उसके इस कमरे की सज्जा पूरे शहर में प्रसिद्ध थी। अधिकांश उच्चपदस्थ भारतीयों की भाँति, उसकी आधुनिका पत्नी सुलता ने भी विदेशी सज्जा के कई लटकों से दीवानखाना ढाँसकर रख दिया था। लटकते फ्रेंच झाड़फानूस, जापानी फूल-सज्जा, जिसका वह प्रत्येक नवीन अतिथि से 'पतझड़' कहकर परिचय कराती थी, कोठेवालियों

की सज्जा को भी मलिन करती, ज़मीन पर बिछी दपदप करती दूधिया चाँदनी और पति के साथ दौरे पर जाकर, जीर्ण-शीर्ण देवालयों से बटोरी गईं खंडित मूर्तियाँ, सब यथास्थान सजी धरी थीं। यही नहीं, एक बोतल में लगी लचीली लता से, उसने आधुनिक दीवानखाने की सन्दर्भ सहित व्याख्या सार्थक कर दी थी। किन्तु कमरे ही की भाँति, स्वामिनी की सज्जा भी कृत्रिम और निपट खोखली है, यह समझनेवाली खूब समझती थीं। दर्पण के सम्मुख, यत्न से पूर्वाभ्यास की गई मुस्कान के बीच रँगे अधरों को पल-भर खोल चमकती मुक्ता धवल दन्तपंक्ति, बसरा के नहीं, अदन के बन्दरगाह पर खरीदी गई नकली मोतियों की लड़ी मात्र हैं, यह परखनेवाली आँखें परख चुकी थीं। यही नहीं, कपटी भ्रू-विभ्रम-विलास, रवि वर्मा के चित्रांकित मेनका की-सी सुचिक्कन केश-कालिमा, महिला वर्ग की सन्देहाग्नि भड़का चुकी थी। एक तो, वैसे भी एक नारी दूसरी नारी की अनन्य कौशल से सम्पादित की गई ऐसी कृत्रिम सज्जा को बड़ी सुगमता से पकड़ लेती है, फिर जिन सज्जन से सुलता ने इम्पोर्टिड विग मँगवाया था, उन्होंने भी उसके आयात को गोपनीय नहीं रखा। पर कैसा आश्चर्य था कि सुलता का चेहरा सुन्दर होने पर भी सुन्दर नहीं था? उज्ज्वल गौरवर्ण में कहीं भी यौवन-काल के उन दुष्ट मुहाँसों की धुँधली छाया भी नहीं थी जो प्रायः अधिकांश किशोरियों के यौवन में विष घोल, प्रौढ़ावस्था में भी उनकी मज्जा का पीछा नहीं छोड़ती। तीखी नाक और भूरी आँखों में भी कोई खोट नहीं था, फिर भी क्रूर चेहरे पर न जाने कैसी रेखाएँ थीं, जो सामान्य-सी उत्तेजना से ही, उसे अस्वाभाविक रूप से मर्दाना बना देतीं। न जाने क्या देखकर, बीस वर्ष पूर्व, देवेन्द्र जैसा संयमी तरुण इसी चेहरे की मरीचिका में भटककर रह गया था।

जिस पिता ने अपने अध्यापन काल की सीमित आय को दाँव पर लगाकर, पुत्र की ऊँची शिक्षा का प्रबन्ध किया था, उसे भी अँगूठा दिखाकर वह एक दिन, अपने से वयस में चार वर्ष बड़ी, विजातीय सुलता को प्रेम से जादुई घोड़े पर बिठाकर हवा हो गया। आत्मसम्मानी, नेत्रहीन वृद्ध विधुर पिता को उसने अपना नियमित मनीआर्डर भेजा तो उनका तीर-सा उत्तर आया था—"मैं ईश्वर-कृपा से स्वयं जीवनयापन कर सकता हूँ; आज तक मेरा एक पुत्र था, अब पुत्रहीन हूँ।"

आत्मीय स्वजनों ने स्वयं ही आना छोड़ दिया। एक बार तीर्थ नहाने अचानक बुआ आ गई थीं और उनके लिए सुलता ने अपने विराट् लॉन में

तम्बू लगवा दिया था। खाने के कमरे की व्यवस्था बिगाड़ी नहीं जा सकती थी। एक शयनकक्ष उसका था, एक पुत्री का। दीवानखाने में तो वह पति-पुत्री को भी अकारण नहीं घुसने देती थी, फिर सब कमरों में जमादार झाड़ू लगाता था। बुआजी को आपत्ति हो सकती थी, इसी से बाहर व्यवस्था की गई थी। सुबह देवेन्द्र स्वयं ही चाय का गिलास लेकर गया, वह जानता था कि उसकी स्वयंपाकी बुआ नौकर का छुआ पानी भी नहीं पीतीं, और कभी स्नेही बुआ ने उसके मातृहीन जीवन में अमृत घोला था, पर वह पहुँचा तो तम्बू खाली था। अपनी जीर्ण पोटली और शीर्ण बुकचा लटकाए आत्माभिमानी बुआ न जाने कब चुपचाप निकल गई थीं। फिर आया था ममेरा भाई, न जाने किस इंटरव्यू में बैठने आया था बेचारा। देवेन्द्र कुछ पूछ भी नहीं सका और सुलता ने खरी-खोटी सुना-सुनाकर उसे भी भगा दिया—"हद है ये आपके भाई-भतीजे, जिसे देखो वही बिना बिस्तर-तौलिये के चला आ रहा है, जैसे घर नहीं कोई सराय हो—मेरी रजाइयाँ कोई ब्याती तो हैं नहीं।" पास के कमरे में बैठा शान्त ममेरा भाई उठकर चला गया, जाता भी क्यों नहीं? उसकी खाल क्या गैंडे की खाल थी? वही उसके छूटे गाँव का अन्तिम अतिथि था। इतने वर्षों पश्चात् वह स्वयं ही, अपने उस गाँव में अतिथि बनकर पहुँच गया। नैनीताल सेमिनार की उदार छाया में विश्राम कर वह साहस सँजोता, अन्धे पिता को देखने पहुँच गया था, साथ में सुलता होती तो शायद उसकी हिम्मत साथ न देती, पर इतने वर्षों पश्चात् पुत्र को देखकर क्या बाबू उसे धकियाकर बाहर कर पाएँगे? अचानक ही इतने बड़े अफसर बन गए—विस्मृत पुत्र को, फिर वैसा ही विनम्र देबुआ पाकर बाबू की अन्धी आँखें स्नेही अश्रुओं से छलक उठीं और नेत्रहीन बधिर पिता की विवश वेदना ने पुत्र को आत्मग्लानि से दग्ध कर दिया। फटा कोट, जीर्ण रजाई और टटोल-टटोलकर जलाई गई अँगीठी पर उबल रही चाय की काली केतली। उस केतली में उबली चाय पीते यदि सुलता उसे देख लेती तो शायद चन्द्रलोक से लौटे यात्रियों के-से कौरेनटीन में उसे बन्दी बनाकर रख देती। बाबू अकेले सब काम कर कैसे लेते होंगे? फिर इस अवकाश-प्राप्त विधुर की सहायता भी भला कौन करता होगा?

बाबू ने जैसे उसके मन की बात भाँप ली थी।

"अपनी लछमी बड़ी अच्छी लड़की है, सबकुछ कर जाती है। निश्चय ही पूर्व जनम में मेरी लड़की रही होगी," एक लम्बी साँस खींचकर बाबू चुप रह गए और भूली-बिसरी अनेक स्मृतियों ने, एकसाथ आकर उनके कन्धे पर हाथ

धर दिए थे। गोरी-लम्बी, लम्बोतरे चेहरे और लम्बी बरौनीवाली लछमी उसके छुट्टियों में गाँव आने का समाचार पाते ही न जाने किन दुर्गम पगडंडियों को फाँदती, ननिहाल से चली आती और वह उसे देखते ही, बाँहों में जकड़कर उछाल देता—कितनी हल्की थी लड़की, जैसे कागज़ का फूल!

"हाय उतारिए, उतारिए देबू दा, मैं गिर पड़ूँगी।—"

और फिर एक दिन मँझली मौसी उसी का रिश्ता लेकर आ गईं।

"कहती क्या हो मौसी," वह जोर से हँस पड़ा था, "उसे तो अभी नाक पोंछने का भी शऊर नहीं है, एकदम ही बच्ची है।"

मूर्ख मौसी के शब्द वह आज भी नहीं भूला था—"पहाड़ी खुबानी पकने और पहाड़ की लड़की बड़ी होने में समय नहीं लगता। अनाथ लड़की है, तुम्हारे घर का कुटा-पिसा खाएगी तो दो दिन में देह भर जाएगी—"

स्वयं देबू ने बड़ी बेरुखी से वह बेमेल रिश्ता फेर दिया था। पर आज, तेल की कुप्पी के धीमे प्रकाश में उसे देखकर वह आँखें नहीं फेर सका। क्या इन सुदीर्घ बीस वर्षों में भी वह घिस-पिसकर बारह वर्ष की ही रह गई थी?

बाबू ने ही उसे बतलाया कि उसने रिश्ता फेर दिया तो लछमी के मामा ने, अनाथ भानजी को, टी.बी. के मरीज़ दुहेजू रुद्रदत्त को सौंप दिया। तीसरे ही महीने चौदह वर्ष की विधवा लछमी, फिर ननिहाल लौट आई। बाबू ने ही जोर-जबरदस्ती कर; उसे अपने मिडिल स्कूल में पढ़ने बिठा दिया, आज वह यहीं अध्यापिका है, न जाने किसने उसे स्कूल ही में देबू दा के घर आने का समाचार दिया और वह भागती चली आई थी।

सफेद-काली किनारी की इकलाई का पल्ला, सुकुमार ग्रीवा को शालीन कफनी में लपेटता, उस इकहरी तन्वी को गाम्भीर्य की ल मण-रेखा में बाँध, क्षीण कटि के क्षितिज पर सिमट आया था। नित्य सुलता की नाभिदर्शना साड़ी और ह्रस्व कंचुकी को देखने की अभ्यस्त देबू की आँखें ठंडा गईं। बहुत दिनों से शुष्क मरुभूमि के तरुवरविहीन बीहड़ में भटक रहे क्लान्त पथिक को, जैसे वटवृक्ष की प्रौढ़ छाया ने बाँध लिया।

''चलिए देबू दा, आज इतने सालों में आपको अपने गाँव की याद तो आई।'' उसने हँसकर कहा।

''यह तो भूखा होगा बेटी, तू चटपट कुछ बना डाल।'' बाबू ने उसे टोक दिया।

''आप चिन्ता न करें, मैं चुटकियों में खाना बना लूँगी बाबू, हाथ-पैर धो

वह पटला खींचकर बैठ गई और फिर तो उसकी फुर्ती देखकर, वह दंग रह गया था। अवसन्न अँगीठी में मुट्ठी-भर कोयले डाल, उसने दुबले-पतले हाथों से पंखा हिला-डुलाकर आतिशबाज़ी के अनार की-सी फुलझड़ियाँ छोड़ दी थीं। फिर न जाने किस अदृश्य आले से पीली ककड़ी खींची, कहाँ से राई-मेथी-जीरा निकाला और न मालूम किस जादुई पथरोटे में से दही निकाल, वही रायता बनाकर रख दिया, जिसमें कभी देबू के प्राण बसते थे। चौके और बाबू के कमरे के बीच कोई व्यवधान नहीं था, इसी से वह चौके की उस अद्भुत सम्राज्ञी का अनूठा अनुशासन देखता मुग्ध हो गया था। एक क्षण को स्वयं अपने बावर्चीखाने का फ्लैश-बैक, उसकी रीढ़ की हड्डी सुरसुरा गई थी। नए किचन रेंज पर चमचमाते भगोने, नाप-तोल कर दी गई रसद को देख, मेम साहब के कार्पण्य पर चौके में चल रही, पहाड़ी नौकरों की बहस, जो उसे देखते ही ठंडी पड़ जाती, उधर खाने के कमरे में लगे फ्रिज से निकलती हिमशीतल बियर के साथ, समृद्ध अतिथियों की अभ्यर्थना में सजी ट्रे में भेजी जा रही, चटपटी चिखौने की तामसी सुगन्ध। किन्तु ऐसे सजे-धजे नुमाइशी चौके का खाना क्या कभी स्वादिष्ट हो सकता था? वह दाल भला क्या खाक दाल होगी जिसे किसी गृहिणी की चूड़ियों भरी कलाई ने कलछुल से न छनछनाया हो? लछमी झुककर लकड़ियाँ फूँकती तो दोनों गाल आँच से तमतमा उठते, कभी मोटी वेणी छाती पर लटक आती तो वह बड़ी उदासीनता से पीठ पर डाल देती। कभी गोल-गोल पूड़ियाँ बेलती, एक कड़ाही में छोड़ती और कभी ठेठ पहाड़ी मसाले में छौंके गए आलुओं को कलछुल से चला देती। ठीक इसी समय देबू की दृष्टि उसकी सूनी कलाई पर पड़ गई थी और उसका अपराधी चित्त पश्चात्ताप से खिन्न हो गया था। क्या वह स्वयं ही उसके वैधव्य के लिए दायी नहीं था?

दो पटले एकसाथ बिछाकर लछमी ने पिता-पुत्र की थालियाँ परस दीं तो देबू को लगा, वह सगा पुत्र होकर भी आज अपने ही पिता के घर का पाहुना है और यह पराये घर की बेटी है उसके पितृगृह की स्वामिनी। शुद्ध घृत की सुगन्ध ने वर्षों बिछुड़े किसी प्रवासी मित्र की भाँति उसे बड़ी ललक से गले लगा लिया। ऊँचा वेतन पानेवाले उच्च अधिकारी का बावर्चीखाना सदा वनस्पति घृत से महकता था।

''बड़ा बढ़िया घी है बाबू, लगता है असली देशी,'' उसने कहा था।

''यहाँ सबकुछ असली देशी है बेटा? नकली, विदेशी कुछ भी नहीं

है''—नेत्रहीन बाबू का व्यंग्य उसे छेद गया।

खा-पीकर उठा तो उसने पहली बार लछमी से बात की, ''तुम नहीं खाओगी क्या लछमी?''

''मेरी तो आज एकादशी है देबूदा, केले ले आई हूँ, अभी खा लूँगी।'' वह फिर उसकी जूठी थाली उठाने लगी तो देबू ने दोनों हाथों से दबा ली, ''नहीं-नहीं, रहने दो, मैं साफ कर लूँगा...''

बिना कुछ कहे ही हँसती-हँसती लछमी थाली छीनने के प्रयास में ठोकर खाकर, थाली सहित उसकी छाती पर जा गिरी। एक पल को दोनों स्तब्ध रह गए। लछमी की बाँस-सी लचीली देह सिर से पैर तक काँप उठी, और उसी कँपकँपी ने देबू की चौड़ी छाती को भी पल-भर के लिए कँपा दिया, फिर वह बिजली की गति से तड़पकर जूठी थाली-बर्तन समेटकर मलने बैठ गई।

देवेन्द्र का शरीर एक तो वैसे ही थककर चूर हो गया था, उस पर लछमी ने ऐसा गरिष्ठ खाना खिला दिया था कि आँखें स्वयं मुँदी जा रही थीं। उसके पुराने कमरे में ही लछमी ने उसका बिस्तर लगा दिया था, सुबह ही उठकर, उसे आठ बजे की बस पकड़ भवाली पहुँचना होगा यह सोच, वह बाबू के पास थोड़ी देर बैठकर अपने कमरे में चला आया। कब उसे नींद आ गई, फिर वह जान भी नहीं पाया। अचानक उसकी आँख खुली और उसे लगा जैसे कोई आकर उसके पायताने बैठ गया है। क्या वह सपना देख रहा था या सचमुच ही कोई उसके पैर दाब रहा था? फूल की पंखुड़ी-सी गुदगुदी यह भला किसकी हथेली हो सकती थी?

अपने स्पर्शकातर पैरों को समेटकर उसने धीमे स्वर में पूछा, ''कौन?''

काँपते कंठ से पूछे गए प्रश्न का उत्तर मिला, संयत स्वाभाविक मीठी हँसी में—''यह तो मैं हूँ लछमी, देबू दा, आज आप बहुत थक गए होंगे, बीरभट्ठी से चलकर आए हैं ना। सोचा, घर जाने से पहले आपके पैर दाबती जाऊँ...''

देबू का गला भर आया—वह जन्म से पहले ही उसकी वाग्दत्ता थी, उसकी माँ ने ही तो लछमी की माँ से सुना, उसके जन्म के पहले ही उसे माँग लिया था, ''ऐसी अपूर्व सुन्दरी की पुत्री भी निश्चय ही सुन्दरी होगी। तेरी लड़की हुई तो मैं अपने बेटे के लिए माँग लूँगी।'' माँ ने कहा था और मौसी गवाह थी। दिवंगता जननी के वाक्यदान को ठुकराकर उसने हृदयहीन निर्ममता से उसका रिश्ता फेर दिया था, वही फिर उसके अन्धे पिता की लाठी बनने को स्वेच्छा से आ गई थी और आज अपनी समस्त वेदना अनादर, अवहेलना में

घुटकर घर जाने से पूर्व, उसके पैर दाबने चली आई थी।

"लक्ष्मी!"—उसने कहा और फिर कंठस्वर थर्रा गया। पश्चात्ताप से वह कटकर रह गया, और उसका वही पश्चात्ताप न जाने किस कुक्षण में उसके अविवेक का द्वार भी खटखटा गया।

लपककर उसने लछमी को बाँहों में खींचा और हँसकर हवा में उछाल दिया...कैसा आश्चर्य था कि उस कागज़ के लुभावने पुष्प का वजन अब तक एक रत्ती भी नहीं बढ़ा था!

"हाय देबू दा, क्या लड़कपन कर रहे हैं, उतारिए-उतारिए, मैं गिर पड़ँगी," पर वह नहीं गिरी, स्वयं देबू ही अविवेकी अन्धी घाटी में मुँह के बल जा गिरा।

सुबह बाबू की पूजा की घंटी से उसकी नींद टूटी और वह अचकचाकर उठ बैठा। रात की पूरी घटना, किसी दुःस्वप्न की स्मृति की भाँति उसका कलेजा दहला गई।

यह क्या कर बैठा था वह? उसके इतने वर्षों की अकलंक राजकीय सेवा, प्रतिष्ठा, मान-सम्मान, सबका गला क्या उसने जान-बूझकर स्वयं ही नहीं घोंट दिया था? और फिर भाग्य की कैसी विडम्बना थी, कि घर लौटते ही उसे जाँच कमेटी का अध्यक्ष बन, एक उच्चपदस्थ अधिकारी के ऐसे ही अविवेकी क्षणों की चीर-फाड़ कर अपना निर्णय देना था। अब तो विधाता ने स्वयं न्यायाधीश को ही मुजरिम के कठघरे में खड़ा कर दिया था, किस मुँह से वह न्याय की तुला ग्रहण करने बढ़ेगा? और लछमी?

उसकी ओर अब क्या वह आँख उठाकर भी देख पाएगा? पर लछमी चाय लेकर आई, तो न उस शान्त, सुन्दर चेहरे पर उपालम्भ की एक भी रेखा थी, न आत्मग्लानि की। बड़े उत्साह से उसने उसके रास्ते के लिए पूड़ी-शाक बनाया, अचार की फाँक धरी और फिर तिमिल के चौड़े पत्ते में लपेट उसे थमाकर बोली, "अबकी छुट्टियों में भाभी और बच्चों को लेकर आना देबू दा..."

"भाभी?"

कहती क्या है लड़की—क्या अब उसकी पत्नी उसकी भाभी रह गई थी?

घर लौटा तो सुलता ने आते ही टोक दिया, "बाप रे बाप, चार ही दिन में पहाड़ की हवा तुम्हें माफिक चली गई है जी, लगता है चार दिन रहकर उम्र के दस साल बहा आए हो..."

किन्तु गम्भीर पति के हृदय में जो चिन्ता का ज्वालामुखी धधका जा रहा

था, उसे वह क्या देख सकती थी?

कहीं लड़की ब्लैकमेल करने आ गई तब? किन्तु एक के बाद एक कर पूरे चार महीने बीत गए पर वह तो नहीं आई—आई एक घातक अनचीन्ही बीमारी, जिसने उसे दबोचकर धर दिया। तीव्र ज्वर और शरीर की मर्मान्तक पीड़ा से वह कराह उठा, क्या यह उसके ऋषितुल्य पिता के तपोवन का अनुशासन भंग करने का दैवी दंड मिल रहा था उसे? डॉक्टरों के लाख छिपाए जाने पर भी, रोगी का कैंसर एक दिन दाई के सम्मुख यत्न से छिपाए गए पेट की ही भाँति स्पष्ट हो उठता है। ठीक ही तो था, मृत्यु-दंड ही तो उसके लिए उचित दंड था। अपनी शल्य-चिकित्सा में एक प्रकार से अपनी पूरी जमा-पूँजी लुटाकर वह लौटा और उसके जिस रोग-ग्रस्त शरीर की आशा ही गुणी चिकित्सकों ने त्याग दी थी, वही किसी कलम किए पौधे की भाँति फिर लहलहा उठा, पर शरीर स्वस्थ होने पर भी उसका चित्त अभी भी घुना जा रहा था। क्या पता वह अब भी आ जाए। और फिर एक दिन सचमुच ही आ गई। रात-भर वह व्यर्थ योजनाएँ बनाता रहा। असाध्य बीमारी ने उसका पूरा फंड चाट लिया था, फिर भी प्रत्येक बुद्धिमान पति की भाँति उसने पत्नी की दृष्टि से बचाकर एक निधि छिपा ली थी। नब्बे रुपये पानेवाली मास्टरनी के दोनों पैर पकड़कर वह उसे दस हज़ार के पत्र-पुष्प अर्पित करेगा, तो क्या वह सन्तुष्ट नहीं होगी?

वह दफ्तर में आई और उसने कुर्सी से उठकर स्वाभाविक हँसी से उसके स्वागत में फूल बिखेरकर रख दिए, "आओ लछमी—कहो, कैसी हो—बाबू ठीक हैं ना?" पर वह उसके एक भी प्रश्न का उत्तर दिए बिना कुर्सी खींचकर उसके सामने बैठ गई। गम्भीर चेहरे ने एक बार फिर देवेन्द्र का रक्त जमा दिया।

वह भोली चितवन, ललाट पर झुक आई अंगूरी बेल-सी कुंचित काली लट, और सहमी-डरी आँखों की लम्बी बरौनियाँ! उसकी चुप्पी से देवेन्द्र का कलेजा ज़ोर-ज़ोर से धड़क उठा। एक पल भी यदि वह और चुप रहती, तो निश्चय था कि देवेन्द्र लपककर उसके पैरों पर सिर रख देता। "देबू दा!" कितनी मीठी पतली आवाज़ थी, क्या उसकी आवाज़ काँप रही थी या स्वयं देबू के ही चित्त का चोर अकारण चौकन्ना हुआ जा रहा था?

"एक बात आपसे कहनी थी।" उसने कहा।

"कहो-कहो," पर हर 'कहो' के साथ कहनेवाले का धड़कता कलेजा मुँह को आ रहा था।

"मुझे आपकी मदद चाहिए।" यह सुन देवेन्द्र की आपस में भिड़ी दसों अँगुलियाँ ठंडी पड़ गईं।

वह कैसी मदद चाहती है, वह समझ गया। जेब से चेकबुक निकालकर उसने मेज़ पर धर दी, और मूक दृष्टि से अपना उदार प्रश्न पूछा, "कहो, कितने का चेक लिख दूँ?"

"नहीं-नहीं, आप रुपयों की चिन्ता न करें—रुपये मैं साथ ले आई हूँ।" लछमी ने बड़ी आकुलता से कहा।

तब? तब क्या वह किसी डॉक्टरनी से परिचय की आकांक्षा से आई थी!

"देबू दा, मुझे एक घंटा खरीदना है।"

किसी गगनचुम्बी इमारत से भी यदि कोई उसे नीचे धकेल देता, तो भी वह शायद नहीं चौंकता।

"घंटा?" उसने आश्चर्य से पूछा।

"हाँ, देबू दा," वह नतमस्तक होकर ऐसे स्वर से कहने लगी, जैसे कोई बड़ा जघन्य अपराध स्वीकार कर रही हो, "मुझे भवाली के गोल्ल थान में एक घंटा चढ़ाना है, आपकी बीमारी में मनौती मानी थी। सबने कहा, यहाँ अच्छे दामों में बढ़िया घंटा मिल जाएगा। सोचा, आप इतने बड़े अफसर हैं, आपके कहने-सुनने से मुझे अच्छी चीज़ मिल जाएगी। वैसे भी मुझे अब तक मोल-तोल करना नहीं आया, हमेशा ठगी ही जाती हूँ देबू दा..."

कैसे गहरे व्यंग्य का गम्भीर घाव कर गई थी लड़की!

वह हँसी और उस सरल स्निग्ध निर्दोष हँसी के स्वच्छ दर्पण में देबू को अपने चित्त का कलुष-प्रतिबिम्ब और भी काला लगा।

"लछमी," एक पल को सैकड़ों मातहतों को अपनी कठोर कंठगर्जना से सहमा देनेवाला वरिष्ठ अधिकारी गूँगा बन गया। फिर यत्न से स्वर साधकर उसने अपनी सबसे मीठी हँसी का दाँव फेंका, "तुम अपना पता छोड़ जाओ, कहाँ ठहरी हो? निश्चिंत रहो, शहर का सबसे वज़नी और सुदर्शन घंटा स्वयं तुम्हारे पास वहीं पहुँच जाएगा।"

"नहीं-नहीं, आप परेशान न हों, मैं खुद ही पसन्द कर लूँगी, आप बस किसी एक को मेरे साथ कर दें," वह अनुनयपूर्ण विनम्र स्वर में अपना सरल अनुरोध बार-बार दुहराती उसकी मेज़ से सट गई।

एक बार फिर उस प्रिय सलोने चेहरे को इतने निकट पाकर देवेन्द्र शायद कुछ बचपना ही कर बैठता किन्तु चपरासी के कदमों की आहट से वह

सावधान होकर पीछे हट गया। लछमी के साथ उसने एक नहीं, दो-दो सीलदारों को भेज दिया।

"देखिए, बहनजी को मन्दिर में चढ़ाने के लिए एक वजनी घंटा खरीदना है," उसके 'बहनजी' सम्बोधन से लछमी की बरौनियाँ सहमकर झुक गईं, यह उसने काकदृष्टि से देख लिया।..."देखिए, बढ़िया चीज़ हो और दाम वाजिब हों, समझे?" उसने फिर अपने अफसर का चोला ओढ़ लिया—समझते भला क्यों नहीं? कलियुगी ताबेदार तो प्रभु के ऐसे आदेश माँ के गर्भ से ही समझकर आते हैं। चलते-चलते लछमी ने कृतज्ञता से डबडबाई आँखों से देबू को देखा तो उसे लगा, उसने नौकुचिया ताल के नवों कोने एकसाथ देख लिए हैं। उस ताल के नौ कोने एकसाथ देखने पर भला आज तक कोई जीवित रहा है?

पहाड़ की गाड़ी में अपने दुबले-पतले शरीर के वजन से भी अधिक वजनी विराट घंटे को गोद में लिए लछमी ऐसे बैठी थी जैसे नवजात शिशु हो। पूजा-मनौती की वस्तु भला सीट के नीचे या ऊपर रख भी कैसे सकती थी? क्या पता कोई जूता ही रख दे, या उठाकर ही चलता बने।

"क्यों बहनजी, चढ़ानेवाले का नाम, पता, सन, तारीख कुछ भी नहीं खुदवाएँगी क्या? सब चढ़ानेवाले हमीं से खुदवाकर ले जाते हैं," वाचाल दुकानदार ने उससे बार-बार पूछा था।

ठीक ही कह रहा था वह। उसी मन्दिर में अरण्य को गुँजाते उन छोटे-बढ़े घंटों में खुदे कई नाम उसे अचानक याद हो आए—

"आपका दासानुदास धनीराम।"

"चरणों की दास, लटौली-निवासिनी राधिका देवी।"

लछमी को हँसी आ गई थी, "नहीं, मुझे कुछ नहीं खुदवाना है, आप इसे ऐसे ही पैक कर दें।"

उन मूर्ख भक्तों की भाँति क्या उसे अन्तर्यामी गोल्ल देवता से कोई रसीद लेनी थी?

एक हड्डीतोड़ झटके के साथ गाड़ी चली और उसकी गोदी में धरा घंटा स्वयं ही खनक उठा। सहयात्रियों ने उसे कुतूहलपूर्ण दृष्टि से देखा तो वह पीठ फेरकर खुली खिड़की से बाहर देखने लगी। स्टेशन छूट रहा था, मन न जाने क्यों भर आया। पता नहीं कैसी होगी देबू दा की पत्नी! निश्चय ही खूब सुन्दर होगी। खूब सुखी होंगे देबू दा, पर फिर भी वह रक्तहीन प्राणाधिक चेहरा ऐसा बुझा-बुझा क्यों लग रहा था? उसने आँखें बन्द कर उस वेदनातुर

रक्तहीन चेहरे की स्मृति को अपनी लम्बी-लम्बी बरौनियों में मूँदने की चेष्टा की तो लगा, देबू दा उसे फिर हवा में उछालने लगे हैं और वह चीख रही है—"उतारिए-उतारिए देबू दा! हाय, मैं गिर पड़ूँगी..."

हृदय में उमड़ती वेदना का यत्न से बाँधा गया बाँध सहसा टूटकर रह गया और आँसू की बूँदें गोदी के घंटे को टपटप भिगोती, चढ़ानेवाली के लाख न चाहने पर भी उसका नाम, पता, सन्, तारीख अमिट अक्षरों में स्वयं ही खोदती चली गईं।

‘के’

“क्यों, माताजी चली गईं?”

फिर वही बेतुका प्रश्न! झुँझलाकर शेखर ने हाथ की पुस्तक पटक दी और उठ खड़ा हुआ।

इधर-उधर सन्धानी दृष्टि का घेरा डालने पर भी कोई नहीं दिखा। चाहता तो वह अभी भी दीवार फाँद, उस रहस्यमयी प्रश्नकर्त्री को खींचकर बाहर ला सकता था, पर वह सन्त स्वभाव का मकान-मालिक जानता था कि उसके मकान के दूसरे भाग में, पाँच प्रौढ़ा, संसारत्यागी विधवाओं की राममंडली रहती थी, स्त्रियों के बीच वह कैसे जाता? पर निश्चय ही प्रश्न उन पाँचों में एक के कंठ का भी नहीं था। वे नित्य ब्राह्ममुहूर्त में, अपनी ‘राम-राम’ लिखी आइसक्रीम की-सी गाड़ी को ठेलतीं, संगम की ओर निकल पड़तीं और दिन डूबे लौटतीं। तब यह कौन थी?

एक बार उन पाँचों ने अपने गुरुदेव के आगमन के उपलक्ष्य में विराट भंडारे का आयोजन किया था और प्रसादी कुछ अधिक मात्रा में खा जाने पर पाँचों को एकसाथ हैजा हो गया। उसकी पत्नी ‘के’ ही उन पाँचों को एम्बुलेंस में लादकर अस्पताल ले गई थी। कैसे मर्दाने चेहरे थे उनके और कैसा रूखा कंठस्वर। यह मीठी हँसी निश्चय ही उनके गलों की नहीं थी। चार दिन से जैसे ही वह ‘के’ को अस्पताल पहुँचाकर लौटता और पढ़ने बैठता, फिर वही प्रश्न, “माताजी चली गईं?” एक दिन तो उसने उचककर दीवार से झाँक ही दिया। राममंडली के दालान में एक लम्बी रस्सी तनी थी, उस पर कई रामनामी साड़ियाँ सूख रही थीं। एक ओर एक चमचमाता पीतल का कलशा धरा था और एक मचिया पर कुछ मिर्चें सूख रही थीं। आसपास कहीं कोई नहीं था। आज वह निश्चय ही ‘के’ से कहेगा। पत्नी कमला को वह इसी नाम से

पुकारता। 'के' आती ही होगी—वह पुस्तक लेकर भीतर आ गया। उसके कमरे में पहुँचते ही उसकी 'के' तीव्र आँधी के झोंके की भाँति आ गई। वह हमेशा ऐसे ही आती थी। द्वार भड़भड़ाती, कुर्सियाँ धकेलती वह हाथ का आला झुलाती हाँफ रही थी।

"ओ शेखर, बस दस मिनट निकालकर आई हूँ, भूख के मारे आँतें कुलबुला रही हैं।" वह ज़ोर से एक कुर्सी पर धम्म से बैठ गई और उसने ऐसा प्रश्न पूछा जो प्रायः पति अपनी पत्नी से पूछता है, "क्या-क्या है खाने में आज?"

"सब तुम्हारी पसन्द का है 'के'; अरहर की दाल, भुर्ता, खड़े मसाले का सालन और रायता।"

"चावल! चावल नहीं बनवाया, शेखर?"

अपनी मांसल बाहुओं का त्रिकोण बनाकर 'के' ने नन्ही मुँहलगी बालिका की भाँति अपने गप्पू-से गाल फुला लिए।

"तुम डॉक्टरनी होकर भी भूल जाती हो 'के'; चावल तुम्हारे लिए ज़हर है, इन्सुलिन लिया या नहीं?"

'के' ने कोई उत्तर नहीं दिया।

"क्यों रूठती हो डार्लिंग," शेखर ने अपनी प्रणयभीनी मुस्कराहट से उसे मनाने की चेष्टा की, "तुम्हारे लिए तो हमने भी चावल छोड़ दिया है।"

ऊपर के रोशनदान से सटी दो आँखें आश्चर्य से फैलती जा रही थीं।

दोनों थाल परसकर आ गए। शेखर अपनी नाजुक अँगुलियों से चपाती के नन्हे कौर, सालन में ऐसे डुबोकर कुतर रहा था, जैसे मुँह में दाँत ही न हों, उधर 'के' अपनी भद्दी चौकोर पहाड़ी भिंडी-सी अँगुलियों को चाटती-चटखारती पूरी चपाती का एक ही निवाला बनाती ठूँसती जा रही थी। हर कौर के साथ उनका अनर्गल प्रलाप चालू था।

"छेदी सालन खूब बनाता है पट्ठा, आज शाम को कोफ्ते बनवाना शेखर, पर देखते रहना, नहीं तो आधा घी साफ कर देगा! आख़िर है तो जात का नाई। वैसे भी अच्छा खानसामा हमेशा चोर होता है। इतनी बात गाँठ बाँध लो शेखर, ईमानदार नौकर कभी अच्छा खाना नहीं बना सकता। अगर आज शाम को कोई बच्चा जनने न आ धमकी तो पिक्चर चलेंगे, डार्लिंग!" फटाफट-चटाचट पन्द्रह चपातियाँ भकोस तीन विलम्बित लय की डकारें ले, 'के' उठ खड़ी हुई।

शेखर भी नैपकिन से अपनी पतली मूँछें पोंछ पत्नी को विदा देने उठ गया।

"आने से पहले फोन कर देना, तुम्हें चाय तैयार मिलेगी 'के'!" वह मुस्कराया।

"तुम्हारे रहते मुझे कौन-सी चीज़ तैयार नहीं मिलती, शेखर!" सुरसा की भाँति मुँह खोले वह अपने तरुण पति को विदा-चुम्बन का ग्रास बनाने लपकी तो रोशनदानवाले ने मुँह में रूमाल ठूँस लिया। हाय, बेचारा अपनी दादी की हम-उम्र पत्नी कहाँ से ढूँढ़ लाया! ठीक ही कह रही थी मौसी, चाँद का टुकड़ा है हमारा पड़ोसी और ऐसा शरीफ कि चार साल से साथ रहते हैं, पर मजाल है, जो कभी आँख उठाकर देख ले!

मन-ही-मन किशोरी को हँसी आ गई थी, देखता भी क्या बेचारा! देखने लायक चीज़ हो और किसी पुरुष की आँखें न उठें तो मैं टाँगों तले छिरक जाऊँ। मौसी और उनकी चार वराहदन्ती सहेलियाँ भी भला कोई देखने की चीज़ थीं! रात को कोई देख ले तो डरके भाग जाए!

मौसी किशोरी की मँझली मौसी थी और राममंडली की हेड रामनी। अभी आठ दिन पहले यही मौसी अनाथा किशोरी को ठीक विवाह के सात फेरों के बीच से खींच, उसके अभिभावक ताऊ-ताई को अपनी लपलपाती जिह्वा के घातक प्रहार से धराशायी कर अपने साथ ले आई थी। इसी पिछले रविवार को, किशोरी के कुँआरे मीठे सपनों का सुनहरा प्रासाद भरभराकर चूर-चूर हो गया था। उसकी ससुरालवालों ने ही धोखा दिया या राम जाने ताऊ की ही मति भ्रष्ट हो गई। ठीक फेरों के समय दूल्हे को मिरगी का दौरा पड़ गया।

मौसी ने उसे हाथ पकड़कर बाहर खींच लिया।

"आप पर हम अदालती मामला चलाएँगे।" किशोरी के मुख़्तार श्वसुर, फेन उगलते पुत्र को छोड़ उठ गए थे।

"अदालत को हम भी खूब समझती हैं।" किशोरी के मृत मौसा, हाईकोर्ट के प्रसिद्ध वकील थे।

"मिरगी के रोगी को विवाह की अनुमति अदालत कब से देने लगी?" मौसी किशोरी को धड़ल्ले से खींच ले गईं। "तुम खाओ, पियो, मौज करो, तुम्हारा इंटर का रिज़ल्ट निकलते ही हम तुम्हें बोर्डिंग में डाल देंगी," मौसी ने उसे आश्वासन दिया था।

मौसी का दल दिन-भर कीर्तन करने निकल जाता और वह उस विराट

कक्ष में अकेली रह जाती। दो बड़े-बड़े कमरे थे, न पलँग, न कुर्सी, न मेज़, कुश की शय्या में भूमिशयन, न कहानी की पत्रिकाएँ, न उपन्यास। 'कल्याण' के स्तूपाकार गट्ठर, ज़री-सलमा-सितारे जड़े 'ॐ' के बीच में नज़रबन्द अँगूठा चूसते श्रीकृष्ण का एक विशाल तैलचित्र और संगमूसा की चौकी पर धरी गुरुदेव की स्वर्ण पादुका। मौसी उसे ताले में बन्द कर जाती थीं। "देख, केशी, ताक-झाँक मत करियो, तेरा ससुर बड़ा चार सौ बीस है, न जाने कहाँ से ताक लगाए रहेगा, इसी से ताला डाल जाती हूँ।"

पर चंचल किशोरी, नये पकड़े गए जंगली तोते की भाँति अपने चमचमाते पिंजरे में चोंच मारती रहती। कहाँ सखियों के साथ ही-ही, ठी-ठी, अधूरे विवाह की ताज़ी स्मृति सहसा जगाए और बरबस सुलाए गए सहस्र अरमान, और फिर यह बन्दिनी का जीवन!

वह तो चार-पाँच दिन से यह नित्य नवीन नाटक मिले जा रहा था। कितना गौर रंग है और कैसा ऊँचा कद, पर मरे को और कोई नहीं मिली जो अपनी दादी को ब्याह लाया। वह भी कैसी बदसूरत, फूले-फाले गाल, सन-से सफेद बाल, उस पर चूमती कैसे है बेहया—वह तो मारे शर्म के मर गई थी।

मौसी उसे पूरी कहानी सुना चुकी थीं। डॉक्टरनी के पिता बहुत बड़े ज़मींदार थे। अपनी कुत्सित पुत्री के लिए वर नहीं जुटा पाए, तो डॉक्टरनी बना दिया। ईश्वर भी तो सब ओर से आँखें नहीं मूँदता। रूप से वंचिता किया, पर बुद्धि का कोठा ठसाठस भर दिया। कमला डॉक्टरनी बनकर निकली तो अँगुलियों से अमृत संजीवनी टपकने लगी। नाड़ी धरते ही रोग का निदान कर देती वह विलक्षणा डॉक्टरनी। कैसा भी कठिन प्रसव क्यों न हो, वह पल-भर में सुलझा देती। पिता की मृत्यु के पश्चात् वह माँ के भारी गहने, पिता के शेयर और अटर-बटर समेट, अपनी नई नौकरी का भार सँभालने शहर चली आई। अब वह प्रौढ़ हो चली थी। पेशे में सदा से घिसी-मँजी अँगुलियाँ और मँज गई थीं, पर विराट बँगले के एकाकी प्रवास ने, उसके मर्दाने चेहरे को और भी रूखा और कठोर बना दिया था, बल्कि कई लोगों का तो कहना था कि उसकी विलक्षण प्रतिभा का राज, उसके कठोर स्वभाव और रूखे कंठस्वर में छिपा है। पीड़ा से कराहती जच्चा को वह एक ऐसी धमकी लगाती कि गर्भस्थ शिशु सहमकर भूमि पर आ जाता। ठीक जैसे विदेशों में, अथाह समुद्र की जलराशि के बीच जहाज में यात्रा कर रही इक्की-दुक्की जच्चा को, बन्दूक दाग, सहमाकर अनाड़ी खलासी प्रसव करा देते थे और नवजात शिशु का नाम

धरा जाता था 'सन ऑफ ए गन', ऐसे ही यह रोबदार डॉक्टरनी अब तक न जाने कितने 'सन्स ऑफ गन्स' को अपने कंठस्वर की बन्दूक दागकर जन्मा चुकी थी।

डॉक्टरनी के मित्रों की संख्या प्रायः नहीं के बराबर थी। एक तो वह पेशे में चतुरा नारी जानती थी कि डॉक्टरी पेशे में अधिक मित्र न बनाना ही बुद्धिमानी है। बिना फीस के मित्रों को देखो, फिर उनके मित्रों को देखो। वह बिना फीस के किसी रोगिणी की नब्ज़ भी नहीं छूती थी। मंगल को वह घर पर ही मरीज़ देखती थी, इससे डोली, पालकी, ताँगों-इक्कों की एक लम्बी कतार दूर तक ऐसे खिंची रहती, जैसे फाफामऊ का बाज़ार लगा हो। एक दिन वह ऐसी ही लम्बी कतार को बारी-बारी से देख रही थी कि क्यू के अन्त में खड़े, एक सिर मुँडे-से उदास पीले चेहरे के युवक को देखकर चौंक गई। चेहरा कुछ-कुछ पहचाना लग रहा था। सदा वह क्यू के क्रम में खड़े व्यक्तियों को, बिना क्यू तोड़े, उसी क्रम से बुलाया करती थी, पर उस पीड़ित सुन्दर चेहरे की अनकही व्यथा ने उसे पिघला दिया।

''जाओ, उस लड़के से पूछकर आओ, क्या वह मरीज़ा को अपने साथ लाया है? बड़ा घबराया-सा लग रहा है,'' उसने अपनी कम्पाउंडर से कहा। घाघ कम्पाउंडरनी चौंकी, आज तक तो कोई कितना ही घबड़ाया क्यों न हो, मालकिन कभी नहीं पसीजीं।

''उसका कोई बीमार नहीं है सरकार, कहता है आप ही से काम है!''

डॉक्टरनी की उत्सुकता बढ़ गई, उससे मिलनेवाले तो आज तक अपने मरीज़ों के ही प्रतिनिधि बनकर आते थे; इस छबीले जवान को भला उससे कौन-सा काम हो सकता था?

डॉक्टरनी ने उसे अपने निजी कमरे में बुलवा भेजा। वास्तव में उस नवयुवक के चेहरे की कमनीय कान्ति दर्शनीय थी। उसका रंग, पांडुरोग की-सी पीली कान्ति लिए था। बेचारा! कमज़ोर लिवर का शिकार होगा, डॉक्टरनी ने मन-ही-मन उसकी जाँच कर ली थी।

''कहिए, मैं आपकी क्या मदद कर सकती हूँ?'' डॉक्टरनी ने मुस्कराकर पूछा।

युवक बेहद घबराया लग रहा था, उसने बिना कुछ कहे ही एक लिफाफा बढ़ा दिया। मुंशीजी की लिखावट देखकर डॉक्टरनी चौंकी। उसके पिता के मुंशी के हाथों से लिखा गया अनुनयपूर्ण पत्र था। वे एक लम्बे अर्से से बीमार

हैं, बचने की उम्मीद कम है। शेखर, उनका इकलौता पुत्र, इलाहाबाद में ही किसी आत्मीय के यहाँ कठिन परिस्थितियों में पढ़ रहा है, अब उसी मेधावी पुत्र को वे उसके पास बड़ी आशा से भेज रहे हैं। उनकी मृत्यु आसन्न है, क्या शेखर को उसके चरणों में वे डाल सकते हैं? 'अपना छोटा भाई ही समझ लेना बेटी,' उन्होंने लिखा था।

"तुम मुंशीजी के बेटे हो?" डॉक्टरनी ने चश्मा उतारकर मेज़ पर धर दिया।

"जी।" युवक ने आँखें झुका लीं।

"क्या पढ़ रहे हो?"

"जी, इसी वर्ष फिज़िक्स में एम.एस-सी. का फाइनल दे रहा हूँ।"

"कहाँ रहते हो?"

"अतरसुइंया में पिताजी के ताऊ के दामाद हैं, उन्हीं के पास रहता हूँ।"

"ओह, बड़ी दूर की रिश्तेदारी ढूँढ़ी! आजकल तो अपना ही दामाद नहीं पूछता, फिर ताऊ का दामाद भला क्या पूछेगा! यहाँ क्यों नहीं चले आते? क्यों, यहाँ आना पसन्द नहीं करोगे?"

"जी," युवक हड़बड़ाकर उठ बैठा—"मैं इस इरादे से नहीं आया था, असल में बात यह है कि पिताजी नहीं रहे!" अचानक वह लम्ब-तड़ंग युवक नादान बच्चे की भाँति सुबकने लगा। बीच-बीच में वह पैंट की जेब में हाथ डाल, रूमाल निकालने की चेष्टा कर रहा था, जिसे शायद वह घर पर ही भूल आया था।

डॉक्टरनी ने अपना रूमाल उसकी ओर बढ़ा दिया। वह कृतज्ञता से गद्गद हो गया, "आपको बहुत मानते थे पिताजी; कहते थे बड़ी शाहदिल हैं, तुम पर कभी विपत्ति आए तो निःसंकोच चले जाना।"

"तुम यहीं क्यों नहीं चले आते," उस सुन्दर नवयुवक के सम्मुख अपनी शाहदिली का शीघ्र परिचय देने डॉक्टरनी व्याकुल हो उठी।

"इतना बड़ा बंगला है," उसने बड़े गर्व से दोनों हाथ फैलाकर अपने बँगले का अहाता दिखाया। "मैं तो दिन-भर अस्पताल में रहती हूँ। तुम निचला एक पूरा 'सैट' ले सकते हो। आराम से पढ़ना, दो-तीन नौकर हैं, तुम्हें कोई तकलीफ़ नहीं होगी।" स्वच्छ बँगले की छटा, मखमली दूब का आमन्त्रण और फिर परमस्नेही प्रौढ़ा गृहस्वामिनी के मातृतुल्य आग्रह ने, क्षणभर के पाहुने को सदा के लिए बाँध दिया।

दूसरे ही दिन वह एक रंगउड़ा फूलदार बक्स, ढेर सारे मैले कपड़ों और पुस्तकों की सम्मिलित पोटली लटकाए ससंकोच डॉक्टरनी के बरामदे में खड़ा हो गया। दुर्भाग्य से डॉक्टरनी अस्पताल गई थी, चौकीदार ने उसे चीरकर धर दिया, "जिसे देखो वही साला पोटली लटकाए बँगले पर खड़ा है। यह कोई सदर अस्पताल है क्या? जाओ, मरीज़ लेकर वहीं जाओ।" इतने में ही डॉक्टरनी आ गई, उसने एक डाँट लगाकर चौकीदार को भगा दिया और बड़े आदर-यत्न से अभ्यागत को भीतर ले गई।

"देखो छेदी," उसने अपने सबसे चुस्त नौकर को बुलाकर कहा, "ये हमारे मुंशीजी के बेटे हैं। अब यहीं रहेंगे, इन्हें किसी तरह की तकलीफ़ न हो, समझे? हमारे कनसल्टिंग रूम के बगल के दोनों कमरों में इनका सामान लगवा दो।"

और इस प्रकार, शेखर दिन-प्रतिदिन कृतज्ञता के प्राणलेवा दलदल की गहराई में डूबने लगा। कितना ही काम क्यों न हो, डॉक्टरनी उसे साथ बिठाकर खिलाती। सुबह चार अंडे, दलिया, मक्खन, डबल रोटी, गिलास-भरा हिसार की भैंस का दूध। साथ में मल्टी विटैमिन की सतरंगी गोलियाँ। पिता के ताऊ के दामाद के यहाँ, अजवाइन डले नमकीन पराँठे खाने का अभ्यस्त शेखर का निरीह पेट विद्रोह कर बैठा। उसे अपच हो गया, पर डॉक्टरनी के झोले में अपच की भी तो रामबाण गोलियाँ रहती थीं। वह दो ऐसी गोलियाँ भी खिला देती। धीरे-धीरे अंडों की ज़र्दी गालों पर सुर्खी बनकर फैलने लगी, उदास पुतलियों की उदासी धुल गई। रही-सही कसर शहर के नामी दर्ज़ी ने पूरी कर दी। सुरुचि से छाँटे और सिलाए गए कपड़ों में शेखर का व्यक्तित्व उभर आया। उसे लेकर, कभी-कभार डॉक्टरनी घूमने निकलती तो लोग कहते, "डॉक्टरनी ने एक बड़े ही सजीले नौजवान को गोद लिया है, अब अपनी सारी सम्पत्ति भी उसी के नाम लिख रही है।" यहाँ तक कि आसपास के समृद्ध गृहों से तिलक के नीलामी डंके भी बजने लगे। पर तब ही डॉक्टरनी ग़ज़ब कर बैठी। वैसे तो संसार का नियम ही-सा बन गया है कि रक्षक एक-न-एक दिन भक्षक बन ही जाता है, पर जिस तेज़ी से, बिना किसी पूर्वनिर्धारित योजना के ही, डॉक्टरनी ने शेखर को वर्षों से दबाई अपनी क्षुधा का ग्रास बना लिया, उसके लिए समाज प्रस्तुत नहीं था! जैसे कसाई खस्सी बकरे को यत्न से खिला-पिला, एक दिन मोटी गर्दन पर छुरी फेर ही देता है, ऐसे ही शेखर की गर्दन भी मोटी होते ही नप गई।

पूरे शहर में तहलका मच गया। कोई कहता, "अधेड़ डॉक्टरनी की मति

मारी गई है। जवान छोकरे की लुटिया ही डुबो दी!" कोई शेखर को ही दोष देता, "क्या कोई बच्चा था, जो जलेबी खिलाकर फुसला लिया।" पर शहर में एक भी घर ऐसा नहीं था, जो डॉक्टरनी के एहसानों से न दबा हो, इसी से जिस तेज़ी से कटु आलोचना का गगनचुम्बी ज्वार उठा था, उसी तेज़ी से उतर भी गया।

अधेड़ डॉक्टरनी अब धड़ल्ले से अपने नौजवान पति को लिए घूमने लगी। अब वह अपने सफेद बालों के बीच सीधी माँग निकाल आधा पाव सिन्दूर बिखेरने लगी, पैरों में बिछुए पहन लिए, यहाँ तक कि उसने नाक छिदवाकर हीरे की एक लौंग भी डाल ली। बड़ी कठिनता से प्राप्त सौभाग्य-दस्यु को वह पतिव्रता के कानून की एक-एक हथकड़ी से बन्दी बनाकर रखना चाह रही थी। छोकरे-से पति के साथ वह सिर ढाँक-ढूँककर परिचित मित्रों के अभिवादन का सलज्ज प्रत्युत्तर ही नहीं देती, अपने पति का निर्लज्ज परिचय भी दे डालती, "इनसे मिलिए, मेरे पति शेखर कुमार।"

मिलनेवालों की समझ में नहीं आता कि उस अभागे को बधाई दें या सहानुभूति के शब्दों से उसका अभिषेक करें। डॉक्टरनी ने विवाह के पाँचवें दिन ही हनीमून की जोर-शोर से तैयारी कर दी। जिन साड़ियों के शोख रंगों को उसे अपने यौवन-काल में लाठी लेकर खदेड़ दिया था, वे उसकी प्रौढ़ावस्था में और भी शोखी से मचल उठे। अब वह लाल, पीली, नीली नई चटकीली-भड़कीली साड़ियाँ ले आई। झुर्री पड़े गालों पर अस्वाभाविक सुर्खी का प्रलेप थोप, माँ के भारी-भारी मगर कानों में लटका, वह देखनेवालों की दृष्टि में हास्यास्पद, किन्तु अपनी दृष्टि में स्वयं अपूर्व सुन्दरी दीखने लगी। लम्बे हनीमून के दौरान, नैनीताल, कश्मीर, शिमला, मसूरी; आदि नापने के सुदीर्घ प्रवासकाल में यत्न से सँवारा गया बँगला किसको सौंपा जाए, यह मुख्य समस्या थी। इसी समय छप्पर फाड़कर राममंडली टपक पड़ी। 'के' अपने विवाहोल्लास की वारुणी के मद में चूर थी, पहले कोई किराये पर बँगला उठाने का प्रसंग उठाता, तो वह चाँटा कस देती पर अब उसने उनका प्रस्ताव सहर्ष स्वीकार कर लिया। सामान्य-से किराये पर ही आधा बँगला उठ गया, देखने में साक्षात् डाकिनी-शाकिनी-सी पाँच विधवाओं को प्रतिवेशिनी बनाने में भला आपत्ति ही क्या हो सकती थी, कोई सुन्दरी षोडशी होती, तो शायद वह दो घड़ी सोचती भी। तब से राममंडली वहीं जमी थी। यही नहीं, सबसे बड़ी हेड रामनी से तो 'के' का बहनापा भी था, वही पाँचों में सबसे अधिक रसिक स्वभाव की थी।

'के' हनीमून से लौटी तो उसकी रसपूर्ण यात्रा का विवरण सुनने में हेड रामनी को अपनी बद्री-केदार की यात्रा से भी अधिक आनन्द आता। पर इधर जब से किशोरी आई, वह जान-बूझकर ही अपनी सखी 'के' के पास नहीं गई थी। किशोरी उसकी मृत छोटी बहन की पुत्री थी और भाग्यशत्रु ने अचानक किसी हथगोले की ही भाँति उसे हेड रामनी पर फेंक दिया था। 'के' का ईर्ष्यालु स्वभाव उससे किशोरी के आगमन की बीसियों कैफियतें माँगेगा। उसे बोर्डिंग में डाल देगी, तब 'के' से कहेगी। किशोरी को तो वह बाहर झाँकने भी नहीं देती थी। पर किशोरी क्या बिना झाँके मान जाती। चौथे दिन पाँचों मौसियाँ संगम को गईं और 'के' को अस्पताल पहुँचा, शेखर पुस्तक ले आँगन में बैठा ही था कि उसने फिर पूछा, "क्यों, माताजी चली गईं?"

शेखर जैसे पहले ही तत्पर बैठा था। फिर कैसी ही तन्वी क्यों न हो, चार दिन के निरन्तर बोझ से, नीम की डाल कुछ झुक आई थी। दो-तीन दिन धानी नीली साड़ी के भ्रामक रंग, पत्रों के बीच किशोरी काया को धूमिल बना बचा लेते थे, आज की लाल जयपुरी चूनर हरी घास में चमक उठी, फिर शब्द-बेधी प्रश्नबाण का स्वर भी कुछ काँप गया। शेखर ने लपककर डाल पकड़, ऐसे हिलाई जैसे पके फल गिरा रहा हो।

टप से टपके आम-सी ही किशोरी टपक पड़ी। क्षण-भर को भी पकड़नेवाला चूकता तो हाथ-पैर चूरमार हो जाते।

शेखर ने किसी 'रिफ्लेक्स ऐक्शन' की ही प्रेरणा से उसे सँभाल लिया।

नित्य अधेड़ थुलथुली काया को थामने की अभ्यस्त पुष्ट आजानु भुजाएँ थरथरा गईं। सहमकर, उसने छटपटाती किशोरी को ज़मीन पर छोड़ दिया।

शेखर अचानक घबड़ा गया।

"क्षमा कीजिएगा," उसके ललाट पर पसीना झलक उठा, "मुझे पता नहीं था कि आप उस डाल पर हैं।"

पर वह मुखरा उर्वशी बड़ी धृष्टता से मुस्कराई, "ओह, आपने क्या सोचा था कि उस डाल को हिलाने पर आपकी दादी नीचे गिरेगी?" शेखर का चेहरा अपमान से लाल हो उठा। "वह तो आपका भाग्य अच्छा था, नहीं तो नीम की डाल हिलाने पर फल थोड़े ही ना गिरता। उफ्, कुहनी छिल गई!" उसने जान-बूझकर अपनी सुडौल कुहनी सहलाई, पर उसका प्रदर्शन व्यर्थ गया। प्रौढ़ा पत्नी के लम्बे सहवास ने शेखर को समय से पूर्व ही बुजुर्ग बना दिया था।

"अब आप जाइए, मुझे अस्पताल जाना है," उसने आँखें नीची किए बड़े

नम्र स्वर में कहा।

''ओह, अपनी 'के' को लाने?'' वह फिर हँसी, ''अच्छा बतलाइए तो, आज आपकी 'के' ने कुल जमा दस ही चपातियाँ क्यों खाईं? और दिन तो पन्द्रह खाती थी? बेचारी, मैं रात को भी रोशनदान से देखती रहूँगी, ठीक से खिलाइएगा। आख़िर उसी खूँटे के बल तो आप नाचते हैं?''

शेखर के गौर मुखमंडल पर एक बार फिर कर्णचुम्बी ललाई खिंच गई।

''आपने तो डाल हिलाकर पके फल-सा गिरा दिया, अब चढ़ूँ कैसे?'' उसने बड़े भोलेपन से पूछा और पहली बार दोनों की आँखें मिलीं।

शेखर के सर्वांग को सौन्दर्य-शिखा के उस दहकते अंगारे ने दाग दिया।

''चलिए, सामने का गेट खुला है, मैं आपको पहुँचा दूँगा।''

''वाह जी वाह, क्या ज़रूरी है कि आपका गेट खुला है, तो हमारा भी खुला होगा। हमारी मौसी हमें ताले में बन्द करके जाती हैं, कहती हैं, अतिरूप से ही सीता-हरण हुआ था। मैं तो कहूँगी, आपकी 'के' की भी यह सरासर नादानी है। आपको ताले में बन्द न रखना उसकी मूर्खता है, लीजिए, सहारा दें तो मैं चट से डाल पकड़ लूँ।''

शेखर ने उस उद्दंड बालिका का आदेश गुमसुम होकर सुना, फिर चुपचाप भीतर से एक स्टूल लाकर धर दिया।

''धन्यवाद।'' उसने साड़ी को कुछ ऊँचा किया, सुडौल अरुण एड़ियाँ स्टूल पर उचकीं और वह कूदकर उड़नछू हो गई।

''माताजी से प्रणाम कहिएगा,'' और फिर एक बचकानी खिलखिलाहट छनछनाकर कहीं खो गई।

शेखर कुछ देर तक बुत-सा खड़ा ही था कि धड़धड़ाती 'के' आ गई।

''यह क्या शेखर! सो गए थे क्या? कई बार फोन किया, घंटी खुनखुनाती रही, किसी ने उठाया ही नहीं। मुझे अस्पताल की ऐम्बुलेंस में आना पड़ा।''

'के' बुरी तरह हाँफ रही थी।

''सॉरी 'के', मैं यहाँ बैठा पढ़ता ही रहा।''

''कुछ है खाने को? आँतें कुलबुला रही हैं। अभी-अभी एक सड़ी बच्चेदानी ऑपरेशन कर निकाल आई हूँ। जी मिचला रहा है।''

शेखर की अँगुलियों में अभी भी किशोरी की यौवन-प्रस्फुटित देह-वल्लरी का स्पर्श ताजा बसा था। उसने ऐसे अनाड़ी खूनी की भाँति अँगुलियों को पैंट की जेब में छिपा लिया, जैसे खूँख्वार थानेदार को देखकर वह ताज़े रक्त का

एक-एक छींटा मिटा देना चाहता है।

नाश्ता लगते ही 'के' भूखी शेरनी-सी टूट पड़ी। कचाकच-भकाभक पकौड़ियाँ, मेवे और केक हड़पकर वह एक पका सेब लेकर सोफे पर लद गई। दोनों पैर नीचे लटकाकर बोली, "बी ए ब्रिक डार्लिंग, जूता खोल दो।"

शेखर की आँखें बरबस ऊपर को उठ गईं। रोशनदान पर किसी की स्पष्ट छाया उभरी। बड़ी विवशता से वह पत्नी के जूते खोलने झुका, नित्य के अभ्यास को एक ही झटके में नहीं तोड़ा जा सकता।

"कल मुझे गोरखपुर जाना है शेखर," वह बोली, "एक तगड़ी रईस मुर्गी फँसी है। रायज़ादा साहब की बहू की डिलीवरी के लिए बुलावा आया है। लड़का हो गया इस बार तो अशर्फियाँ ही बरसेंगी। पिछली बार ट्यूबल प्रेगनेंसी थी। मुझे जाना भी चाहिए। पिछले सात साल से बेचारी गोरखपुरी लाल मिर्चों का लाजवाब अचार खिला रही है। वैसे तुम्हें भी साथ लाने का बहुत आग्रह किया है, पर उनकी छोटी लड़की इज़ डैम गुड लुकिंग, आई कांट टेक द रिस्क।" वह प्रायः ही अपने युवा पति से ऐसी मनचली रसिकता कर बैठती थी।

"मुझे पढ़ना भी है।" शेखर ने गम्भीर स्वर में कहा।

"हाँ-हाँ, इस बार तो तुम्हें थीसिस सबमिट करनी ही है, सोचती हूँ, कल तड़के ही कार लेकर चल दूँ।"

दूसरे दिन सुबह चार बजे ही 'के' निकल गई, उधर राममंडली भी किसी पेड़ पर लटके दो सौ वर्ष के बाबाजी के दर्शन करने चली गई थी।

आश्वस्त होकर शेखर ने बत्ती बुझाई और सो गया। सुबह होने में घंटा-भर था। अचानक खाने के कमरे में खटपट शब्द सुन, वह चौंका। हो न हो, यह 'के' का मुँहलगा पर्शियन बिल्ला 'किंग' होगा। उसके हिस्से का नाश्ता मेज़ पर ही धरा था। सब प्लेट-प्याले तोड़-ताड़कर रख देगा बदज़ात।

वह झुँझलाकर उठा और खाने के कमरे की ओर लपका।

"आइए," मुस्कराती किशोरी का कंठ केक के एक बड़े-से टुकड़े से अवरुद्ध था, फिर भी उसने ऐसी अभ्यर्थना की, जैसे वही गृहस्वामिनी हो।

"बड़ी भूख लगी थी," वह बड़े ही प्यारे ढीठ स्वर में बोली, "सुबह आपकी 'के' का नाश्ता देखती रही, ढेर-सा सामान बचा था, अपने को रोक नहीं सकी। इधर मौसी की मंडली की नवरात्रि चल रही है। जी में आता है, कोटू के आटे और उबले आलू को गोली मार दूँ। वाह, खूब बढ़िया खाना

खाते हैं आप लोग!''

अपनी लाल तीखी जिह्वा के छोर से उसने अपने रसीले अधर चाट, चटखारा लिया और अचार की लाल मिर्च को मठरी पर मसलकर मुख में धर लिया।

''इसी अचार को लेने गई है न आपकी 'के' गोरखपुर? भई वाह, मान गए बादशाही अचार को?''

शेखर उस बेहया लड़की के दुःसाहस को देखकर दंग था। थोड़ी ही देर में छेदी आता होगा।

पता नहीं यह सिरफिरी क्या कर बैठे? कहीं किसी पागलखाने से भागकर आ गई कोई पगली-वगली तो नहीं है यह?

''आप हैं कौन?'' मन की उधेड़बुन झुँझलाहट-भरे प्रश्न के रूप में निकल पड़ी, तो शेखर को अपने रूखेपन पर कुछ ग्लानि भी हुई।

''आपसे मतलब?'' किशोरी एक-एक ढकी प्लेट को खोलकर देख रही थी। सबकुछ चाट चुकी थी वह। एक तश्तरी में बड़ी-सी टिकिया मक्खन की धरी थी, उसने लपककर वही मुख में धर ली।

''देखिए,'' शेखर गिड़गिड़ाया, ''पता नहीं आप कौन हैं, पर इधर सब नौकर आते होंगे। आपको मेरे साथ अकेली देख लेंगे तो अच्छी बात नहीं होगी।''

''क्यों अच्छी बात नहीं होगी भला? आप बुरा मानें या भला, जब तक आपकी 'के' नहीं आती, हम ज़रूर आएँगे। अब चलूँ, धन्यवाद।''

और वह उठते ही किसी चतुर दस्युकन्या-सी मेज़ पर धरी 'के' की फिल्मी पत्रिकाएँ बगल में झपट्टा मार दबा ले गई, ''वाह, खूब माल हाथ लगा है आज, दिन-भर मज़े से कटेगा। मौसी के यहाँ तो सिवाय धर्म-ग्रन्थों के कुछ पढ़ने ही को नहीं जुटता।'' कहती-कहती वह फुर्ती से आँगन पार कर अपनी सेतु टहनी को पकड़ अपनी सीमा में कूद गई।

शेखर ने चोरी तो देखी थी, पर ऐसी सीनाज़ोरी देखने का यह पहला अवसर था। उस अपरिचिता के उत्पात से बचने का एक ही उपाय था। दिन-भर वह अपने मित्र रमण के साथ बोर्डिंग में बिता लेगा; कह देगा, घर पर पढ़ाई ठीक नहीं होती। एक-दो दिन न हो 'मेस' का ही खाना सही, फिर तो 'के' आ ही जाएँगी। रात को देर से लौटेगा और कमरा भीतर से बन्द कर सो जाएगा, फिर क्या छत से टपकेगी छोकरी?

'के'

अपनी योजना से परम सन्तुष्ट हो वह बैग में कपड़े ठूँस ही रहा था कि एक हल्के धमाके से चौंका। जिसे छलने की सहस्र योजनाएँ बनाई जा रही थीं, वह छलनामयी स्वयं मुस्कराती सशरीर उपस्थित हो गई।

"ओह, मुझसे डरकर भागे जा रहे हैं क्या?" लपककर उस दुःसाहसनी ने बैग छीन लिया। "देखूँ क्या-क्या लिए जा रहे हैं। अपनी 'के' का फोटो-वोटो भी धरा है या नहीं?" वह एक-एक चीज़ें नीचे फेंकने लगी।

"छिः-छिः, आपकी 'के' मुटल्ली, देखने-ही-देखने की है हथिनी! यह कोई स्वेटर है भला? हमारा बुना स्वेटर देखिए, तो बस देखते ही रह जाएँगे। हमारे जीजाजी कहते हैं, 'केशी, तुम-सा गला तो कोई बना ही नहीं सकता।' "

"देखिए, इन सब बातों को सुनने का मुझे शौक नहीं है," शेखर अब कुछ-कुछ मुखर हो उठा था।

अचानक ठक्-से एक धीमी पदचाप से, दोनों ने एकसाथ चौंककर द्वार की ओर देखा। एक मोटा-सा बिल्ला मूँछें चाटता निकल गया, तो किशोरी ज़ोर से हँस पड़ी, "वाह! 'पतित पतत्रे विचलित पत्रे', गीतगोविन्दम् पढ़ा है आपने? आप भला क्या पढ़ेंगे? असली मेम के साहब हैं। हम तो भई संस्कृत के शास्त्रीजी की बिटिया हैं।"

"देखिए, आप शास्त्री की बिटिया हों या महामहोपाध्याय की...!"

"अरे बाप रे," दोनों पैरों की पालथी मार, बाँहों को घेरे में बाँध किशोरी कुर्सी पर ही झूला-सा झूलने लगी, "पेट में दाँत भी हैं साहब के...।"

"आप जाएँगी या नहीं?" शेखर अब बौखला गया, "पता नहीं नौकर कब आ टपकें और 'के' से क्या का क्या कह दें।"

"छिः, कैसा नीच मन है आपका।" अब वह बड़े व्यंग्य से मुस्कराकर उठ गई, "आपने क्या सोचा, आपसे प्रेम करने आई थी मैं? सोचा था, मौसी का दल पाँच बजे लौटेगा, तब तक दो घड़ी आपसे बतियाकर जी बहला आऊँगी–खैर, फिर आऊँगी–अब आपका छेदी आए तो ज़रा अपना मोटी बुद्धि का चोला उतार खूँटी पर टाँग दीजिएगा। छुट्टी दे दीजिएगा उसे, कहिएगा, सिनेमा देख आए–समझे?" उसने अपनी भुवनमोहिनी हँसी का बाण ताककर छोड़ दिया।

अचूक निशाने से बिंधा शेखर का हृदय-कपोत धरा पर फड़फड़ा गया।

शेखर तो क्या संसार का संयमी से संयमी पुरुष भी होता, तो वह भी उस दिन छेदी की सदा के लिए छुट्टी कर देता। चंचल, अनजान सुन्दरी

किशोरी ने उसका हाथ थामते ही, उस भीरु, कापुरुष की एक-एक शिरा में अनोखा दुःसाहस भर दिया। वह अब आग की लपटों में कूद सकता था, आँधी और तूफान से लड़ सकता था। कुछ ही अमूल्य क्षणों ने 'के' का अस्तित्व सदा के लिए मिटा दिया था। उसके दाएँ-बाएँ, दामिनी-सी दमकती बित्ते-भर की छोकरी उसे अँगुलियों पर नचा रही थी। दोनों का अभूतपूर्व दुःसाहस जंगली हिरन-सा कुलाँचें भरने लगा था। छेदी की पदचाप सुनते ही किशोरी जंगली खरगोश की तेज़ी से चौकन्नी हो, वॉरड्रोब के पीछे दुबक जाती। मौसी के दल को उसने स्वयं बड़े प्रपंच से, मिर्ज़ापुर की विन्ध्यवासिनी के दर्शन को भेज दिया था। उधर 'के' का ट्रंककाल आया था कि रायज़ादा की बहू को झूठे दर्द उठे थे, पर कभी भी सच्चे दर्द उठ सकते थे, इसी से उसे आठ-दस दिन रुकना पड़ेगा।

सुनते ही किशोरी, शेखर के गले में हाथ डालकर झूल पड़ी थी, "हाय, ईश्वर करे रायज़ादा का नाती, माँ के गर्भ से दाढ़ी-मूँछें उगाकर जन्मे!" पर रायज़ादा के नाती को युगल प्रेमिका की इस प्रणय-किलोल में सहयोग देने का धैर्य नहीं रहा और अभागा उसी रात को जन्म ले बैठा। पति से इतना लम्बा बिछोह 'के' को असह्य हो उठा था। आज तक वह इतने लम्बे अरसे के लिए शेखर से कभी विलग नहीं हुई थी। दूसरे ही दिन तगड़ी फीस, रेशमी साड़ी, शेखर के सूट का कपड़ा आदि बाँध-बूँध वह चल पड़ी। वह पति को बिना तार किए ही छका देने की योजना बना चुकी थी।

उधर प्रेमीद्वय, 'के' की अनुपस्थिति का महोत्सव मनाने में आकंठ डूबे थे। अब छेदी को भी मुट्ठियाँ गर्म कर अपने साथ मिला लिया गया था। अभी भी कमरे की परिधि पार कर, दिन में कहीं जाने का साहस दोनों नहीं सँजो पाए थे, पर फिर भी एक रात को दोनों सिनेमा का सेकंड शो देखने निकल पड़े। नियति मुँह छिपाकर हँस रही थी।

उसी मनहूस रात को 'के' रात की गाड़ी से ठीक ग्यारह बजे रिक्शा लेकर आ धमकी। गोल कमरे की बत्ती जल रही थी। निश्चय ही उसका अध्ययनरत पति, द्वार की ओर पीठ किए पुस्तकों में डूबा होगा। धीमे से जाकर आँखें मूँद लेगी वह। ऐसे ही खिलवाड़ तो उसे पसन्द थे। पर बेचारी 'के'! आँखें मूँदती किसकी, वहाँ तो शेखर की कुर्सी पर, ठाठ से बैठा छेदी बीड़ी फूँक रहा था।

"बेहया कमीना कहीं का, यहाँ कैसे आ गया?" छेदी अचानक साक्षात्

शववाहना चामुंडा का तमतमाया चेहरा देखकर, थर-थर काँपने लगा।

"सरकार, मेरा कुछ कसूर नहीं है," 'के' के वह पैर पकड़कर लोट गया, "पहले तो दीवार फाँदकर आती रही, जब से सन्तनियाँ गई हैं, खुले खजाने आपके माल पर डाका डाल रही है। हमारा खून खौलता रहता है, पर क्या करें, नौकर आदमी हैं—साहब का हुक्म कैसे टालें अन्नदाता?"

धूर्त, नापित विषधर अब कुंडली खोल, पूरा फन फैला चुका था।

'के' हक्की-बक्की रह गई। पर अपनी अनभिज्ञता इस धूर्त के सम्मुख बड़े छल-बल से ही छिपानी होगी।

"साहब कहाँ हैं?" उसने स्वाभाविक स्वर में पूछा।

"दूनो जनी सलीमाँ गए हैं, सरकार, घंटा-भर में लौटते ही होंगे।"

कुचाली छेदी की आँखें मियाँ-बीवी की सम्भावित दर्शनीय कुश्ती देखने की ललक से काँच की सतरंगी गोलियों-सी चमक उठीं। उसका क्या? अब भुगतेंगे दोनों—उसे मिली रकम तो अब कोई छीन नहीं सकता—उसने मन-ही-मन कहा। 'के' चौकन्ना हो गई। गरज-तरज, आँसू, चीख-पुकार से बात कुछ बनेगी नहीं। क्या पता, शेखर उसे छोड़-छाड़ इसी दीवार फाँदनेवाली के पीछे चल पड़े। पर यह थी कौन? बिना छेदी को मिलाए बात बनेगी नहीं।

छेदी की मुट्ठियाँ एक बार फिर गर्म हुईं। सबकुछ सुनकर 'के' सन्न रह गई। क्षण-भर को बुढ़िया का पीला पड़ गया चेहरा देख छेदी को तरस आ गया।

"मैं स्टेशन जा रही हूँ, छेदी," 'के' ने रूमाल से नाक पोंछकर कहा, रात-भर वहीं रहूँगी। शेखर से कहना, मेरा गोरखपुर से ट्रंककाल आया था कि मैं कल सुबह पहुँच रही हूँ। अगर तुमने उसे मेरे आज यहाँ आने के बारे में कुछ कहा, तो फिर तुम मुझे जानते हो।"

छेदी क्या उसे नहीं जानता था। फूल-सी सुकुमारी कितनी ही किशोरियों को लूट-पाट, उनके पाप की गठरियों का कचरा धोते क्या नहीं देख चुका है इस हत्यारिन को।

दूसरे दिन सुबह शेखर कार लेकर स्टेशन गया। 'के' ने नित्य की भाँति कार में बैठते ही अपना माथा उसके वृषभ-स्कन्ध पर टिका दिया। वह कुछ तन-सा गया, तो 'के' को लगा वह वहीं पर फूट-फूटकर रो पड़ेगी। पर वह जानती थी कि अब उसे उस्तरे की धार पर चलना है। "मेरे गए में तुम्हें कुछ तकलीफ़ तो नहीं हुई, शेखर?" उसका स्वर चार तार की चाशनी में डूबा था।

"नहीं।"

पति के संक्षिप्त रूखे स्वर के चाँटे ने भी उसे हताश नहीं किया।

"रायज़ादा के नाती हुआ है, तुम्हारे लिए बहुत बढ़िया सूट का कपड़ा भेजा है।"

"अच्छा!" व्यंग्य से तिरछे खिंचे अधर पर शेखर की कुशलता से तराशी गई पतली मूँछें भी तिरछी हो गईं।

प्रेमतरंगाकुला 'के' ने बड़े प्रयास से अपने को रोका। अगणित कन्दर्प छवि को म्लान कर रही उसके पति की छवि उसके गाल से बित्ते-भर की दूरी पर थी। और दिन की बात होती, तो वह उसे उस भीड़-भरे चौराहे ही में झूमकर चूम लेती। पर मन मारकर उसने अपने को रोक लिया। घर पहुँचते ही छेदी स्वागत को खड़ा था।

"क्यों छेदी, ठीक हो? साहब को खूब आराम दिया ना?" अपने सफल अभिनय पर 'के' को स्वयं ही गर्व हुआ।

"हाँ सरकार, अपनी जान तो खूब आराम दिए हैं," कपटी काकदृष्टि से वह अपने साहब की ओर देखकर मुस्कराया।

पर साहब गुमसुम था।

दोनों चाय लेने एकसाथ बैठे। कठोर मानसिक आघात भी 'के' की भूख नहीं हर पाया था। उसने कचर-कचर पकौड़ियाँ खाईं, आधी डबल रोटी साफ की, भुने बादाम, दो पोच अंडे भकोस, सेब लेकर सोफे पर लद गई। नित्य के अभ्यास से उसने अपनी मैयर के मोटे तूम्बे-सी टाँगें नीचे लटका दीं, "बी ए ब्रिक डार्लिंग, जूता खोल दो हमारा।"

पर शेखर, अब तक उलटे पड़े अवश बीटल की भाँति अचानक सीधा होकर भन्नाने लगा था, "हमसे नहीं खुलेगा, छेदी को बुला लो।"

रोशनदान की आँखों की जादुई छड़ी उसे उठा-बिठा रही थी, यह सेब की ओट से चतुरा 'के' ने भी देख लिया।

"सॉरी, शेखर!" उसका गला भर आया और वह स्वयं जूता खोलने लगी।

रात को शेखर भूखे शेर की भाँति चक्कर लगा रहा था। किशोरी की एक ही दिन की गैरहाज़िरी ने उसे अर्धविक्षिप्त-सा कर दिया था।

"शेखर डियर।" अचानक 'के' को अपने पास खड़ी देख वह झल्ला गया।

"क्या है?" उसने डपटकर पूछा।

"आज बड़ी सन्तनी आई थी, शेखर, विन्ध्यवासिनी का प्रसाद देने, साथ

में उसकी एक प्यारी-सी भतीजी भी थी।"

उस प्यारी के नामोल्लेख मात्र से ही शेखर की आँखें चमकने लगी हैं, यह भी 'के' ने देख लिया।

"मैंने उन सबको कल शाम चाय पर बुलाया है। पाँचों तो केवल फलाहार लेंगी, पर उस प्यारी बच्ची से मैंने पूछा, उसे क्या पसन्द है—बोली, कुल्फी। सच ए चाइल्ड! तुम तो कुल्फी छूते नहीं, ख़ैर, तुम्हारे लिए कुछ और बनवा लेंगे।"

शेखर का हृदय गद्गद हो गया। चलो, आज नहीं तो कल ही सही। किशोरी की एक झलक तो मिलेगी।

दूसरे दिन की सन्ध्या के आयोजन में कहीं भी कोई त्रुटि नहीं थी। फलाहारी सन्तनियाँ कभी कन्धारी अनार पर दाँत मारतीं, कभी रामगढ़ के सेबों पर। कभी गुच्छे के अंगूर चट कर 'हरि ओम्', 'हरि ओम्' कर अंगूरी डकारों की मशीनगन-सी चला देतीं।

किशोरी से शेखर का परिचय स्वयं 'के' ने करवाया, "शेखर, इससे मिलो, संसार की सर्वश्रेष्ठ सुन्दरी।"

संसार की सर्वश्रेष्ठ सुन्दरी से शेखर का कितना प्रगाढ़ परिचय था, वह खूसट भला क्या जानेगी? शेखर मन-ही-मन मुस्कराया।

किशोरी कोने में खड़ी कुल्फी पर कुल्फी दागे जा रही थी।

"इतना मत खा केशी, बीमार पड़ जाएगी।" हेड सन्तनी अब तक अपने रामढोल-से पेट में, रामगढ़ी सेबों का एक छोटा-मोटा और्चर्ड बना चुकी थी।

"टोकती क्यों हो, बीमार पड़ भी गई तो मैं तो हूँ।" अपनी सुमेरु पर्वत-सी छातियों को ठोकती 'के' आगे बढ़ आई।

"जानती हूँ, जानती हूँ भैन," किशोरी की मौसी ने अपनी सोने की दन्तखुदी से दाँत खोदकर कहा, "तुम्हीं ने तो हम पाँचों को प्राणदान दिया था।"

खा-पीकर पाँचों विदा हुईं तो शेखर मन-मरा-सा कमरे में बैठा रहा। बार-बार वह तृषित चातक-सा रोशनदान को ही देख रहा था—पर अटारी सूनी थी और वह जानता था कि आज सूनी ही रहेगी।

बड़ी देर तक बैठा पढ़ता रहा। 'के' दो-तीन बार बुलाने भी आई, पर निराश होकर लौट गई।

एक अजीब बेचैनी से शेखर का दम-सा घुटने लगा।

वह उठ ही रहा था कि किसी ने द्वार भड़भड़ाया, 'डॉक्टरनी भैन, डॉक्टरनी भैन,'' भूतनी-सा बाल फैलाए बड़ी, मँझली और छोटी सन्तनी खड़ी थीं।

''अरे बेटा, तनिक उठा दे उसे, मेरी किशोरी ऐंठी जा रही है; एक-दो दस्त आए हैं, और दो उल्टियाँ—हाय, इसके ताऊ को मैं क्या मुँह दिखाऊँगी!'' हेड सन्तनी का रोना-कल्पना सुन, ड्रेसिंगगाउन डाल, चप्पल फटफटाती 'के' बाहर आ गई। सब सुनते ही आला लटका वह तेजी से सीढ़ियाँ चढ़ गई। सचमुच ही किशोरी के सुन्दर चेहरे पर स्याही फुँक गई थी।

''किशोरी, आँखें खोल बिट्टी,'' सन्तनी ने उसकी ठुड्डी पकड़कर हिलाई। किशोरी ने बड़ी चेष्टा से आँखें खोलीं और द्वार पर खड़े अपने नवीन प्रेमी के चेहरे पर नग-सी गड़ा दीं।

''शेखर,'' वह बुदबुदाई।

शेखर निर्भय होकर बढ़ आया, पलँग की पाटी पर बैठ उसने किशोरी की हिमशीतल हथेली थामकर गाल से सटा ली।

पाँचों सन्तनियों की आँखें आश्चर्य से बाहर निकल आईं। 'के' जेल की कठोर जेलर-सी सिरहाने खड़ी थी।

किशोरी के प्राण जैसे शेखर की ही प्रतीक्षा कर रहे थे। देखते-देखते पुतलियाँ उलट गईं।

पाँचों सन्तनियाँ अपनाज्ञा, योग और यम-नचिकेता संवाद भूल, सामान्य मानवियों की भाँति छातियों पर दुहत्थड़ चलाती पछाड़ें खाने लगीं,, ''हाय मेरी बच्ची, तूने अभी सुख ही क्या देखा, तू कहाँ गई री?''

''देखिए,'' 'के' ने बड़ी सन्तनी का कन्धा पकड़कर हिलाया, ''होश में आओ बहन, वैसे तो इसे कौलरा था, पर सुबह होने से पहले ही अर्थी उठा दीजिए, उस हरामज़ादी पुलिस का कुछ ठीक नहीं, बेकार में परेशान करेगी।''

संसार-त्यागी सन्तनियाँ पुलिस से बेहद घबड़ाती थीं।

सोने की-सी काया को अर्थी में कस-कसाकर अस्पताल के कर्मचारी राम के नाम की महिमा से आकाश गुँजाते चल दिये। पीछे-पीछे सिर झुकाए शेखर को भी जाते 'के' ने देख लिया। वह अपने कमरे में अस्पताल के लिए तैयार होने लगी। एक-आध मौत क्या डॉक्टरनी को अस्पताल जाने से रोक लेती? वहाँ तो ऐसी आकस्मिक मृत्यु नित्य का दाल-भात थी।

एकाएक किसी घिनौने केंचुए-सा रेंगता छेदी द्वार पकड़कर खड़ा हो गया।

''हमारी बख्शीश सरकार—जान पर खेलकर कुल्फी बनाई, कहीं कोई

पकड़ लेता, तो आपको कोई डर नहीं था, हमीं फाँसी पर लटकते।"

"हाँ-हाँ, मिलेगी, शोर मत कर—शेखर आता होगा," 'के' झुककर फीता बाँध रही थी कि उसे लगा, उसकी गर्दन पर किसी की कड़ी नज़र का चाबुक पड़ रहा है। चौंककर देखा, तो शेखर की लाल अंगारे-सी आँखें दहक रही थीं।

"अरे शेखर, तुम श्मशान नहीं गए क्या?" उसने पूछा।

"नहीं," वह बीभत्स ढंग से हँसा, "तुम्हें वहाँ पहुँचाने आया हूँ।"

सुनते ही छेदी खिड़की से कूदकर हवा हो गया।

"हत्यारी।" शेखर ने 'के' की मोटी गर्दन को हाथों में भर लिया। 'के' की दोनों आँखें फटकर बाहर निकलने लगीं। कड़ाक शब्द के साथ उसका डेंचर गिरा और टूटकर दो टुकड़े हो गया।

"शेखर।" वह घिघियाई।

शेखर ने घृणा से अपनी थरथराती, काँपती पत्नी को देखा। इसी नारी ने प्रेम का पहला पाठ पढ़ाया था। इसी भद्दी अँगुली को पकड़कर उसने प्रेम-कक्ष में अपना पहला डगमगाता कदम रखा था। इसी मोटी गर्दन में बाँहें डालकर उसने प्रेम की बारहखड़ी रटी थी। न जाने किस विस्मृत कृतज्ञता ने उसकी पकड़ ढीली कर दी।

अचकचाकर उसने अर्धमूर्च्छित पोपली 'के' को एक धक्का दिया और तेजी से बाहर निकल गया।

पुष्पहार

रोग की विषम व्यथा ने बड़ी डोरीदार आँखों को किसी गँजेड़ी की आँखों का-सा रक्तिम बना दिया था। बढ़ी दाढ़ी और ऊबड़खाबड़ मूँछों से झाँकते, पपड़ियों से बीभत्स बन गए सूखे होंठों को उसने चाटा और पेड़ के मोटे तने का सहारा लेकर बैठ गया। लगता था, दयालु ड्राइवर और क्लीनर उसे बेहोशी में ही उस दानव-से वृक्ष की उदार छाया में लिटा गए थे। एक ठंडी हवा का झोंका उसे सिर से पैर तक सहला गया। कहाँ गई पेट की शूल-वेदना और कहाँ गई पैर की सूजन। कौन-सी जगह थी भला यह? बाड़ेछीना ही तो था वह, आसन्नमृत्यु भी क्या उसकी स्मृति को धुँधला कर सकती थी?

दयालु ट्रक ड्राइवर सरदार से उसने हाथ जोड़कर भीख माँगी थी—"बस, बाड़ेछीना तक पहुँचा दो, सरदारजी। अपने गाँव के किसी पेड़ के नीचे भी जाकर लेट जाऊँगा तो ठीक हो जाऊँगा, ड्राइवर साहब।"

सीमेन्ट के बोरों पर सिर रखते ही शायद वह बेहोशी में डूब गया था। जब से कोयले की खान का धमाका उसे पेट का यह शूल रोग दे गया, तब ही से मिरगी-सी यह बेहोशी भी पीछे लग गई थी। पर आज उसकी सारी व्यथा चुटकियों में स्वयं उड़ गई।

नीले समुद्र-सा उदार नीलाकाश, दोनों ओर से प्राचीर-सी उठी घाटियों के बीच किसी तन्वंगी सुन्दरी अल्हड़ किशोरी-सी थिरकती नदी, आस-पास फैली चौड़ी हरीतिमा, जैसे डबल अर्ज़ की हरी इटैलीन का पूरा थान खुला पड़ा हो। क्या यह सपाट मैदान रानीखेत के प्रसिद्ध गोल्फ कोर्स से कुछ कम था? नदी के कगार पर खड़ा शक्तेश्वर का अर्वाचीन मन्दिर, नदी में नंगा नहाता मन्दिर का पगला पुजारी, पहाड़ियों पर घरौंदे-से चमकते सुपै और तिलाड़ी के गाँव, गले में गंदे-फटे बस्ते लटकाए स्कूल से लौटती कलरव करती ग्राम्य बालकों

की टोली, इसी टोली के साथ सात मील पैदल चलकर उसने भी तो इसी ग्राम-पाठशाला में पढ़ा है। फिर क्या वह इसे पहचानने में भूल कर सकता था?

अपने ही पौरुष की बैसाखियाँ टेकता वह मेधावी छात्र जब एक दिन अचानक ही छलाँग लगाकर देश का मंत्री बन गया तो किसी को भी आश्चर्य नहीं हुआ। पर उसकी क्षणभंगुर समृद्धि की अकाल मृत्यु का कारण भी यही छलाँग बनी। जैसे अचानक डबल प्रमोशन पा गया मेधावी छात्र भी कभी-कभी एकसाथ मिल गई दो कक्षाओं की समृद्धि को नहीं समेट पाता और एक बार फिर नीची कक्षा में उसका प्रत्यावर्तन हो जाता है, ऐसा ही उसके साथ भी हुआ। जनता ने जिस उत्साह से उसे गेंद-सा ऊपर उछाल दिया था, उसी उत्साह से नीचे गिरा भी दिया। आज सड़क से लगे जिस पागर वृक्ष की छाया में वह लावारिस लाश-सा पड़ा था, कभी उस सड़क का उद्घाटन उसी ने किया था। ग्राम के खम्भों में झूलते बिजली के नये तार, नये-नये बरताए-किशोर बटुक ब्राह्मण की नंगी छाती पर सुशोभित नये यज्ञोपवीत की डोरियों से ही चमक रहे थे, पर किसकी योजना थी यह?

मन्त्री की आँखें छलछला उठीं। कितने विरोधी सदस्यों के चक्रव्यूह में अभिमन्यु बनकर उसने अपने चिरदरिद्र ग्राम के लिए इस योजना की भीख माँगी थी! शत-सहस्र समृद्ध हाथों से करमर्दन करते-करते उसकी कलाई दुखने लगी थी। लक्ष-लक्ष भारी पुष्पहारों के असह्य भार से गर्दन टूटकर रह गई थी। कितने ओजस्वी भाषण, कंठ की कैसी गुरुगर्जना थी उसकी! स्वदेश की गिरि-कन्दराएँ जाने गूँजकर सहम जातीं। बाँकपन से झुक आया घुँघराले बालों का गुच्छा चौड़े माथे पर सदा एक ही अन्दाज़ में बिखरा रहता। वह पूरे मन्त्रिमंडल का सबसे छोटा और सबसे मुँहलगा सदस्य था। पहाड़ी क्षेत्र के एक समृद्ध जमींदार परिवार का सबसे छोटा दुलारा बेटा, जिसे प्रजातन्त्र के सहमे नागरिक फूल की छड़ी से भी नहीं छू सकते। यही ठीक था कि जनता-जनार्दन कभी भी उस ज़मींदारी का उन्मूलन कर सकती थी और उसका भविष्य भी किसी उजड़े ज़मींदार के ऐयाश पुत्र की ही भाँति अन्धकारमय हो उठेगा, पर उसके उर्वर मस्तिष्क की धरा सोना उगलनेवाली धरा थी। उल्टे हाथ से भी बीज बिखेर लेगा तब भी हरी-भरी फसल ही लहलहाएगी।

वैसे तो वह राजनीति का सिद्धान्त कौमुदी माँ के गर्भ से ही रटकर आया था, पर सबसे प्रमुख सूत्र का एक पृष्ठ शायद उसने बिना पढ़े ही उलट दिया।

लोकप्रियता की अमर बूटी खाकर आए घाघ से घाघ राजनीतिज्ञ को भी निर्दोष पुष्प में छिपे सर्प की भाँति नारी का सौन्दर्य-विषधर डसने पर पल-भर में ही अपने घातक विष से निर्जीव बना, धरा पर लुढ़का सकता है, यह वह जानता था। उसका जन्म पहाड़ के एक निम्न मध्यवर्गीय ब्राह्मण परिवार में हुआ था, पर उसकी अकड़, बाँकपन, बोलचाल, उठक-बैठक, नम्रता, किसी में भी रंगरूट का नयापन नहीं था। उसका डीलडौल लम्बा, रंग आकर्षक रूप से गेहुँआ और आँखें बड़ी-बड़ी थीं। पतली मूँछों से मेल खाती तीखी नासिका के बीच-बीच में फड़कते नथुने उसके क्रोधी स्वभाव के परिचायक थे, पर विलासी मोटे अधरों पर बात-बात में थिरकनेवाली उज्ज्वल हँसीयुक्त चेहरा देखकर मानव-स्वभाव की गुत्थियाँ सुलझानेवाले को भी उलझन में डाल देती थीं। यह व्यक्ति क्रोधी भी हो सकता था और शिशु-सा सरल आनन्दी भी। चेहरे का मुख्य आकर्षण था उसका कैशोर्य और कंठ का आश्चर्यजनक कच्चापन।

दो वर्षों की छोटी-सी अवधि में नियति उसे दन्तहीन असहाय शिशु की ही भाँति गोदी में उठाकर किसी जादूगरनी की-सी उड़ान में लोकप्रियता, समृद्धि और वैभव के सर्वोच्च शिखरों पर उड़ाती रही थी, पर उसी क्रूर खिलवाड़ की सनक में उसने उसे धरा पर पटककर रख दिया और आज वह ऊँची उड़ान में उड़ती चील के मुँह से गिरे क्षत-विक्षत अधमरे सर्प-सा ही एक बार फिर अपनी उसी जन्मभूमि पर पड़ा था जहाँ से नियति उसे चोंच में दबाकर उड़ गई थी। जिसका घातक विष, लपलपाती जिह्वा और कृष्ण नाग का-सा फन कभी पर्वत-से शक्तिशाली शत्रु को भी एक ही डंक से परलोक पहुँचा सकता था, आज दुर्भाग्य की नन्ही चींटियों से नुचा, वही विवश पड़ा था। क्या पता, उसकी माँ ही अचानक इस मार्ग से निकल पड़े। पर इतने वर्षों तक क्या वह उसी गाँव में बैठी होगी? हो सकता है, अपने भाई के पास चली गई हो। पर वह अपनी माँ की ज़िद को जानता था—प्राण रहते वह अपनी थाती नहीं छोड़ पाएगी। वही पुत्र के मन्त्री बनने पर भी, उसके लाख समझाने पर भी उसके साथ उसकी बड़ी कोठी में रहने लखनऊ नहीं गई थी। जब बेटा देश का राजा बना, तब भी वह दूर-दूर के जंगलों में कुतुबमीनार-से ऊँचे पहाड़ी देवदार और अंयार वृक्षों की सर्वोच्च शाखाओं पर शाखामृगी बनी लकड़ियाँ तोड़ती, कभी बकरियों के लिए पइंया की पत्तियों के स्तूपाकार गट्ठर के नीचे दबी ऐसी दुहरी होकर घर लौटती कि बिवाइयों से फटे दो पैर ही पैर दिखते। लगता, कोई हरी-भरी पहाड़ी ही चली आ रही है।

उस दिन वह चुपचाप एक परिचित मित्र की जीप माँगकर माँ से मिलने चल दिया। टोकरी-भर दशहरी आम भी वह उसके लिए ले जा रहा था। उसकी माँ को आम बेहद पसन्द थे और अपने अभावग्रस्त शैशव की स्मृति को मन्त्री भूला नहीं था, जब माँ-बेटे बारी-बारी से एक ही आम को चूस उसकी गुठली का भी मुंडन कर रख देते थे।

चार बालिश्त की तंग सड़क पर नाचती, गोल घूमती जीप को पहाड़ी दक्ष ड्राइवर ऐसे नचा रहा था, जैसे चतुर नट पिता ढोलक की थाप के साथ पतली रस्सी पर अपने पुत्र को नचा रहा हो। कभी घर्र-से गाड़ी घूमती, एकसाथ कई चक्कर खाती, उस्तरे की धार-सी तीखी सड़क पर फिसलने लगती और मन्त्री का लोहे का कलेजा भी धड़कने लगता। उसे लगता, जीप अब खाई में गिरी और अब खन्दक में। पर दूसरे ही क्षण तीखी चढ़ाई पर हाँफती, काँपती शिथिल फुफकारें छोड़ती जीप मृतप्राय इक्के की मरियल घोड़ी-सी ही पराजित हो तीन-चार कदम पिछड़ आती। क्रुद्ध इक्के के चालक की भाँति ड्राइवर ब्रेक लगाता और अनुशासनपूर्ण अनुभव के करारे चालक से सहमी गाड़ी एक बार फिर तीव्र गति से भागने लगती। वह उसी तीव्र गति से भागी जा रही थी कि एक अप्रत्याशित मोड़ पर धूल उड़ाती भेड़-बकरियों के झुंड को पहियों के नीचे आने से बचाने के लिए मोड़ से स्वयं उलटते-उलटते बची। कुशल चालक का चेहरा क्रोध से तमतमा गया। पल-भर भी चूकता तो गाड़ी ही नहीं, उसकी नौकरी भी चली जाती। मन्त्री भी बौखला गया था, झटके से उसकी कीमती घड़ी टूटते-टूटते बची थी और जीप के लोहे से टकराकर माथे पर गूमड़ उभर आया था। पर उन भेड़-बकरियों के पीछे दो पतली गोरी बाँहें फैलाए, जीप की गति से भी तेज़ भागती किशोरी को देखकर चालक और मन्त्री, दोनों के कंठों की भर्त्सना कंठों में ही अटककर रह गई।

एक पल को दोनों उसे देखते ही रह गए। भेड़ियाधसान की धूल से धूमिल आकृति अब स्पष्ट होकर बड़ी धृष्टता से उनके सम्मुख खड़ी हो गई थी। वह ड्राइवर से कहने लगी, "क्या करूँ ड्राइवर ज्यू, कब से हरामज़ादियों को डंडा मारकर किनारे कर रही थी! वैसे यह कुमाऊँ यूनियन की गाड़ी का टैम भी नहीं था, नहीं तो मोटर टैम में मैं ख़ुद ही इन्हें चराने नहीं लाती।"

स्वयं मन्त्री का गाँव एक-से-एक सुन्दरी चाचियों, ताइयों और भाभियों से भरा था। चन्द राजाओं के समय से ही उसके ग्राम की ग्राम्याओं के सौन्दर्य की ख्याति दूर-दूर तक फैलती आई थी और इसी से शायद नाम भी पड़ गया

था रतनपुर। पर यह लड़की क्या रतनपुर की थी? कैसा पहचाना-पहचाना चेहरा लग रहा था, फिर भी नाम क्यों याद नहीं आ रहा था भला? कहीं ताऊ के लड़के धरणीधर दा की साली तो नहीं थी यह, जिसके रूप की चर्चा सुनते-सुनते उसके कान पक गए थे और माँ-भाभी के परम आग्रह से लाए गए जिसके रिश्ते को उसने खोटे सिक्के-सा फेर दिया था?

"ऐसे मोटर-सड़क पर बकरियाँ लाती ही क्यों हो?" अब तक मन्त्री की ओर उस बित्ते-भर की छोकरी ने आँख उठाकर देखा भी नहीं था और वह चालक से ही हँस-हँसकर बातें कर रही थी। यह मन्त्री को अखरा, इसी से कंठ को रोबीला बनाकर उसने गम्भीर स्वर में गर्जना की—"ऐसे इन्हें मत लाया करो!" किशोरी ने चमककर तेजस्वी चेहरे की ओर दृष्टि उठाई। मन्त्री ही अकड़ी मुद्रा उससे मूक प्रश्न पूछ रही थी—देखती नहीं, किसकी गाड़ी है यह मूर्ख लड़की, क्या हाथ भी नहीं जोड़ सकती?

"तब कैसे लाऊँ जी?" हँसकर उस धृष्टा किशोरी ने पूछा। मोती-से उज्ज्वल दन्तपंक्ति के दर्पण से कुँआरे मन्त्री की अनभ्यस्त आँखें चौंधिया गईं।

"इन बकरियों को भी जीप में बिठाकर चराने लाऊँ क्या?"

मन्त्री की दृष्टि अब गोरे ललाट पर बँधे, ओढ़नी के फेंटे से उतरकर कैशोर्य से उज्ज्वल दो आँखों से फिसलती, तीखी नाक और फिर लाल रस-भरे अधरों से सरक, तनी वास्कट पर उभर सहसा सपाट होकर झूलती चाँदी की जंजीर पर निबद्ध हो गई। सूर्य की प्रखर किरणों में जंजीर झिलमिला रही थी। किसी क्षीण पहाड़ी जलप्रपात की दो पतली रुपहली युगल धाराएँ जैसे दो कठोर शिलाखंडों पर क्षण-भर विराम करती फेनिल राशिभूत तरंगों में बिखर गई थी। "किस गाँव की लड़की है तू?" मन्त्री ने डपटकर पूछा। अब निश्चय ही सहम जाएगी। "रतनपुर की है क्या?"

"क्यों?" पतली नाक को उसने एकदम कपाल पर चढ़ा लिया। लगता था, अभी-अभी जीभ निकालकर मुँह चिढ़ाने लगेगी। "क्या रतनपुर में ही सब 'बान' (सुन्दरियाँ) बसती हैं?" और फिर वह धृष्ट उत्तर के साथ भुवनमोहिनी हँसी का जाल बिखेरती, एक बार भी पीछे मुड़े बिना चली गई।

विरोधी पक्ष की निर्मम घूँसेबाज़ी ने भी कभी मन्त्री को ऐसे धराशायी नहीं किया था। फिर उसे सरकारी जीप के चालक के सम्मुख वह उसे चुटकियों में उड़ाकर रख गई थी, वह भी मूँछों ही मूँछों में मुस्करा रहा था।

"तुम ज़रा रुकना, ड्राइवर?" उसने बड़ी आत्मीयता से कहा, जैसे वह

मन्त्री नहीं, स्वयं ड्राइवर का ही बड़ा भाई हो। "बड़ी भूल हो गई पहचानने में! यह तो हमारे धरणीदा की साली है। चलकर ज़रा भाभी की कुशल पूछ आऊँ।"

"गाड़ी मोड़ लूँ, सरकार?" घाघ चालक भी शायद समझ गया था कि प्रभु भाभी की नहीं, भाभी की सुन्दरी सहोदरा की ही कुशल पूछने भाग रहा है। कभी गाड़ी मोड़ने का आदेश नहीं देगा।

"नहीं, नहीं, तुम यहीं रुके रहना, हम अभी आते हैं।" चलते-चलते मन्त्री ने दोनों हाथों में ढेर-से आम भी भर लिए।

'निकाल ले, निकाल ले!' हँसकर मन के चोर ने कहा, 'डरता क्यों है? माँ के उपहार की टोकरी से किसी दूसरे के लिए मीठे फल चुरानेवाले, क्या तू संसार का पहला पुरुष है? यह चोरी तो प्रत्येक संसारी पुत्र करता है रे!' वह उस दिशा की ओर लपका।

लड़की बहुत दूर नहीं गई थी। तेजी से मुड़ गए एक दूसरे मोड़ के टीले पर वह पीठ किए बैठी थी, सूखे पत्तों की चर्र-मर्र सुनकर वह चौंकी।

"तुमसे माफी माँगने भागता आया हूँ, दुर्गी! माफ करना, इतने सालों बाद तुम्हें देखा, इसी से पहचान नहीं पाया!"

पर वह रूठी गर्वीली राजकन्या-सी निःशब्द उसी टीले पर बैठी रही। उस मुग्धा मानिनी की अनूठी छवि मन्त्री के वर्षों से अन्धकारपूर्ण हृदयकक्ष में बिजली-सी कौंध गई। घुटनों से कुछ ही नीचे तक लटका काला लहँगा किसी विदेशी आधुनिका की मिनी स्कर्ट के-से औदार्य से साँचे में ढली नंगी सफेद टाँगों का उन्मुक्त प्रदर्शन कर रहा था। दोनों हाथों से गोदी में नन्हे मेमने को साधे वह सौन्दर्य-लक्ष्मी ऐसे तनकर टीले पर बैठी थी कि स्लेटी पत्थर का रूखा टीला रत्नखचित राजसिंहासन-सा दीप्त हो उठा था।

"माफ कर दिया ना?" मन्त्री के कंठ में कुछ अटक-सा गया। वह दीन याचक की मुद्रा में एक बार फिर हँसकर और निकट खिसक आया। पर वह तनी बैठी रही। सुडौल कन्धों को उसने उदासीनता से किसी विदेशी चलचित्र की तारिका की भाँति हिलाकर गर्दन फेर ली। मन्त्री अवाक् रहा। जो छोकरी कभी मोटर पर भी नहीं चढ़ी होगी, उसने ऐसे विदेशी अन्दाज़ में कन्धे झटकना कैसे सीख लिया? जिस मुद्रा को, वे विदेशी नायिकाएँ शायद निर्देशक के चाबुक की मार से सीखती हैं, उसे प्रकृति ने अपनी इस मुँहलगी पुत्री को स्वयं ही सिखा दिया था। स्पष्ट था कि उसे क्षमादान नहीं मिला।

सात वर्ष पूर्व अपनी इसी अनाथा रूपवती बहन को लेकर, भौजी उसके पास आई थी। तब वह क्या जानता था कि भाभी की वह नाक सुनकती मरियल-सी बहन एक दिन ऐसी बन उठेगी?

"बहुत सुन्दरी है मेरी बहन! ठीक से देखोगे तो आँखें नहीं फेर पाओगे, लल्ला?"

"सब बड़ी बहनें अपनी कुँआरी बहनों के लिए यही कहती हैं, भौजी" उसने वह प्रस्ताव हँसकर वहीं फेर दिया था।

"भौजी के लिए थोड़े-से आम लाया हूँ, दुर्गी! कहना, कल मिलने आऊँगा।" मन्त्री ने आम उसके पैरों के पास धर दिए और हँसकर कहने लगा, "गंगोली हाट की रुष्ट काली के चरणों में फल रख रहा हूँ। देवी, प्रसन्न हो ना? भक्त हाथ बाँधे खड़ा है!"

अपनी बड़ी-बड़ी आँखें उठाकर उसने मन्त्री को देखा। वह सचमुच ही हाथ बाँधे धृष्टता से हँस रहा था।

उसकी यही हँसी तो उसके मधुर स्निग्ध व्यक्तित्व की सुनहली चौखट थी। इसकी हँसी के आकर्षण से प्रत्येक चुनाव में विपक्षी दल के शत-सहस्र वोट भी उसी की झोली में आकर स्वयं गिर जाते। उसकी यही हँसी शत्रु और मित्र दोनों को समान रूप से बाँध सकती थी। इसी हँसी के आकर्षण से उसे दिन-रात न जाने कितने महिला-मंडलों की गोष्ठियों के रंगीन रिबन काटने इधर-उधर भागना पड़ता और पुष्पहारों के भार से गर्दन टूट जाती।

यहाँ तक कि कई विश्वविद्यालय उसे एकसाथ दीक्षान्त भाषण के लिए न्यौत चुके थे। जहाँ अन्य सम्मानित अतिथि वर्षों की देश-सेवा, जेलयात्रा आदि का पासपोर्ट-वीसा दिखाने पर भी पल-भर भी छात्रों की हूटिंग के सम्मुख नहीं टिक पाते, वहीं पर यह हँसमुख मन्त्री केवल इसी स्मित के इन्द्रजाल से अनुशासनहीन छात्रों को बाँधकर बगल में दबाए चला आता।

इस बार भी उस हँसी की मूठ व्यर्थ नहीं गई। वह हँसने लगी और युवा मन्त्री का कलेजा जिह्वाग्र पर आकर धड़कने लगा।

"तुमने मुझे नहीं पहचाना पर मैंने तो तुम्हें देखते ही पहचान लिया।" उसके गले में बीच-बीच में होता स्वरभंग मन्त्री को मिश्री की डली-सा मीठा लगा।

"तुम्हारी शादी हो गई क्या?" उसका उतावला प्रश्न उसके कंठ से अनजान में ही गोली-सा दग गया।

प्रश्न पूछते ही वह अपदस्थ हो संकोच से लाल पड़ गया।

"क्या तुम सोच रहे थे तुम्हारे लिए अब तक कुँआरी बैठी हूँ?" वह हँसकर उठ गई।

हाय, यह बित्ते-भर की छोकरी उस राजनीतिज्ञ खड़पेंच को कैसा पिस्सू-सा मसल रही थी! खैर, वह भी उस गर्वीली छोकरी के विष के दाँत तोड़ सकता है, अभी बहुत अवसर आएँगे। वह बोला, "अच्छा, चलता हूँ, दुर्गी! कल स्कूल के मैदान में मेरा भाषण है, तुम भी आना और भौजी को भी लाना, समझीं।"

उसने बड़े गर्व से, चौड़ी कलाई में बँधी कीमती घड़ी को देखा और सिर की तिरछी टोपी और भी तिरछी कर ली।

"और इसे? इसे भी ला सकती हूँ क्या? यह तो मुझे एक पल भी नहीं छोड़ता।" अपने पैरों के बताशे-से सफेद टखने चाटते छोटे नर्म दूधिया पशमवाले मेमने को उसने उठा, गालों से लगाकर पूछा। तब कठिन-से-कठिन परिस्थितियों में भी मन को सदा चाबुक की मार से साधनेवाला जितेन्द्रिय तरुण हठयोगी नन्हीं ठोकर से दूर घाटी में क्षण-भर पूर्व गिर गए आम के दाने की ही भाँति लुढ़कता, अविवेक की घाटी में गिरकर चकनाचूर हो गया। कैसी निर्दोष मुद्रा में पूछा गया कैसा सांकेतिक आमन्त्रणपूर्ण प्रश्न था! लाल-लाल कंदील-से लटक रहे बुरुंश पुष्पों की छाया में वह ऐसे मादक स्मित का आह्वान देती खड़ी हो गई। मन्त्री को लगा, वह मिसलटों के नीचे खड़ी, प्रणयोन्मद मत्ता कोई विदेशी स्वयंदूती है। किस प्रसिद्ध चित्रकार का ऐसा ही चित्र देखा था उसने? रविवर्मा, रावल या किसी विदेशी चित्रकार का? गोद में नन्हे मेमने को गालों से सटाकर जाना-पहचाना-सा स्वर्गीय स्मित ही उसे ले बैठा। जिसने कभी नारी की छाया का भी स्पर्श नहीं किया था और जिस बहुचर्चित स्पर्श की कभी स्वप्न में भी कामना नहीं की थी, वही आज पागलखाने से भाग निकले मत्त उन्मत्त की भाँति मेमने सहित स्वामिनी को अपनी सशक्त बाँहों में भरकर बार-बार चूमता हाँफ-हाँफ गया। जिस संयम-अंकुश से वह वर्षों की अमानवीय साधना से अपने पौरुष के मत्त गजराज को साधता आया था, वही अंकुश आज पंचशर से बिंधा दूर पड़ा था। पुरुष के अधर नारी-अधरों के प्रथम स्पर्श के नीचे किसी किशोरी के कुँआरे अधरों की भाँति थर-थर काँप रहे थे, जैसे पहली बार संसार का निकृष्टतम पाप किया हो। और नारी के रसीले अधरों पर था स्वाभाविक स्मित, जैसे कुछ हुआ ही नहीं हो। ठीक ही तो था, वह क्या उसका पहला चुम्बन था!

मन्त्री तटस्थ होकर पीछे खिसक गया। उसके चेहरे पर हवाइयाँ उड़ने लगी थीं। हे भगवान, क्या कर बैठा था वह! पल-भर की आवेशपूर्ण मूर्खता उसको जीवन-भर के लिए ले बैठ सकती थी।

उसने हड़बड़ाकर इधर-उधर देखा। ईश्वर की कैसी महान कृपा थी कि डाल पर कहीं एक कौआ तक नहीं था।

वही नन्हा मेमना गोदी से उतरकर घास चरने लगा था, और एक मोटा-सा घाघ दुंबा कुटिल बंकिम दृष्टि से उसे ऐसे देख रहा था जैसे सबकुछ समझ गया हो। मन्त्री को पहली बार लगा कि पशु बोल भले ही न पाएँ, व्यंग्य से मुस्करा अवश्य सकते हैं।

उसने सहमी दृष्टि से दुर्गी को देखा। वह भेड़ों को हे-हे कर ऐसे हाँकती बटोरने लगी थी, जैसे उसे देख ही नहीं पा रही हो। वह तेजी से उतार उतरता, फिसलता चला गया।

दूसरे दिन उसका भाषण सुनने दूर-दूर से ग्रामों की भीड़ समय के कुछ पूर्व ही आ जुटी थी। ग्राम-पाठशाला का पूरा मैदान भर गया था और कुछ लोग तो उचक-उचककर पेड़ों पर चढ़ रहे थे। भीड़ देखकर मन्त्री की छाती और तन गई। उस दिन उसकी आकर्षक हँसी वर्षा से धुली पहाड़ के मकान की अबरखी पथरीली छत-सी ही और स्वच्छ निखर झकझक चमक रही थी। यह क्या सुन्दरी नारी के क्षणिक स्पर्श का जादू था?

जिधर देखो उधर ही गोरे-गोरे चेहरे, पके आड़ू-से स्वस्थ गालों की लालिमा और निर्दोष चावनी। वह गर्व से एक बार फिर तन गया। वाणी के घृतदीप की कई ओजस्वी बातियाँ दप-दप कर एकसाथ जल उठीं।

"भाइयो!" वह कहने लगा, "मुझे गर्व है कि मैंने इसी ग्राम-पाठशाला में वर्णमाला से प्रथम परिचय प्राप्त किया है। तख्त की काली पाटी पर कमेट की स्याही से कान पकड़कर 'अ-आ' सिखानेवाले मेरे गुरु श्री ब्रह्मदत्त तिवाड़ी इस भीड़ में जहाँ कहीं बैठे हों, मेरा कृतज्ञ प्रणाम स्वीकार करें।"

"गुरु तो गुड़ चेला शक्कर!" भीड़ के किसी उद्धत छोकरे की तीखी आवाज़ और भीड़ की हँसी को चतुर मन्त्री ने वहीं पर जूते से कुचल दिया— "पर चेला शक्कर की ही भाँति अब व्यर्थ हो गया है, भाइयो!" उसने हँसकर कहा, "गाँव का बादशाह अब भी गुड़ ही है। मैं पूछता हूँ, बाज़ार किसका है? चार रुपये किलो चीनी का या दो रुपये किलो गुड़ का? किसे चाहती है

जनता?"

"गुड़...गुड़?" भीड़ से सम्मिलित कंठ गूँजे। वाचाल मन्त्री की दलील ने भीड़ को जीत लिया। उसी विजय से झूमकर उसने फिर अपनी मनमोहक हँसी का ब्रह्मास्त्र फेंका–"फिर? देखा ना आपने, ग्राम की जनता हमेशा गुड़ ही को पूजेगी!"

जनता तुमुल करतल-ध्वनि से बीच ही में भाषण रोक अपना उल्लास व्यक्त कर रही थी कि मन्त्री की दृष्टि भीड़ में भौजी के पास बैठी दुर्गी पर पड़ गई। उसकी गोदी में उसका वही मुँहलगा मेमना बैठा था। आँखें चार होते ही उसने बड़ी धृष्टता से मेमना तनिक उचकाकर मन्त्री को दिखा दिया। आज वह अनोखा श्रृंगार कर आई थी–कानों में गोल-गोल बालियों के स्थान पर थे झुमके, जिनके दुःसह भार की गरिमा को दो चौड़ी श्रृंगार-पट्टियों में विभक्त कर सीधी माँग के अगल-बगल कर टिका दिया गया था। सिर का पल्ला भी शायद झुमकों के वैभव के उचित प्रदर्शन के लिए जान-बूझकर ही नीचे गिरा दिया गया था। चाँदी की जंजीर का स्थान आज चाँदी की मोटी हँसुली ने ले लिया था। नाजुक गर्दन में पड़ी हँसुली के उसी अर्धचन्द्र में मन्त्री अटककर अपनी समस्त राजनीतिक प्रगल्भता भूल गया। केवल हाथ जोड़कर मुस्कराता मंच से उतर गया।

तालियों की गड़गड़ाहट हाथों ही से गूँज रही थी कि वह भीड़ चीरता भौजी के पास चला आया। झुककर उसने भौजी के चरण छुए, कई वर्षों के उपालम्भ सुने, फिर उन्हें मना अपनी जीप में बिठा घर तक पहुँचा आया। भौजी को उसने बड़े लाड़ से अपनी सीट पर बिठा लिया, पर दुर्गी बिना कुछ कहे पिछली सीट पर बैठ गई। गोदी में वही मेमना था।

मन्त्री कुछ सँभलकर बैठ गया। पर वह शायद और निकट खिसक आई। मन्त्री को लगा, कुमाऊँ बैंड के साथ नाचनेवाले सिखे-पढ़े दुंबे की भाँति यह सिखाया गया दुंबा उसकी माला ही नहीं, शेरवानी भी चर जाएगा। उसने गले की माला उतारी और पीछे मुड़, हँसकर बोला, "बुरुंश के मीठे फूलों की माला है, शायद तुम्हारे मेमने को बहुत पसन्द आ गई है।"

फिर ऐसे सधे अन्दाज़ से उसने माला फेंकी कि ठीक दुर्गी के गले में पड़ गई। पल-भर को दुर्गी का चेहरा लाल पड़ गया, पर फिर हँसकर सचमुच ही माला दुंबे को खिलाने लगी।

"मुझे यहीं उतार दो दीदी।" उसने थोड़ी ही दूर जाकर कहा।

बहती नदी से लगी पनचक्की थी और उसी से लगा था दुर्गी का घर। वह उतर गई तो भौजी ने उसे सब बतला दिया, जब उसने रिश्ता फेर दिया तो उसका विवाह उसने एक फौजी सूबेदार से कर दिया। कुँआरी सुन्दरी बहन को कब तक घर में बिठाए रखती? सूबेदार दुहेजू था, पर तीन-तीन भैंसें थीं, कई थान भेड़-बकरियाँ थीं और फिर पनचक्की भी उसी की थी। पर छोकरी का भाग जो साथ लगा था, पाकिस्तान की लड़ाई से तो वह सकुशल लौट आया, लेकिन घर में चुभी एक नन्हीं कील ने बायाँ पैर कटवा दिया, तब से लँगड़ा दिन-भर नशे में डूबा पड़ा रहता है। दुर्गी ही घर और बाहर का काम सँभालती है।

उस बार दो दिनों के लिए घर आया मन्त्री आठवें दिन लौटा, और फिर तो उसका हर महीने एक-न-एक चक्कर लगता रहता। लगता था, वह अपने ग्राम को डिजने लैंड ही बनाकर छोड़ेगा। देखते-ही-देखते कच्ची सड़क ने केंचुली उतार दी। फक-फक करता बुलडोजर, निरीह पहाड़ी घाटियों का कलेजा रौंदने लगा। पीपे के पीपे कोलतार की मोटी तहों ने पीली धूप-भरी सड़कों पर शहरी व्याधि की स्याही फेर दी। डायनामाइट की दिल दहलानेवाली गर्जना से आए दिन त्रस्त गिरि-कन्दराएँ गूँजने लगीं। फिर नई बनी क्षीण कलेवर की सड़क पर अफसरों की जीप-गाड़ियाँ आईं, मन्त्री की झंडा लगी बनी-ठनी वेश्या-सी इठलाती चमकती गाड़ी और फिर आईं देश-विदेश के पर्यटकों से लदी लक्जरी बसें।

देखते-ही-देखते वह ग्राम हवाई द्वीप-सा ही प्रसिद्ध हो उठा। जहाँ का शुद्ध पहाड़ी घृत अपनी पावन सुगन्ध की सुख्याति कभी दूर-दूर फैलाता आया था, अब 'चूर' की मिलावट से अपने सुनाम पर कालिख पोतने लगा। पास ही में मिलिटरी की एक बड़ी टुकड़ी भी आ गई थी। सीमा के प्रहरी शराब की हुड़क लगने पर धेले-टके में ट्रांजिस्टर बेचने लगे और धीरे-धीरे ग्राम के बन्दरों ने भी अदरक का स्वाद लेना सीख लिया। जो सुरम्य घाटियाँ कभी परी-चाँचरियों के मधुर झोड़े गीतों से गूँजती थीं, अब विवशता से फिल्मी गानों में गूँजने लगी। एक लांड्री खुल गई। जिस ग्राम में मिश्री की डली ही मिठाई मानी जाती थी, वहीं एक व्यापारकुशल हलवाई ने पहाड़ की प्रसिद्ध बालसिंघौड़ियों की ऐसी भव्य दुकान खोल दी कि लोग शहरियों की भाँति मिठाई का स्वाद भूल, मनमोहक डिन्नो का ही स्वाद लेने लगे।

अपनी नवीन अभिसारिका से मिलन के क्षणों की सृष्टि करने में वह

स्काटलैंड यार्ड के चतुर जासूसों को भी घिस्सा दे सकता था। दोनों कहाँ मिलते हैं, कब मिलते हैं, यह पूरे एक वर्ष तक कोई नहीं जान पाया। आधी-आधी रात को कुमाऊँ के बियाबान ग्राम की तलहटी में चौकीदार बना घूमता दुःसाहसी मन्त्री गुनगुने पानी की उस झील के किनारे बैठा अपनी प्रेमिका की प्रतीक्षा करता जहाँ से एक वर्ष पहले नौ फुटा बाघ, नहा रहे पटवारी के जवान पुत्र को खींच ले गया था। कभी दोनों केवल प्रणय का जिरहबख्तर पहने उस अरण्य की हरीतिमा में हरे युगल सर्प-से ही लिपटकर एकाकार हो जाते। पर लँगड़ा चौकन्ना हो गया। उदार विधाता जब मनुष्य से उसका कोई अंग छीनता है, तो स्वयं ही उस क्षति-ग्रस्त अंग की क्षमता किसी दूसरे रूप में उसे लौटा भी देता है। अन्धों की दृष्टि क्या उनके स्पर्श में नहीं समा जाती? अपनी इसी अमानवीय घ्राण-शक्ति से लँगड़े ने सबकुछ सूँघ लिया। पत्नी की साँकल नित्य की भाँति बन्द रहती थी, पर वह जंगली बिल्ली-सी, नीची खिड़की से सटे तिमिल वृक्ष की डालियाँ पकड़ जिस रस-सागर में डुबकियाँ लेने जाती थी, उसकी सुगन्ध से उसके नथुने फड़कने लगे। वह नित्य की भाँति दोपहर की रोटी पटकने आती तो वह आश्चर्य से सुन्दरी पत्नी के अचानक अनजान बन गए चेहरे को एकटक देखता रहता। इतनी बड़ी आँखें तो इसकी नहीं थीं। और वास्कट? लगता था, एक लम्बी साँस लेते ही सारे बटन टूटकर रह जाएँगे।

"कहाँ जाती है तू दिन-भर?" एक दिन उसने प्रभुत्वपूर्ण स्वर में पूछ लिया।

"बकरियों को घास चराने।" वह उत्तर देकर तीर-सी निकल गई थी। लँगड़े की आँखों में विवशता के आँसू छलक आए थे और उसने सारी रोटियाँ उठाकर खिड़की से बाहर फेंक दी थीं। दिन-भर साली-हरामज़ादी बकरियों के साथ ख़ुद कैसी-कैसी हरी घास चरती है, वह चेहरा देखते ही समझ गया। फिर कई रातों से बैठकर अभूतपूर्व कौशल से बनाई गई बैसाखी के सहारे लँगड़ा एक रात को पुलिस के कुत्ते की भाँति पानी को सूँघता, पेड़ों के मोटे तनों में छिप-छिपकर उसके जल-विहार को देख आया। दूसरे दिन पहुँचा तो पूरा ग्राम पंचों सहित उसके साथ था। वे सँभल भी नहीं पाए थे कि भीड़ ने घेर लिया। क्रोध से उत्तेजित लँगड़ा किनारे से ही भद्दी गालियों के पत्थर बरसाने लगा। मन्त्री सिर झुकाए और गहरे भँवर में उतर गया। जो भीड़ तालियों की गड़गड़ाहट से उसका स्वागत करती थी, वह उसे अश्लील थूक

के छींटों से छेदने लगी।

रँगे हाथों पकड़े गए चोर की भाँति वह सिर झुकाए अदालत में खड़ा था। न उसका कोई गवाह था, न वकील!

किन्तु दुर्गी गजब के दुःसाहसपूर्ण कौशल से तैरती-तैरती किनारे तक आ गई, फिर उसने किसी तीरथ के खुले घाट पर नित्य नहाने की अभ्यस्त कुल-वधुओं की भाँति जल में ही किनारे से खींची गई अपनी धोती का तंबू तान बड़े धैर्य से कपड़े पहन लिए। न उसके चेहरे पर लज्जा की एक रेखा थी, न अपदस्थ होने का संकोच। फिर बिना भीड़ की ओर देखे वह अपने प्रेमी को बीच भँवर में छोड़कर लम्बी डगें भरती न जाने किस पगडंडी की भूलभुलैया में ओझल हो गई। पर मन्त्री को क्रूर भीड़ ने 'रेडगार्ड' की क्रूरता से बाहर खींच लिया। जिन गलियों से कभी चुनाव जीतने पर उसे नन्दादेवी के डोले की भाँति सजाकर शंखधर और पहाड़ी तूरी-दमामे के साथ जुलूस में ले गए थे, वहीं से उस दिन वह बलि के बकरे-सा ही निर्ममता से घसीटा गया। रात-भर थप्पड़, घूँसे और लँगड़े की बैसाखी की मार खाकर वह बेदम पड़ा था कि न जाने कहाँ से उसकी माँ को पता लग गया। उसकी मूठ, घात और दुनाली बन्दूक-सी छूटती बारूद की लपकती-सी गालियों से पूरा गाँव थर-थर काँपता था।

"हरामियो!" वह गरजी—"जब मेरा बेटा मन्त्री बना, उसने पहले तुम्हारे गाँव को ही बम्बई बनाया। कोई अपने लिए तो कोठियाँ खड़ी नहीं कीं। उसका यह इनाम दिया है तुमने? हे गोल्ला देवता, मैं भी देख लूँगी और न्याय तुम भी देखना...जिन-जनने इसे मारा है, उनकी लड़की का लड़का, गाय की बछिया निपूती हों। उनकी राँड बहुएँ सूनी माँग और सूनी कलाइयाँ लेकर चिता चढ़ें!"

सहमकर अपढ़ भीड़ जैसे हवा में उड़ गई। बुढ़िया अधमरे पुत्र को घर तो ले गई, पर बेटा रात ही को खिड़की से कूदकर निकल गया। राजगद्दी से विधिवत् नीचे खींचकर पटका जाता, इसके पूर्व वह स्वयं ही गद्दी का मोह त्याग वनवासी बन गया। पूरे दो वर्ष तक उसने असम के साधुओं की चिलमें साधीं, फिर तीसरे वर्ष जब गाँजे-चरस की दम भी असाध्य कलुष की व्यथा को मलिन नहीं कर सकी तो वह आसनसोल की कोयले की खान में उतर गया। दिन डूबे वह काली खान से काला चेहरा लेकर लौटता तो लगता, पिछले कलुष की कालिमा स्वयं दब गई है। अब यह चेहरा लेकर वह सगी माँ के सम्मुख भी खड़ा होगा तो शायद वह भी भूत समझकर चीख पड़ेगी। यही भूल

थी उसकी। पुत्र का चेहरा कितना ही काला क्यों न हो, माँ क्या कभी पहचानने में भूल कर सकती है?

कोयले की खान के जिस धमाके के लिए खान के मज़दूरों की पत्नियाँ अपना सुहाग नित्य हथेली में लिए फिरती हैं, उसी धमाके ने एक दिन देखते-ही-देखते सैकड़ों माँगों का सिंदूर लूट लिया।

मन्त्री ने इधर दाढ़ी रख ली थी। अधजली दाढ़ी, झुलसा चेहरा और बुरी तरह सहमा कलेजा लेकर वह स्ट्रेचर पर बाहर लाया गया और थोड़ी देर बाद डॉक्टरी जाँच ने लाश बताकर कोने में पटकवा दिया। वह बोल नहीं सकता था पर अधजली पलकों के नीचे पुतलियाँ सचेत थीं। एक-एक लाश को पहचानकर आत्मीय स्वजन विलाप से दिशाएँ गुँजा रहे थे।

हाय, वह लाश समझकर कोने में पटक दिया गया था, फिर भी उसके लिए कोई रोनेवाला नहीं था। चुपचाप वह लाशों की बिरादरी से छिटक गया। उसी घिसटते मुर्दे को किसी दयालु ने अस्पताल में पटक दिया। दो महीने बाद जब वह निकला तब पेट की वेदना भी हाथ पकड़कर साथ चल दी। फिर न जाने कितनी टिकटहीन यात्राएँ कीं, ट्रक-ड्राइवरों से दया की भीख माँगी और आज अपने ग्राम के उदार वृक्ष की छाया में पड़ा था।

माँ की, ग्राम की और सबसे बढ़कर दुर्गी की स्मृति उसे सहसा व्याकुल कर उठी। वह बड़ी चेष्टा से उठा और एक-एक पेड़-पत्ते को पहचानता अपनी लाश घसीटने लगा।

अचानक एक परिचित खिलखिलाहट ने तानकर भाला फेंका जो उसके कलेजे के आर-पार हो गया। सामने खड़ी थी एक जीप और उसका द्वार पकड़े दुर्गी खिलखिला रही थी। चालक की सीट पर बैठा एक लम्बा-चौड़ा फौजी उसे हाथ पकड़ अपनी ओर खींचता पहाड़ी में कह रहा था—"देर मत कर दुर्गी! देखती नहीं, दिन डूब रहा है...आ, बैठ जल्दी!"

तब ही वह झुलसी दाढ़ी लेकर सामने खड़ा हो गया। मानिनी के जिस उपालम्भपूर्ण कटाक्ष को मंत्री ने पहचाना, वह उसके लिए नहीं, उस फौजी अफसर के लिए था जो उसे गाड़ी में बैठने के लिए मना रहा था। "हाय राम, यह तो कोई मुँहझौंसा अधजला मुरदा ही चिता से भागकर आ गया है क्या?" वह लपककर चालक के पार्श्व में बैठ गई।

कुछ पलों को वह लम्बा-तगड़ा फौजी अफसर भी उस प्रेत के-से कंकाल को देखकर सहम गया, फिर उसने डपटकर पूछा, "कौन है बे तू?"

"सरकार," वह गिड़गिड़ाने लगा, "बीमार हूँ। अपनी गाड़ी में बिठाकर कुछ दूर पहुँचा दो।"

उत्तेजित साँस की धौंकनी से झुलसी दाढ़ी फटे-चीथड़े पर्दे-सी पल-भर को हिली, पर देखनेवाली ने पपड़ी पड़े होंठों पर उभरे अतीत के एक भी रसीले स्मृति-चिह्न को नहीं पहचाना।

"लद जा!" फौजी ने बड़ी उपेक्षा से कहा और उसके बैठते ही बड़ी तेजी से गाड़ी उतार पर छोड़ दी। तेज झटके से झुलसी दाढ़ी पल-भर को सामने की सीट की मराल ग्रीवा से छू गई। उसके जी में आया, वह दोनों काँपते हाथों की माला वैसे ही साधकर उस नाजुक गर्दन में डाल दे, जैसे तब डाली थी।

"कहाँ उतरेगा बे?" फौजी ने फिर उसी उपेक्षा से पूछा।

पिछली सीट से कोई उत्तर नहीं आया।

"ले, उतर जा यहाँ, हम आगे नहीं जाएँगे।" एक अरण्य के मोड़ पर जीप रुकी, पर वह नहीं उतरा।

"क्यों, इसी गाड़ी में मसान तक जाने का इरादा है क्या?"

फौजी ने बड़ी बेरहमी से उसे खींचकर सड़क पर खड़ा कर दिया। वह उन्मत्त फटी आँखों से एकटक दुर्गी को ऐसे घूरने लगा कि उसने सहमकर फौजी की बाँह पकड़कर कहा, "जल्दी चलो, कहीं यह सचमुच ही मुसले चूड़ीवाले का परेत न हो!" दो दिन पहले ही ग्राम के चूड़ीवाले को बाघ खींच ले गया था। जीप अँगूठा दिखाकर चली गई। मन्त्री को लगा, कोयले की खान में फिर धमाका हुआ है। अदृश्य लपटों में वह झुलसकर गिर पड़ा।

जब होश आया तो सूर्य वन-वनान्तर रँगता धीमी गति से डूब रहा था। तीन घंटे में तीन फर्लांग की दूरी पार कर वह घर की देहरी पर खड़ा हुआ तो दोनों पैर ठक-ठक काँप रहे थे। काँपते हाथों से उसने साँकल खटखटाई। "कौन है इतनी रात गए?" माँ का कर्कश स्वर सुनते ही वह फिर लड़खड़ाकर गिर गया। द्वार खुला। सहमकर माँ दो कदम पीछे हटी, फिर कंकाल पर झुक गई।

जब से बेटा भागा था, वह सिरफिरी-सी होकर रात-भर पूरे ग्राम को गालियाँ देती रहती थी। पर जिसे पूर्ण रूप से स्वस्थ प्रेमिका नहीं पहचान पाई थी, उसे उन्मादिनी माँ ने पहचान लिया। वह पागलों की भाँति उसे चूमने लगी। उसी अमृत स्वरूपी चुम्बनों की बौछार में उसने बड़े यत्न से मुस्कराकर

माँ का हाथ पकड़ होंठों से लगाया और फिर बेहोशी में डूब गया।

"अरे अभागो, क्या मुँह ताक रहे हो!" बुढ़िया चीख-चीखकर अदृश्य बिरादरी को न्यौत रही थी–"देखते नहीं, वह जा रहा है! अरे हरामियो, एक टुकड़ा सोना ले आओ भागकर गंगाजल और तुलसी-दल...सुनते नहीं क्या? हाय, तुम्हारी कोखजली बहू-बेटियाँ सूनी माँग और सूनी कलाइयाँ लेकर चिता चढ़ें! इस गाँव को महामारी चाटे! बज्जर गिरे!"

ग्रामवासी सोते रहे। उन्मादिनी वृद्धा का तो वह नित्य का प्रलाप था। उधर वह स्वप्न देख रहा था। ग्राम-पाठशाला की भीड़ के बीच वह गर्व से झूमता भाषण कर रहा है। मेमने को गोद में लिए दुर्गी को देखते ही भाषण कंठ में अटक क्यों गया? सब हँस रहे हैं। कोई भी ताली नहीं बजाता। एक भी माला गले में नहीं पड़ती।

"माँ!"

उसने आँखें खोल दीं। कपोलों पर आँसू की धारा बहने लगी–"क्या है, मेरे राजा?" बुढ़िया ने पुत्र के वेदना-विधुर चेहरे को काँपते हाथों में भर लिया।

"सुनते नहीं हो, हरामियो?" बुढ़िया छाती पीट-पीटकर चीखने लगी–"हाय, जब मन्त्री था तब कितनी मालाएँ लेकर भागते थे उसके पीछे, आज एक माला के लिए तरस रहा है मेरा बेटा!"

पर वह नहीं तरस रहा था। वह फिर सपना देखने लगा था। हँसती-मुस्कराती दुर्गी वैसी ही लाल बुरुंश की माला हाथ में लिए उसे पहनाने चली आ रही थी, जैसी उसने कभी अपने मेमने को खिला दी थी। मन्त्री ने दोनों काँपते हाथ जोड़े और गर्दन बढ़ा दी। हाथ शिथिल होकर छाती पर गिर पड़े, पर माला पहनने को बढ़ी गर्दन उसी विजयी मुद्रा में खिंची रह गई।

●●●